Ulf Hempler

Liebe in Zeiten zerfallender Gewissheiten
Roman

Für
Cornelius und Julius,
die es sonst niemals gegeben hätte.

Ulf Hempler

Liebe in Zeiten zerfallender Gewissheiten

Der Autor:
Ulf Hempler wurde 1973 im nordhessischen Homberg/Efze geboren und wuchs in Borken/Hessen auf. Nach Studium in Marburg, Köln und Canterbury (Großbritannien) lebt er mit seiner Familie in Karlsruhe und arbeitet als Rechtsanwalt. *Liebe in Zeiten zerfallender Gewissheiten* ist sein erster Roman. Außerdem hat er ein erzählendes Sachbuch über *Das Grubenunglück von Stolzenbach* (2015) veröffentlicht.

Bibliografische Information der Deutschen Nationalbibliothek:
Die Deutsche Nationalbibliothek verzeichnet diese Publikation in der Deutschen Nationalbibliografie; detaillierte bibliografische Daten sind im Internet über http://dnb.dnb.de abrufbar.

© 2017 Ulf Hempler
Covergestaltung: Barbara Pott
Herstellung und Verlag: BoD – Books on Demand, Norderstedt

ISBN: 9783743109162

Anbruch

Wenn er anderswo nach seiner Herkunft gefragt wurde, sagte Micha, er komme vom Ende der westlichen Welt. Vom Dachfenster in seinem Zimmer konnte er den Eisernen Vorhang sehen. Wie ein Lindwurm wälzte er sich durch die hessische Mittelgebirgslandschaft und fraß eine 200 Meter breite Schneise durch die Wälder. Dahinter nur noch Terra Incognita.

Sein Großvater hatte erzählt, die Dorfstraße habe früher einmal weiter geführt, über die hinter dem Dorf gelegenen Felder in den Wald hinein und dann in das nächste Dorf, das sich schon in Thüringen befand. Wenn er von früher erzählte, sah sein Großvater die Straße ins Thüringische immer vor sich. Die Bauern, die von drüben mit ihren Ochsenkarren kamen. Oder die Mädchen, die er mit dem Pferdegespann nach dem Gottesdienst für einen Sonntagsausflug abholte. Das Klappern der Räder auf den Pflastersteinen. Für ihn war das alles noch präsent.

Für Micha lag Thüringen weiter weg als London oder Paris. Die gepflasterte Dorfstraße, von der sein Großvater erzählte, war schon asphaltiert gewesen, solange er denken konnte. Der geteerte Teil endete direkt hinter den letzten Häusern von Hängerode und wurde danach zu einem Feldweg, der auf den Eisernen Vorhang zuführte und direkt davor aufhörte. Am Ende des Feldweges, nur wenige Meter von der Grenze entfernt, hatte ein Tischler aus dem Dorf ein Holzschild aufgestellt, auf welchem in Holzbuchstaben geschnitzt zu lesen war: ‚Letzte Coca-Cola für 15.000 km'.

Das Ende der Straße, das Holzschild, die Grenze.

Für die Kinder und Jugendlichen des Dorfes hörte tatsächlich die Welt jenseits der Wachtürme und der bewaldeten Hügel auf zu existieren. Das Wasser der Werra war das Einzige, was herüber kam. Von den thüringschen

Kaligruben belastet bahnte es sich unten im Tal seinen Weg über die Grenze. Vorbei an den Fachwerkhäusern der Dörfer und den alten Wassermühlen schlängelte sich der Fluss mit seiner giftigen Brühe durch die Wiesen und die weiten Getreidefelder.

In Hängerode aufzuwachsen war, wie unter einer Glocke groß zu werden. Es fing schon damit an, dass praktisch niemand einfach so nach Hängerode kam. Wozu auch, die Straße ins Dorf hinein war ja schon seit Jahrzehnten eine Sackgasse. Hierher kam nur, wer hier wohnte oder einen der wenigen hundert Einwohner besuchen wollte. Alle anderen blieben weg.

Was auch immer in der Welt passierte, in Hängerode schien sich nichts zu verändern. Während sich außerhalb große Umwälzungen abspielten, klebte Hängerode zwischen den Hügeln seiner Mittelgebirgslandschaft. Seine Bewohner hatten sich eine Gelassenheit angeeignet, die das Fehlen jeglicher Geschwindigkeit im Leben als eigenen Wert erachtete. Anderswo mochte es Demonstrationen geben, Rockkonzerte, Aufruhr, Streiks, Sportwettkämpfe oder Raubüberfälle. In Hängerode gab es nur den ewig gleichen Wechsel der Jahreszeiten, die Freitagabende mit den Proben des Gesangsvereins und die Samstagnachmittage mit dem Fußballspiel des Dorfvereins.

Soweit sich Micha erinnern konnte, schaffte es zwischen Zweitem Weltkrieg und Mauerfall nur ein einziges weltweites Ereignis, das Leben der Leute in Hängerode zu beeinflussen. Die Leute erzählten später, die Angelegenheit habe ihren Ursprung bei Herrn Talbach gehabt. Herr Talbach war Inhaber des örtlichen Edeka-Marktes und außerdem im Kirchenvorstand aktiv. Er war ein gedrungener Mann um die Fünfzig, mit einem kleinen

Bauch und einem buschigen Schnauzbart, der schon stark ins Graue überging. Er verkaufte in seinem Laden auch ein paar der gängigen Zeitschriften. Stern, die Bunte, Tempo, Bild, Das Neue Blatt und ein paar dieser Gazetten. Es musste an einem Montagmorgen gewesen sein, als er die neueste Ausgabe des SPIEGELs in die Regale sortierte. ‚AIDS – die neue Gefahr!'

Natürlich hatte er schon von dieser rätselhaften neuen Krankheit gehört, die aus den Großstädten der USA nach Deutschland übergriff, aber bisher hatte er gedacht, dass dies nur ein Problem für in Großstädten lebende homosexuelle Junkies sei. Dass nun der SPIEGEL diese Krankheit auf die Titelseite setzte, alarmierte ihn. Er vergaß, die Regale einzuräumen, obwohl der Laden in einer Viertelstunde geöffnet werden sollte, griff sich ein Exemplar und überflog die Titelgeschichte. Er verstand in der Eile nicht allzu viel, lediglich die Begriffe ‚tödlich', ‚Seuche', ‚Epidemie', ‚Körperflüssigkeit' und ‚mangelnde Hygiene' blieben ihm im Gedächtnis hängen.

Als er das Thema an diesem Abend im Kirchenvorstand ansprach, waren die anderen Mitglieder des Kirchenvorstandes genauso überrascht wie uninformiert. Herr Talbach stand auf und berichtete in Telegrammstil, was er im SPIEGEL über diese Krankheit gelesen und was er davon verstanden hatte. Dann lenkte er das Thema auf das Heilige Abendmahl. Beim Abendmahl wurden die Oblaten an die Gläubigen verteilt und schließlich ein Krug mit Wein herum gereicht. *Ein* Krug mit Wein. Für *unzählige* Gläubige. Es stelle sich die Frage, was wäre, wenn einer von denen AIDS habe. Am Ende der Sitzung beschloss der Kirchenvorstand dann kurzerhand die Abschaffung des Weinkruges. Der Pfarrer sagte zu, beim

Abendmahl von nun an die Oblaten in den Wein zu tauchen und anschließend den Gläubigen in die Hand zu geben.

In der Praxis ergab sich aber das Problem, dass die dünnen Oblaten sich, nachdem der Pfarrer sie ein paar Sekunden in den Wein getaucht hatte, restlos vollgesaugt hatten. Lediglich jene Stelle am Rande, an denen er sie zum Eintauchen angefasst hatte, blieb trocken. Als der Pfarrer dann versuchte, diese Oblaten an die Wartenden zu überreichen, knickten die weich gewordenen Oblaten bei Übergabe ein, bröckelten ab und fielen herunter. Ein Überreichen der Oblaten war schlicht unmöglich. Ein kurzes Benetzen hatte nicht den gewünschten Effekt; der Wein zog in den Sekundenbruchteilen nicht ein, die wenigen Tropfen perlten ab, bevor sie mit der Oblate überreicht werden konnten. Die selbständige Einnahme der aufgeweichten Oblaten durch die Gläubigen scheiterte wiederum an ihrer brüchigen Konsistenz. Der Pfarrer bat die Kirchgänger schließlich, den Mund zu öffnen damit er die Oblaten hineinlegen konnte, die sich getränkt vom Wein vor den Mündern der Gläubigen nach unten bogen. Das Ganze wirkte, als würde ein Rentner im Park die Vögel mit Brotkrümeln füttern.

Auch wenn dieses Abendmahl das erste und letzte seiner Art blieb, erzählte Micha anderswo diese Geschichte immer wieder, reflektierte sie doch alles, warum er anders sein wollte als die Leute am Ende der westlichen Welt, weltoffener, interessierter, informierter, gewandter.

Von Eisenach war die Grenze zum Westen nur einige Kilometer entfernt und auch wenn Marie eine Vorstellung vom Land dahinter hatte, bezog sich dies nicht auf das angrenzende Nordhessen. Westdeutschland waren für sie die Hochhäuser von Frankfurt, der Hamburger Hafen, das Ruhrgebiet und die Alpen. Direkt hinter dem Todesstreifen kamen für sie der Stacheldraht und die Wachtposten. Danach nichts mehr.

Eisenach war das andere Ende der Welt und wer wie Marie in Eisenach aufwuchs, der wusste, dass es sich manchmal anfühlte, als könne man hier auch schnell über den Rand fallen. Außer einigen kulturell interessierten Westtouristen, die sich durch die Gassen der grauen und verfallenden Altstadt zur Wartburg aufmachten, kam praktisch niemand nach Eisenach, der nicht zum Wartburgwerk wollte.

Die westlichen Ortsteile von Eisenach lagen direkt in der Sperrzone. Ein Streifen von fünf Kilometern, in den selbst die anderen DDR-Bürger nur mit einer Sondererlaubnis einreisen durften. In der Schule hatte Marie Freunde aus dem Stadtteil Stedtfeld, die über Jahre immer nur bei ihr zu Hause zu Gast gewesen waren, ohne dass sie jemals eine Gegeneinladung bekommen hätte. Stedtfeld lag nur drei Kilometer von ihrem Zuhause entfernt, aber es war unerreichbar. Ihre Mutter Marlene meinte, es sei zu aufwändig, lediglich für einen Besuch unter Schulfreunden einen Passierschein zu beantragen.

Die großen Schlote des Wartburgwerkes rauchten Tag für Tag. Die Häuser in Eisenach hatten nach und nach die Farbe und den Geruch des Rauches angenommen. Die Leute hatten sich eingerichtet und jene, die von Fernsucht getrieben wurden, behielten es still für sich, um die Träume nicht den Falschen zu offenbaren.

Ihr Vater Eckart war vor einem Jahr im Westen gewesen. Seine Tante war verstorben. Westverwandtschaft. In Mannheim, irgendwo in Süddeutschland, wie sich Marie erinnerte. Keine Ahnung, wo genau das lag. Ihr Vater war selbst ganz überrascht gewesen, dass sein mit der Beerdigung begründeter Antrag auf Westreise genehmigt wurde. Ihre Mutter Marlene hatte Eckart merkwürdig wortkarg verabschiedet, mit verkniffenem Gesicht. Marie hatte nicht daran gezweifelt, dass er wiederkommen würde. Und tatsächlich war er vier Tage später wieder da. Mit einer großen Schachtel Belgischer Pralinen für ihre Mutter und einem neuen Sony-Walkman für sie. Wortlos, wie es seine Art war, aber verkniffen schmunzelnd hatte er die beiden gedrückt, die noch verpackten Geschenke auf den Tisch gelegt und hatte sie dann erleichtert seufzend alleine gelassen.

Marie sollte erst Jahre später erfahren, dass Eckart noch zwei Stunden vorher auf dem Bahnhof der hessischen Provinzstadt Bebra gestanden hatte. Der Fernzug nach Berlin machte dort den letzten Halt, bevor er kurz vor Eisenach wieder die Grenze überqueren und Eckart zurück in den anderen Teil Deutschlands bringen würde.

Zehn Minuten Aufenthalt.

Genug um auszusteigen, um noch einmal die Luft durch die Nase zu ziehen und die gut verpackten Geschenke, die er nur mit Hilfe der Verwandten aus Mannheim im Karstadt hatte kaufen können, nervös von der einen Hand in die andere zu drücken. Zeit genug, die überwältigenden Eindrücke der ersten Westreise seines Lebens zu rekapitulieren, die freundliche Aufnahme durch die Westverwandten, die Trauerfeier für seine Tante, die Fülle in den Läden – oder eher die Abwesenheit des ihm bekannten täglichen Mangels in der DDR. Keine Zeit aber, um das, was ihn wirklich bewegte, noch einmal zu überdenken.

Wie lange würde es dauern, bis sie Marlene und Marie den Ausreiseantrag genehmigen würden. Drei Jahre? Oder fünf Jahre? Würde er sie bis dahin unterstützen können mit einer Arbeit im Westen? Wie würde es sein, Marie, die jetzt gerade 17 war, nicht mehr sehen zu können, bis sie 20 oder 22 war? Wie würde es sein, nach den ganzen Jahren endlich Marlene in Mannheim wieder in den Armen halten zu können? Würde ihre Ehe es aushalten? Als der Schaffner über den Bahnsteig lief, um die Weiterfahrt freizugeben, stieg Eckart wieder in den Zug und schloss ruckartig das Fenster. Es ging weiter nach Eisenach. Die Geschenke würden ihnen gefallen.

Micha hieß genau genommen Erwin Michael Seifert. Den ersten Vornamen hatte er auf Wunsch seines Vaters in Erinnerung an dessen im Zweiten Weltkrieg gefallenen Onkel bekommen. Erwin! Seine Mutter versicherte ihm immer noch, sie habe sich vergeblich dafür eingesetzt, den aus Zwecken der Reminiszenz gegebenen Vornamen als zweiten und nicht als ersten einzutragen. Gelöst hatte sie das Problem dann aber auf die ihr eigene, pragmatische Weise, nämlich indem sie ihren Sohn nur mit dem zweiten eigetragenen Vornamen Michael rief, der sich im Laufe der Schulzeit auf Micha verkürzte.

Mit sechzehn hatte er sich auf seinem Gymnasium in der nahen Kreisstadt Eschwege zunächst der Schülerzeitung und dann dem Arbeitskreis Antifa angeschlossen; letzteres weniger, weil er sich dem Thema inhaltlich nahe fühlte, sondern weil fast alle Typen der Schule sich dort versammelten, die anders sein wollten. Links war er schon, so fand er: Zumindest hasste er Helmut Kohl, trug im Winter Palästinensertücher statt Schals, hörte Punk,

Reggae und Ton Steine Scherben statt Modern Talking, Kylie Minogue oder die ganzen Metal-Bands, die jetzt gerade aufgekommen waren, und logischerweise fand er die Macht der Großkonzerne verdammt bedrohlich.

Mit den Leuten der Eschweger Antifa fuhr er im Herbst 1986 zur großen Demonstration gegen die Wiederaufbereitungsanlage im bayrischen Wackersdorf. Das Reaktorunglück von Tschernobyl lag gerade ein halbes Jahr zurück und sie waren sich sicher, dass der Weg zu einer vom Faschismus befreiten Gesellschaft zweifellos nur über einen von Atomkraft befreiten Staat führen konnte.

Während in Hängerode der Todesstreifen bereits wie eine große Narbe in der Natur wirkte, sah man hier auf der Baustelle der geplanten Wiederaufbereitungsanlage die frischen Wunden, die das Projekt der fränkischen Region geschlagen hatte. Inmitten einer gigantischen, schlammig-braunen Rodung, ein Platz von der Größe mehrerer Fußballfelder, richtete sich ein grüner, von Panzerdraht gekrönter Metallzaun in einem Rechteck gegen den Waldrand aus. Auf der einen Seite umkreisten Demonstranten dieses Areal, während mehrere Hundertschaften Polizisten, flankiert von Wasserwerfern und gepanzerten Einsatzfahrzeugen, am Rande der Abzäunung aufgefahren waren.

Sie schritten in einer großen friedlichen Prozession durch den Nadelwald, querten die Schranke und umrundeten die Trutzburg inmitten der Lichtung. Die Demonstration hatte den Charakter eines Osterspaziergangs, dessen harmonisches Bild nur von den flankierenden Hundertschaften getrübt wurde. Erst nachdem sich diese Demonstration am späten Nachmittag auflöste, die Normalbürger, die Familien, die Rentner, die Bauern, zurück durch den Wald zu ihren geparkten Autos strömten, formierten sich vor ihnen die Hundertschaften der Polizei mit ihren Wasserwerfern und Sondereinsatzkräften. Schulter an Schulter standen sie dort in mehreren Reihen. Die Helme mit den vor das Gesicht gezogenen Plexiglasschirmen ließen keine Gesichter erkennen. Gleich einer Römischen Kohorte erhoben sie ihre Schutzschilder, hatten die Hand an ihrem im Gürtel steckenden Schlagstock, marschierten im Gleichschritt mit ihren schwarzen Stiefeln durch den Morast. Micha blickte rechts und links neben sich, sah, wie seine Freunde, wie alle anderen ihr Gesicht mit ihrem Palästinensertuch verhüllten, wie einige zum Schutz gegen Tränengas Schwimmbrillen anfeuchteten und über die Augen zogen, fühlte ein Prickeln im Magen, welches das genaue Gegenteil des Hängerode-Gefühls war, und zog schließlich auch sein Palästinensertuch bis unter die Augen.

Wer den ersten Stein geworfen hatte, ließ sich nicht mehr klären. Er beschrieb eine kurze Flugbahn und landete auf dem Erdwall unterhalb der Polizisten. Dann ging ein Steinhagel auf die Polizei nieder. Auf die Schutzschilde aus Plexiglas prasselten die Steine ein, prallten ab, schwebten kurz über dem Polizeipulk wie ein Schwarm steinerner Heuschrecken, bis sich ihr Flug nach unten neigte und die Steine im Schlamm liegen blieben. Die Hundertschaft stand immer noch wie fest gemauert auf ihrem Platz.

Der Einsatzleiter ließ den Steinkaskaden einen Wasserstrahl als Echo folgen. Die Wasserwerfer drehten ihre Türme und spritzten, malten regenbogenfarbene Wasserfontänen in die Luft, die sich fauchend ihrem Standort näherten. Der gesamte Pulk setzte sich in Bewegung. Micha stand in der Mitte und beobachtete fasziniert den großen Kinofilm, der gerade vor seinen Augen ablief.

Die erste Welle der Autonomen schwappte an ihm vorbei. Jene, die nicht von den Wasserwerfern aus ihrem Lauf geworfen wurden, schleuderten ein paar Steine gegen die Plexiglaswand von Polizisten und traten postwendend zum beschleunigten Rückzug an. Geschlossen setzte sich die Phalanx einer Hundertschaft in Bewegung. Es sah beeindruckend aus, wie sie in ihren einheitlichen Panzerungen im Gleichschritt marschierte, ein einziger, riesiger Organismus. Nun begann auch Micha zu rennen. Schnell, schneller, in den angrenzenden Wald hinein und zwischen den Bäumen hindurch, bis von der Polizei nichts mehr zu sehen, nichts mehr zu hören war.

Was für ein Gefühl, war für ein Erlebnis! Etwas, das er mit sehr wenigen Eingeweihten teilte, dem elitären Kreis der Eschweger Gymnasiasten, die am Wochenende die graue Provinz verließen, um in den – zugegeben bescheidenen – Großstädten der Umgebung in das Gegenuniversum zur heimischen Provinz einzutreten. Micha umstrahlte der Nimbus des Wissens, des Bewusstseins der eigenen klaren Sicht auf die Dinge. Die dumpfen Gespräche in der Dorfkneipe an einem langen Freitagabend nahm er hin, ging es doch am nächsten Tag mit den Freunden aus Eschwege auf große Fahrt zum Open-Air in Richtung Hamburg. Wenn jemand mal wieder erzählen wollte, wie früher alles besser gewesen sei, warum die GRÜNEN, die Kommunisten, manchmal sogar noch: die SPD! das Land zu Grunde richteten – Micha wusste eine Antwort.

Auf die Frage, was sie vom Leben erwarte, hatte Marie zwei verschiedene Antworten. Eine individuelle und eine offizielle. Sie träumte davon, die Welt zu sehen, sich

Dinge zu erschließen, die ihr bisher verschlossen geblieben waren, weiter zu blicken als andere oder schlichtweg: frei zu sein. Offiziell wollte sie ein nützliches Mitglied ihrer Gesellschaft sein, das ihre Fähigkeiten und Kenntnisse zum Wohle des Kollektivs, einer besseren Gesellschaft und dem Friede unter den Völkern einbrachte.

Als sie noch ein Kind war, existierte noch kein Widerspruch zwischen dem einen und dem anderen, doch je älter sie wurde, umso tiefer wurde die Kluft zwischen dem persönlichen und dem offiziellen Anspruch.

Am deutlichsten legte das Fach Staatsbürgerkunde dies offen und Maries Lehrer in Staatsbürgerkunde, Walter Lohr, nahm seinen Lehrauftrag ernst. Ihre Mutter, die an ihrer Schule Deutsch und Biologie unterrichtete und ihn deshalb aus dem Lehrkollegium kannte, hatte Walter Lohr zu Hause schon als „Honeckers Betonkopf" bezeichnet, als Marie von ihm nur auf dem Schulhof gehört hatte. Als Marie bei ihm Unterricht erhielt, gab Marlene ihr mit, der einzige Grundsatz von Walter Lohr sei, dass die Partei immer Recht habe. Er war in der Schule berüchtigt für die Hausaufgabe, am Montagabend den Schwarzen Kanal sehen zu lassen und am anschließenden Dienstag die Sendung ausgiebig mit den Schülern zu besprechen.

Ihr Vater nannte den Schwarzen Kanal „die schönste Realsatire des real existierenden Sozialismus". Er war der Meinung, dass man selbst bei dem Betonkopf Lohr nicht alles mitmachen müsse. Wenn es nach Eckart gegangen wäre, hätte sich Marie dieser Hausaufgabe verweigert. Marlene meinte dazu immer, er als Autobauer bei Wartburg habe es leicht, so zu reden. Es kam dann oft zum Streit zwischen Maries Eltern, weil Eckart dies so interpretierte, als gelte sein Beruf als Facharbeiter im Autowerk gegenüber Marlenes Tätigkeit als Lehrerin nichts.

Seine Frau war aber schlicht und einfach der Ansicht, dass es für Marie am besten sei, wenn sie von der Klassenkonferenz zum Abitur zugelassen würde, um später studieren gehen zu können. Voraussetzung dafür sei nun einmal, dass man sich auch mit einem Betonkopf wie Walter Lohr arrangierte, ohne dabei etwas von seiner ideologischen Verbohrtheit anzunehmen.

In ihrer Pragmatik ähnelte Marie ihrer Mutter. Sie hatte ihre eigene Meinung, war aber der Ansicht, man müsse sich nicht unnötig selbst in Schwierigkeiten bringen. Ihr Ziel war das Abitur an der Erweiterten Oberschule. Dafür war sie auch bereit, den Schwarzen Kanal zu sehen und Walter Lohr am folgenden Tag das zu erzählen, was er von der Überlegenheit des Sozialismus hören wollte.

Der Schwarze Kanal wurde von Karl-Eduard von Schnitzler moderiert. Schnitzler war nur als „Karl-Eduard von Schni" bekannt, weil angeblich jeder umschaltete, bevor er die zweite Silbe seines Nachnamens ausgesprochen hatte. Äußerlich bestach Schnitzler wenig. Bevorzugt trug er schwarze bis schmutzig-braune Anzüge, deren Stoffe so aussahen, als hätten sie einmal in einer russischen Textilfabrik zu Lenin-Mützen verarbeitet werden sollen. Seine Kleidung stellte ein akkurat-langweiliges Pendant zur streng nach links gescheitelten, im Laufe der Jahre ergrauten Frisur dar. Lediglich seine Augen, von den fingerdicken Brillengläsern in eine überdimensionale Größe verzerrt, zogen die Aufmerksamkeit des Zuschauers auf sich. Mit der fanatischen Überzeugung eines christlichen Missionars im kolonialen Afrika des 19. Jahrhunderts präsentierte Schnitzler in seinem Schwarzen Kanal verschiedene Ausschnitte aus westdeutschen Fernsehsendungen, die er anschließend, mit Kampf- und Hasstiraden gegen den westdeutschen ‚Chauvinismus', ‚Kapitalismus' und ‚Faschismus' versetzt, kommentierte.

Die Sendung startete an diesem Montagabend mit einem Bericht über AIDS, den die Redaktion des Schwarzen Kanals aus einem Beitrag der Sendung Report München zusammengeschnitten hatte. Gezeigt wurden unter anderem Drogensüchtige und Homosexuelle, die im Krankenhaus wegen AIDS behandelt wurden und schon deutliche Krankheitssymptome zeigten. Die meisten waren erschreckend abgemagert. Einer der Kranken, nach Angaben des Berichtes ein Drogensüchtiger, hatte kaum noch Zähne. Ob dies allerdings aus der Drogensucht und dem Leben als Obdachloser resultierte oder von der AIDS-Erkrankung, gab der Bericht nicht an.

Dann folgte ein Schnitt und Karl-Eduard von Schni kommentierte, dass die neue Krankheit letztlich das Ergebnis einer Mischung aus jahrelanger Dekadenz – hemmungsloses Treiben der Homosexuellen – und durch den kapitalistischen Imperialismus bedingter Armut und Verwahrlosung breiter Schichten – Drogensucht und Obdachlosigkeit – sei. Zum Beweis schloss sich ein Bericht über die neue Armut in den Arbeitervierteln an, den die Sendung Monitor in einigen besonders heruntergekommenen Ecken Duisburgs gedreht hatte.

Die Stunde Staatsbürgerkunde am Tag darauf folgte einer genauen Choreographie. Walter Lohr leitete die Stunde immer damit ein, dass er von zwei oder drei ideologisch unverdächtigen, aber eher faulen Schülern eine Zusammenfassung der gestrigen Sendung vortragen ließ. Dann stellte er das Hauptthema zur Diskussion.

Dies bedeutete, dass er zunächst formell eine solche Diskussion eröffnete. Da sich nie jemand meldete, mit

Ausnahme von Stasi-Carmen, wie Carmen Sattler angesichts des Berufes ihres Vaters als Offizier der Staatssicherheit hinter vorgehaltener Hand genannt wurde, forderte er einen Schüler zu einem Diskussionsbeitrag auf. Die Wahl fiel immer auf einen derjenigen, die ideologisch verdächtig waren, sei es, dass sich ihre Eltern oder Geschwister bereits politisch ‚gegen den Staat gestellt' hatten, wozu ein in den Westen geflohener Bruder, eine in der Kirchengemeinde für den Frieden eintretende Mutter oder auch nur ein politisch nonkonformistischer Vater ausreichten, oder weil die jeweiligen Schüler schon in den vergangenen Monaten öfters mit kritischen Bemerkungen im Staatsbürgerkundeunterricht aufgefallen waren. Er stocherte dann immer so lange herum oder nahm jemand anderen, ebenso ideologisch Verdächtigen dran, bis er eine für ihn unbefriedigende Antwort bekommen hatte.

Heute war Jakob Ellmann sein Opfer. Jakob war der Sohn des örtlichen Pfarrers und daher schon per familiärer Abstammung verdächtig. Hinzu kam, dass er lange Haare trug und sich der Mitgliedschaft in der FDJ verweigert hatte. Jakob machte es ihm aber an diesem Tag sehr schwer. Er wiederholte stur die Thesen des Schwarzen Kanals. Im Westen gebe es Drogensucht, Dekadenz und sozialen Niedergang, deshalb könne sich auch AIDS so schnell ausbreiten.

Walter Lohr wollte ihn aber nicht aus den Fingern lassen und fragte mehrmals nach. Abschließend beugte er sich zu Jakob vor und fragte mit scharfem Ton:

„Und warum ist es im SozialismusDerDeutschenDemokratischenRepublik nicht möglich, dass sich AIDS ausbreitet?"

„Weil es in der DDR keine Heroinsüchtigen gibt, die Spritzen mit Blut benutzen und so", nuschelte Jakob.

„Nein!", schrie der Lehrer triumphierend. Er lächelte zufrieden. Von jetzt ab folgte die Stunde wieder dem bekannten Ablauf.

„E-ben *nicht*!" Walter Lohr betonte jede Silbe. „Wer weiß es?", fragte er und blickte in die Runde der ideologisch Linientreuen.

Außer Stasi-Carmen meldete sich Marie. Immer dann melden, wenn die Antwort laut Betonkopf eindeutig ist, du aber keinen deiner Klassenkameraden brüskierst, hatte Marlene ihr mitgegeben. Walter Lohr nahm sie dran.

„Weil der Sozialismus die Bedürfnisse des Menschen befriedigt und daher Drogensucht und Dekadenz gar nicht vorkommen können. *Deshalb* hat AIDS bei uns keine Chance."

„Hervorragend kombiniert", meinte der Lehrer, was ein Zeichen war, dass die Antwort zutreffend und die Diskussion hiermit beendet war.

Flapp. Flapp, flapp. Die Betonplatten der Autobahn hatten sich im Laufe der Jahre verschoben und an ihren Nahtstellen Risse, Absätze, Senkungen entstehen lassen, die die Stoßdämpfer in einem regelmäßigen Rhythmus stauchten.
Flappflappflappflapp.
Der Stoßdämpfertakt erhöhte sich, als der Reisebus einen Lkw überholte. Die Geräusche der Reifen, die über die Fugen zwischen den Betonplatten der Transitstrecke von Helmstedt nach Westberlin rollten, begleiteten den Überholvorgang.
Im Sitz neben ihm saß David, bleich im Gesicht, die Hände in die Sitzlehne des Vordermannes verkrampft. Sein Magen vertrug das ständige Ruckeln nur schwerlich. Vorne unterhielt sich ihr Klassenlehrer Herr Huby mit dem Busfahrer, während Micha versuchte, seinen Freund David abzulenken. Herr Huby schaltete das Mikrofon ein und räusperte sich. Dann kündigte er an, dass sie sich jetzt dem Grenzübergang nach Westberlin näherten. Er erinnerte die Klasse daran, wie scharf die DDR-Grenzer angeblich kontrollierten, bat sie aus diesem Grund, alle westlichen Zeitschriften, insbesondere auch die „sogenannten Jugendzeitschriften" wie BRAVO und politische Zeitschriften wie den SPIEGEL in den Rucksäcken zu verstauen und auch keine Walkmans und ähnliches herum zu liegen lassen, während die Grenzer den Bus kontrollieren würden. Selbstverständlich sollten sie sich sämtliche frechen und überheblichen Kommentare verkneifen, andere Busse seien wegen solcher Vorfälle schon Stunden an der Grenze festgesetzt worden. Und natürlich sollten sie die Reisepässe bereithalten.

„Personalausweis geht doch auch, oder?" rief Micha nach vorne durch und stieß David mit dem Ellenbogen an.

„Nein, geht nicht. Genau deshalb habe ich vor der Abfahrt gefragt, ob alle die Pässe dabei haben", gab Herr Huby durch das Mikrofon zurück.

„Ja, aber da habe ich doch noch gedacht, ein Personalausweis ginge auch. Deshalb hab' ich auch nix gesagt. Ich meine, da ist doch kein großer Unterschied..."

„Was heißt hier *kein großer Unterschied*!" rief Herr Huby in das Mikrofon, legte es dann weg und kam durch den Gang zu uns nach hinten. „Willst du damit sagen, du hast nur einen Personalausweis dabei? Michael, wenn wir wegen dir die Klassenfahrt an den Grenzanlagen verbringen dürfen..."

Micha grinste sein schelmisches Lachen, zückte den roten Reisepass aus der Brusttasche und hielt ihn dem Klassenlehrer entgegen. Herr Huby murmelte irgendetwas von „pubertär" und stampfte zurück zum Busfahrer. Die DDR-Grenzer flößten ihm einen gehörigen Respekt ein.

Sie hielten am Grenzübergang. Von Berlin war noch nichts zu sehen außer den Ankündigungen auf den Straßenschildern. Ähnlich irreal wie der Eiserne Vorhang im heimischen Hängerode und doch viel belebter zogen sich hier die Grenzanlagen durch die märkischen Wälder. Herr Huby sammelte die Reisepässe ein und brachte sie nach draußen zu einer Überprüfung. Nach fünfzehn Minuten kam er wieder herein und gab sie ihren Besitzern zurück. Die Grenzer betraten den Bus mit versteinerter, unbeweglicher Miene. Ihre Uniformmützen hatten sie in die Stirn gezogen, als wollten sie es uns noch schwerer machen, ihren Augen eine Regung zu entnehmen. Es war still im Bus. Nur durch die geöffnete Tür kamen die Geräusche der fahrenden Autos. Langsam schritten die Grenzer die Sitzreihen ab. Der eine links, der andere rechts nahmen sie die ihnen bereits aufgeklappt entgegen gestreckten Pässe auf, fuhren mit ihrem Blick über die Dokumente, dann über die Gesichter, blickten durch sie durch, streiften mit ihrem Blick auch über die Sitzreihen und sagten außer einem gelegentlich dahin genuscheltem „Danke" kein Wort. Im hinteren Teil des Busses hatten sich Micha und David ihre langen Haare ins Gesicht gekämmt, sodass sie jeweils nur noch mit einem Auge unter den dicht fallenden Ponys hervor lugten und nur für Geübte mit dem schon mehrere Monate alten Passbild, auf welchem sie noch Kurzhaarschnitt trugen, zu identifizieren waren. Ihr Mut schwand aber mit jedem Meter, den sich die Grenzer nach hinten durcharbeiteten, bis sie dann kurz zuvor, etwas hektisch, die Haare mit den Händen wieder nach hinten strichen, die langen Strähnen hinter den Ohren festklemmten und den Grenzbeamten kreuzbrav und mit versteinerter Miene ihre Pässe reichten. Diese waren nach zehn Minuten ebenso gespenstisch wieder verschwunden, wie sie gekommen waren. Die Fahrt ging weiter, hinein nach Westberlin.

Tscha-Bapp, Tscha-Bapp, Tscha-Bapp, Tscha-Bapp. Die Deutsche Reichsbahn hielt erneut bei irgendeinem kleinen Bahnhof im Niemandsland zwischen Erfurt und Halle. Marie lehnte mit dem Kopf am Fenster und sah hinaus in die Einöde. Zwei Häuser lagen rechts der Bahnstrecke, halb verfallen, aber noch bewohnt. Im Hintergrund einige alte Ställe, von denen der Putz abblätterte, die aber noch von irgendeiner LPG genutzt wurden. Ein Pfiff des Schaffners. Tscha-Bapp, Tscha-Bapp. Der Zug setzte sich wieder in Bewegung.

Hinter Marie lärmten die anderen, eine kleine, glückliche Gruppe FDJ-ler, die aus welchen Gründen auch immer für die kommenden drei Tage nach Ostberlin fahren durften, um das Konzert von Bryan Adams zu besuchen. Der kanadische Rockstar in der DDR. Und Marie war dabei.

Sie hatte es erst gar nicht glauben können, als ihr von der FDJ-Leitung mitgeteilt wurde, sie dürfe zum Konzert fahren. Alle anderen, die mit ihr fuhren, waren Tochter oder Sohn von irgendwem. Irgendwem Wichtigen in der Partei oder irgendwem mit Funktion. Oder sie waren genau diejenigen, die Walter Lohr dienstags in Staatsbürgerkunde die richtigen Antworten soufflierten.

Marie war mittgenommen worden, so die offizielle Begründung, wegen „der außerordentlich guten schulischen Leistung" und „des großen sozialen Engagements für die sozialistische Gesellschaft". Obwohl dies ohne Zweifel zutraf, war es nicht der wirkliche Grund. Marlene mutmaßte, man habe Marie ausgewählt, weil man den Leuten zeigen wolle, dass die FDJ auch ganz normale Jugendliche zu solch einem Konzert schickte. Eckart hatte gemeint, dass Marie die Reise mit der FDJ allein schon deshalb absagen müsse. Das hatte wiederum Marlene auf den Plan gerufen, die ihm verbat, seiner Tochter den Spaß an der Sache zu nehmen.

Also saß Marie jetzt im Zug nach Halle/Saale – dort umsteigen nach Berlin/Ost, Hauptstadt der DDR – und freute sich auf das Konzert von Bryan Adams.

Für die Oberstufe vom Landstrich am Ende der Welt war Westberlin eine Mischung aus Faszination und Kulturschock. Die meisten stellten es sich vor wie die große, hektische Variante des nicht allzu weit von Hängerode gelegenen Kassel. Micha stellte es sich vor wie eine Art Großflächenbiotop, in welchem auf der Fläche einer Millionenstadt die Kreuzberger Subkulturen wucherten, wie Moos auf einer ständig feuchten Felswand.

Die Realität war anders. Verkehr, Lautstärke, eine U-Bahn, die den intensiven Geruch von Maschinenöl ausströmte, ungezählte Möglichkeiten einzukaufen, keine Sperrstunde in den Kneipen, Diskotheken illustriert von Neonlicht, die Diskothekenwerber, Ticketeers genannt, davor. Die Second-Hand-Läden, Plattenläden mit einer Menge Alben von Bands, von denen sie noch nie etwas gehört hatten. Döner Kebap. Der Bahnhof Zoo mit der durch ‚Christiane F.' bekannt gewordenen Drogenszene und schließlich – vereinzelt, viel massierter in Kreuzberg, auf keinen Fall aber flächendeckend oder auch nur ansatzweise dominierend – die Vertreter der alternativen Szene.

Sie besuchten die berühmte Mauer, die hier in Berlin nichts Besonderes war, weil sie überall zu sehen war, und es sich die Leute ebenso behaglich in ihrem Schatten eingerichtet hatten wie die Leute zu Hause im Schatten des Eisernen Vorhangs. Wie ein langes Band zog sich die Mauer durch die Stadt, durchschnitt den Organismus Großstadt. Häuser ragten auf der Nordseite der Bernauer Straße in den Himmel, bewohnt von den Westberlinern im Stadtteil Wedding, in dem sie standen. Ihre Ostberliner Nachbarn auf der Südseite der Straße kehrten dem Westen den Rücken zu, blickten mit zugemauerter Nordseite in Richtung ihres Stadtteils Mitte.

Sie fuhren weiter zum Potsdamer Platz, gingen über eine Treppe zu einer Aussichtsplattform, um herüberzusehen, standen dort wie auf dem Ausguck eines Wildparks, der seinen Besuchern einen Einblick in das Freigehege ermöglichen sollte. Der Potsdamer Platz war als solcher nicht erkennbar. Eine riesige Wiese, mehrere Fußballfelder groß, lag vor ihnen. Gras spross wild aus dem Boden, einige Asphaltwege zogen sich wie feine Adern zwischen den wilden Blumenwiesen, gesprenkelt mit Absperrgittern und Wachtürmen, das trostlose Bild eines Kadavers, den man seit Jahrzehnten unter den Augen der Öffentlichkeit von Gras und Wildblumen umwuchern ließ. Ganz weit entfernt, entlang der ersten geschlossenen Bebauung auf Ostberliner Gebiet, waren sie, die Ostberliner.

Sie waren in einem der FDJ-Heime in Ostberlin untergebracht. Ein neuer Plattenbau in Marzahn. Innen war alles so, wie sie das aus den Plattenbauten ihrer Heimatstädte gewohnt waren. Trotzdem, Berlin war größer, weitläufiger, die Plattenbauten höher. Der Fernsehturm am Alexanderplatz erhob sich über die Stadt. Man konnte ihn sehen, wenn man in einem der oberen Stockwerke das Fenster öffnete und den Kopf heraus steckte. Marie war schon öfters mit ihren Eltern zu Besuch in Ostberlin gewesen, aber hier, mit all den anderen, mit der Möglichkeit, alleine durch die Stadt zu laufen, war das Gefühl ein anderes.

Heute Nachmittag war sie mit zwei Freundinnen aus Eisenach durch das Zentrum gelaufen. Die Schaufenster waren voll. Am Alexanderplatz gab es alles, was man wollte! Nun gut, nicht wirklich alles, aber doch viel, viel mehr, als man in Eisenach zu Gesicht bekam.

Und wie die ganzen Jugendlichen hier angezogen waren! Es gab echte Punks, die am Alexanderplatz herumhingen. Es gab schick herausgeputzte Typen, die man Popper nannte. Ganz anders als zu Hause, wo sie irgendwie immer alle die gleichen Sachen anhatten, sich irgendwie alle ähnelten.

Die Eisenacher FDJ-Delegation wurde im Palast der Republik empfangen. Führung durch Erichs Lampenladen, wie Marie schmunzelnd mit Erinnerung an die Bemerkung ihres Vaters feststellte. An langen Stromkabeln hingen überall gigantische Lampen von der Decke, als hätte man hunderte von Regenschirmen in Glas gegossen und verkehrt herum aufgehängt. Der für die FDJ-Delegation aus Eisenach zuständige Hausführer überschlug sich vor Begeisterung über die Errungenschaften des Sozialismus. Im Gegensatz zu den Staatsbauten im kapitalistischen Westen, so der Führer, könne hier jeder seine private Feier gestalten. Hochzeiten zum Beispiel.

Marie dachte an ihre Tante, die vor wenigen Wochen geheiratet hatte. Sie wohnte in einem der Dörfer, die westlich von Eisenach in der Sperrzone lagen. Die Gäste, die von außerhalb kamen, also auch Maries Familie, die ja nur wenige Kilometer entfernt im Eisenacher Zentrum wohnte, hatten alle einen Passierschein beantragen müssen. Die Hochzeit hatte in einem alten, äußerlich verwitterten Gasthof stattgefunden, dem Hotel zur Post. Der Gasthof wurde von einem alten Ehepaar betrieben, das zusammen mit dem Gebäude aus der Kaiserzeit zu stammen schien. Einer der Kronleuchter aus Erichs Lampenladen hätte dort wie ein notgelandetes Raumschiff gewirkt.

Auf dem Programm der Oberstufenfahrt stand auch eine Fahrt nach Ostberlin. Micha und David hätten viel lieber noch einen halben Tag zur freien Verfügung gehabt, um sich noch einmal einige Stunden durch das wilde Kreuzberg treiben zu lassen, aber der Besuch war Pflichtprogramm, das hatte etwas mit der Bezuschussung zu tun, wie Herr Huby mitteilte. Durch die Kontrollen und den Zwangsumtausch hindurch gelangten sie hinüber.

Es war beinahe nicht zu bemerken, dass sie in einen anderen Staat gelangt waren. Saubere Straßen, gefüllte Schaufenster, der gleiche ruppige Berliner Akzent, der hektische Verkehr, in allem ähnelte Berlin-Mitte Bezirken wie Schöneberg oder Wilmersdorf. Nur die Zweitaktautos vermittelten den ersten Hauch von Exotik in dieser Stadt, in der man erst bei näherem Hinsehen bemerkte, dass etwas anders war. Es war nichts Greifbares, lag eher in einer Abwesenheit von etwas. Im Ostteil der Stadt fehlte der betriebsame Lärm der Menschen, die allgegenwärtige menschliche Kommunikation, das täglich neue Brodeln der Großstadt, das im Westen überall hörbar, spürbar, fühlbar war. Nirgendwo, zumindest nicht so wie im Westteil der Stadt, standen oder saßen auf der Straße Leute zusammen, redeten laut, führten Diskussionen. In den Restaurants und in den Läden unterhielt man sich ausschließlich in einem Tonfall, der im Westen als gedämpfte Lautstärke galt. Wenn man sich den Leuten näherte, verstummten die Gespräche, schwenkten die Passanten die Augen nach rechts und links, die unerwünschten Zuhörer im Blick.

Sie besuchten das Brandenburger Tor, das abseits des Trubels in einem toten Winkel der Stadt, im Hintergrund von der Mauer umrahmt, sein stilles Dasein fristete. Sie gingen weiter über die Straße Unter den Linden, bestaunten die prächtigen Botschaftsgebäude und die in Bronze gegossene überdimensionale Karl-Marx-Büste vor der sowjetischen Botschaft. Sie passierten den Palast der Republik, ein monolithisch großer Klotz, den man lieblos wie einen Fremdkörper in die Innenstadt gepflanzt hatte.

Schließlich kamen sie zum Alexanderplatz, der zugig und eintönig nur wenig zum Verbringen jener Mittagspause einlud, die ihnen dort zur freien Verfügung stand.

In der Kaufhalle fielen ihnen die vielen jungen Menschen auf, die teils zielstrebig, teils auffällig hektisch durch die Gänge strömten oder zur nahen U-Bahn drängten. Viele kauften etwas, einige schauten nur. Der neugierige Blick des Provinzlers, der das erste Mal in die Großstadt durfte. Einige Tage vorher waren auch sie auf diese Weise durch Westberlin gelaufen, diese große, leuchtende und komplexe Großstadtwelt. Nur die vollen Warenregale hatten sie nicht so bestaunt, wie die Leute hier im Osten. Der Kleidung nach zu urteilen, kamen die Leute alle aus der DDR. Ausländer oder Westdeutsche sahen anders aus. Es mussten aber nicht nur junge Leute aus Ostberlin sein, dafür waren es zu viele und dafür warfen zu viele staunende Blicke in die vollen Auslagen der Geschäfte in der Hauptstadt der DDR. Im Norden der Stadt hatte die SED oder die FDJ angeblich ein großes Rockkonzert organisiert, zu dem selbst Bryan Adams kam.

Micha ging durch den Mittelgang der Kaufhalle und sah sich bedächtig die jungen Leute an. Wenn man von den etwas schäbig wirkenden Kleidungsstücken absah, dann waren sie genauso wie sie selbst, genauso alt, genauso neugierig, schüchtern oder mutig, nur vielleicht nicht so sehr mit sich und der Welt beschäftigt, wie sie drüben im

Westen. Waren sie in diesem Staat so aufgehoben, wie seine Freunde aus der Antifa-Gruppe am Gymnasium immer behaupteten, oder erdrückte es sie, in ein Einheitsgrau gepresst zu werden, das auf den Häusern, den Autos und selbst unter den Farben der Kleidung zu liegen schien?

Vor ihm wühlte ein Mädchen in den Shirts, die auf einem Ständer hingen. Sie war klein, vielleicht nur eins sechzig, halblange Haare, deren kastanienbrauner Ton sich auch in ihren Augen wiederfand. Sie hatte eine kleine Stubsnase, die durch den kleinen aber mit vollen Lippen versehenen Mund ergänzt wurden. Sie mochte so alt sein wie er, vielleicht ein Jahr jünger, und immer wenn sie einen Kleiderbügel nach links verschob, um sich das nächste Shirt anzusehen, wippte die Locke, die ihr in die Stirn hing und welche sie gedankenverloren immer wieder mit dem Mund nach oben blies. Er beobachtete sie länger und musste über diese Angewohnheit lächeln, als sie sich zu ihm umdrehte. In ihren warmen, dunklen Augen verbreitete sich für Sekundenbruchteile Nervosität, als sie merkte, dass er sie beobachtete.

„Is was?", fragte sie ihn.

Die Gruppe aus Eisenach stieg in die U-Bahn und fuhr Richtung Radrennbahn Berlin-Weißensee, wo die Konzerte der Friedenswoche stattfanden. Am Alexanderplatz mussten sie umsteigen. Ein paar Mädchen schlugen vor, die Fahrt kurz zu unterbrechen und über den Alexanderplatz zu bummeln. Den kannte Marie schon von ihrem gestrigen Ausflug. An seinem Nordende, nicht weit weg von dem Ausstieg aus der U-Bahn, waren eine Menge Geschäfte, unter anderem eine große Kaufhalle.

Die Mädchen drängten sich Schulter an Schulter mit vielen anderen durch die Gänge. Marie bestaunte noch einmal die Auslagen. Dieses Angebot! Die Massen, bei denen niemand Schlange stehen oder etwas für ‚unter dem Ladentisch' bestellen musste. Das gab es in Eisenach nicht, auch nicht im etwas größeren Erfurt. Es gab viele, welche wie Marie lediglich im Angebot wühlten, ohne etwas zu kaufen, oder die Warenfülle still bestaunten. Nur eine Gruppe von Jungen, etwa in ihrem Alter, scheinbar unbeeindruckt durch die Menge und musterte eher die in den Auslagen wühlenden Leute als die Waren. Ein Blick auf die Kleidung und den aufgesetzt-lässigen, leicht arroganten Gang sagte allen, dass die Gruppe aus dem Westen stammte.

Sie ging zu einem Ständer, auf dem zahlreiche Shirts hingen, alle mit unterschiedlichen Farben und Mustern, angeblich von internationalen Designern, sah sich eins nach dem anderen an, überlegte, wie sie damit wohl in Eisenach aussehen würde und zu welcher Gelegenheit sie dies anziehen könnte, schob das Shirt dann auf dem Kleiderbügel weiter und betrachtete das nächste, während sie sich ihre Stirnlocke, die immer wieder über ihr linkes Auge fiel, wiederholt zur Seite blies. Sie drehte sich nach links, wo sie eine Bekannte aus Eisenach vermutete, mit der sie über das Shirt vor ihr reden wollte, kreuzte mit dem Blick direkt das Starren eines Jungen, der nur drei Meter entfernt stand und sie hemmungslos musterte. Zuerst erschrak sie, hatte für einen Sekundenbruchteil den Eindruck, sie werde beobachtet. Von der Stasi, von jemandem der FDJ, von wem auch immer. Aber als sie sich ihr Gegenüber ansah, die glatten hellbraunen Haare, die bis knapp oberhalb Schulter reichten und die Tendenz hatten, in der Stirn vor das linke Augen zu fallen, das Alter abschätzte – er mochte in etwa so alt wie sie sein –, den neugierigen, in keiner Weise verschlagenen oder verschämten Blick und vor allem das geheimnisvolle Lächeln, das ihm im Gesicht stand, fiel die Furcht von ihr ab.

„Is' was?", sagte sie.

„Ich wollte nicht... Ich fand es einfach putzig, wie du stehst und dir die Locke aus dem Gesicht bläst."

„Deswegen hast du mich so angeglotzt?"

Ihrem Gegenüber war es nun sichtlich unangenehm, von ihr darauf angesprochen zu werden. Er fühlte sich ertappt, wandte seinen Blick kurz ab und starrte auf das Shirt in ihrer Hand.

„Gefällt dir das? Ich könnt es dir kaufen, ich meine, ich hab noch Geld vom Zwangsumtausch." Er sagte es sehr freundlich, fast gewinnend, ohne einen Hauch von Arroganz. Marie konnte sich nicht genau entscheiden, ob sie sich jetzt von einem Westler, den sie ziemlich attraktiv und irgendwie auch sympathisch fand, zu einem Designer-Shirt einladen lassen sollte, ob sie dies als Geste der Herablassung interpretieren oder sogar eine Falle der FDJ vermuten sollte, welche sie vielleicht nur aufgrund dieses Testes mit nach Ostberlin hatte fahren lassen. Vielleicht wollte man ihre Linientreue testen, Widerstandskraft gegenüber den Verführungen des Kapitalismus oder was-auch-immer. Sie zögerte kurz, hängte dann den Kleiderbügel wieder auf den Sammelständer und meinte: „Ne, lass ma' gut ein. Kann ich mir schon selbst leisten."

Mit einem seltsamen Gefühl der Taubheit ging Micha aus der Kaufhalle. Es war kaum zu erklären, aber dieses liebliche Gesicht und diese warmen Augen, die Neugier und der Mut, den er in den Augen des Ostberliner Mädchens nach dem Sekundenbruchteil des Erschreckens wahrgenommen hatte, hinterließen einen bleibenden Eindruck bei ihm. Die Frage, ob es zu gönnerhaft gewesen war, dem Mädchen das merkwürdige Shirt mit dem Geld aus dem Zwangsumtausch schenken zu wollen, ob es weniger die Geste und mehr die Erwähnung des Zwangsumtausches oder ob es einfach nur die falsche Art, das falsche Aussehen, die falsche Ausstrahlung war, würde er niemals mehr zweifelsfrei lösen können.

David zerrte ihn über den Alexanderplatz auf ein als solches betiteltes ‚Schnellrestaurant', um wenigstens dort das Geld aus dem Zwangsumtausch sinnvoll umsetzen zu können.

„Nee, hammwa nich", sagte die Dame hinter der Essenstheke, als David sie fragte, ob es das Jägerschnitzel auch mit Pommes statt mit Kartoffeln gebe.

„Laaangsam, nur die Ruhe!" sagte die Kassiererin, als Micha sie nach drei Minuten fragte, wie lange sie die Unterhaltung mit ihrer Bekannten noch fortsetzen wolle, bevor sie gedenke, ihnen das gerade erkaltende Essen abzukassieren. Der Frage zum Trotz dehnte sie die Privatunterhaltung nun noch länger aus. Als David vorschlug, das Essen einfach stehen zu lassen und ein anderes Lokal aufzusuchen, zeigte sie eine ihr bislang nicht zugetraute Hellhörigkeit.

„Watta bestellt habt, ditt müsta ooch koofen!"

Der Kartoffelbrei schmeckte wie Leim mit gelbem Farbstoff, Davids Jägerschnitzel wie brauner Farbstoff mit Fleischbeilage, die Bratwurst im Brötchen sah aus wie Schlagstock im Schlafrock.

Nach zwanzig Minuten hatten sie alles heruntergewürgt, liefen über die Straße auf den Alexanderplatz und hockten sich auf eine Bank am Neptunbrunnen. Der Wind fegte über den betonierten Platz.

Ein Mann mit strähnigen, ergrauten Haaren, einem wild wuchernden Vollbart und einem alten, zerschlissenen Parka schlenderte an ihnen vorüber. Er setzte eine Wodkaflasche mit kyrillischen Schriftzeichen an den Hals, trank hektisch, leerte die Flasche und lief in Richtung des Mülleimers neben ihrer Bank, schaute herüber, taxierte sie, machte dann einen Schritt auf sie zu, entblößte seine Zahnlücken und sprach sie an.

„He, ihr seid aus dem Westen, wa'?"
„Sehen wir so aus?" fragte Micha.
„Ja, ditt tut'ah! Und jelangweilt seht'ah aus!"
„Sehen wir wirklich so ‚jelangweilt' aus?"
„Ja, ditt tut'ah!"

Er setzte sich auf ihre Bank, ohne Michas Antwort abzuwarten. Seine Alkoholfahne vertrieb David ein Stück weiter in die Bankmitte. Micha grinste, ein Erlebnis witternd.

„Wollt'ah eene Jeschichte hör'n? Oda eenen Witz? Ick bin nämlich professioneller Witzeerzähla. Meen Name is' Walta. Mit Err am Ende."

„Ein Witz wäre zumindest ein Anfang."

„Wat wollt'ah hören: anzügliche Witze, Witze für Kinda, Pennerwitze, politische Witze Ost, politische Witze West, internationale..."

„Irgendein Ost-Witz wäre gut."

„Oh ja, da kenn' ick 'ne Menge. Aba: Ick hab' keen' Treibstoff mehr, keen' Wodka, mein' ick. Es läuft viel bessa damit."

Walter wischte sich den Mund ab, die leere Flasche noch in der Hand haltend, und schaute sie auffordernd an. Micha nickte David zu, sie standen auf, um im Supermarkt eine neue Flasche zu kaufen. Im Hintergrund glaubte Micha die Schöne aus der Kaufhalle zu erkennen. Sie ging mit einer Gruppe zur Treppe, die in die U-Bahn führte. Er sah zu ihr hin, sie war etwa 50 Meter entfernt. David bewegte sich in eine andere Richtung auf einen Kiosk zu, der unweit des Roten Rathauses stand. Ohne zu überlegen, aus einem Instinkt heraus, fing Micha an zu rennen.

„Ich bin in fünf Minuten wieder da", rief er über die Schulter zu David.

Sie war schon im Treppenschacht verschwunden, als er die ersten zwanzig Meter zurückgelegt hatte. Rund um den Treppenabgang standen die Menschen dichter, sodass er von seinem Sprint in einen Trab wechseln musste. Er kurvte um eine Gruppe, die vor dem Treppenabgang stand, suchte sich auf den Stufen seine Slalomstrecke durch die Fußgänger nach unten und warf immer wieder einen Blick zwischen die Lücken im Gedränge. Auf der Hälfte der Treppe erwischte er einen kurzen Blick und sah sie unten in einen Gang abbiegen, der zur U-Bahn in Richtung Weißensee führte.

Marie ärgerte sich immer noch, dass sie nicht zumindest ein paar Sätze mit dem Jungen geredet hatte. Nach einigem Nachdenken war sie zum Schluss gekommen, dass er es nur nett gemeint hatte. Genauso wenig hatte er wie ein Köder oder Spion der Stasi ausgesehen. Wahrscheinlich war er wirklich ein freundlicher (und, wie sie fand, verdammt hübsch aussehender) Jugendlicher aus dem

Westen. Die anderen in ihrer Gruppe freuten sich schon auf das Konzert, erzählten unaufhörlich von nichts anderem, auch wenn sie noch eine halbe Stunde mit der U-Bahn entfernt waren.

Sie lief hinter den anderen zur Treppe und stieg hinunter in die U-Bahnstation Alexanderplatz, folgte ihnen durch den langen Gang, der zur Linie in Richtung Weißensee führte und stieg blind auf die anderen vertrauend in den Wagen. Die U-Bahn fuhr an und ratterte durch den Tunnel. Von links drängte sich jemand an sie heran und Marie wollte schon einen Schritt zu Seite gehen und sich beschweren, als sie sah, dass es der Junge aus der Kaufhalle war, der ihr im U-Bahnwagen gegenüber stand und sie mit einem Grinsen ansah, dessen Frechheit die Nervosität übertünchen sollte. Er strecke ihr einen Zettel entgegen, den er irgendwo heraus gerissen hatte.

„Ich wollte dir nicht nachlaufen, aber du bist mir einfach nicht aus dem Kopf gegangen. Ich wollte auf keinen Fall großspurig wirken. Vielleicht bekomme noch 'ne zweite Chance. Hier ist meine Telefonnummer."

Marie ließ sich völlig erstaunt den abgerissenen Zettel geben, auf den eine Telefonnummer gekritzelt war, die mit ‚0049-56…' begann. Sie spürte die bewundernden Blicke der anderen aus ihrer Gruppe, drehte den Zettel verlegen in der Hand.

„Wir haben zu Hause kein Telefon."

„Oh", sagte ihr Gegenüber.

Dann nahm er ihr den Zettel wieder aus der Hand, schrieb, während die U-Bahn quietschend in die nächste Station einfuhr und sich vom Zischen der Hydraulik begleitet die Türen öffneten, auf die andere Seite seinen Namen und seine Adresse und steckte ihr den Zettel wieder zu. Er lächelte sie noch einmal kurz an, diesmal völlig entspannt und offen, meinte zu ihr, er würde sich ehrlich freuen, falls sie ihm schriebe. Sie lächelte schüchtern zurück, klammerte die Hand um den Zettel und sah ihm nach, während sich die Wagentür zischend schloss.

Lieber Michael,
ich habe lange überlegt, ob ich dir wirklich schreiben soll. Das alles in Berlin auf dem Alexanderplatz war sehr ungewöhnlich, zumindest für mich. Bei dir weiß ich nicht, ob du das vielleicht öfters machst.
Ich habe mir in unserer Schulbibliothek einen Atlas der BRD geliehen und dann tatsächlich Hängerode gefunden. Es liegt ja direkt an der Staatsgrenze und genau genommen wohnst du direkt bei mir um die Ecke. Ich komme aus Eisenach, wie du an der Adresse erkennen kannst. Das ist dort, wo die Wartburg-Autos hergestellt werden. Du kennst doch Wartburg oder?
Ich muss ehrlich sagen, ich weiß gar nicht, wie es bei dir aussehen könnte. Meine Oma kommt aus Eschwege, das ist ja nicht so weit von dir, und sie hat mir beschrieben, wie es aussieht, aber in ihren Erinnerungen ist es in Eschwege noch 1950 und ich denke, es sieht dann bei euch mittlerweile doch anders aus. Dürft ihr eigentlich einfach so aus eurem Dorf in die Stadt fahren? Bei uns ist das ziemlich schwierig, wenn man so nah an der Staatsgrenze wohnt, das hat was mit dem Sicherheitsbedürfnis zu tun, so heißt es zumindest.
Bevor ich dir etwas über mich schreibe noch ein kurzer Bericht zu dem Konzert, auf dem ich in Weißensee war, nachdem wir uns getroffen und du mir in der U-Bahn den Zettel mit deiner Adresse zugesteckt hast. Das fand ich übrigens sehr mutig von dir. Jedenfalls sind wir dann zu dem Konzert gegangen. Es

war mein erstes großes Konzert überhaupt. (Ich hoffe, das schreckt dich jetzt nicht ab. Bei uns in der DDR gibt es schon sehr viele Konzerte, in Berlin, in Leipzig, auch in Erfurt, nur eben nicht in Eisenach.) Das Konzertgelände war riesig, über 100.000 Menschen waren dort! Sie hatten wahnsinnig große Lautsprecher aufgestellt, sodass man bis nach ganz hinten – wir konnten uns im Gedränge leider nicht mehr nach vorne schieben – alles richtig laut gehört hat. Das Ganze wurde moderiert von Katarina Witt. Die kennst du doch, die Eisläuferin, die in Calgary die Goldmedaille gewonnen hat? Sie hat über das Mikrofon eine Geschichte erzählt, wie sie in Calgary auf einer Party war und plötzlich neben ihr Bryan Adams stand (sie sagte immer Priän Ädäms, sie kommt ja aus Sachsen, das ist der Dialekt von Walter Ulbricht, Honecker spricht auch ein bisschen so, obwohl der ja aus dem Saarland kommt) und ihn angesprochen hat ‚Mensch Priän, möcht's de nich' ma' bei uns in der DDR spielen?' und dann habe ihr Bryan versprochen zu spielen und sei nun hier.

Das war wirklich lächerlich, die Leute haben sie von der Bühne gepfiffen! Sie ist nicht so beliebt bei uns, musst du wissen, zumindest nicht bei den Jugendlichen. Aber dann kam er, dann kam Bryan Adams! Ich habe ja schon seine ganzen Platten, ein Teil davon auf Kassette, aber im Konzert ist es ein ganz anderes Erlebnis. Das war so toll, er hat über zwei Stunden gespielt, zu Hause habe ich mir gleich nochmal seine ganzen Platten angehört. ...

Der Brief von ihr ging über insgesamt fünf handgeschriebene Seiten. Micha, der über vier Wochen auf den Brief hatte warten müssen, schon nicht mehr mit einem Brief gerechnet hatte und auch nicht wusste, dass Marie, nachdem sie sich erst einmal überwunden, ihre ganze

Schüchternheit abgelegt und ihm gerade deshalb so viel geschrieben hatte, weil sie ein schlechtes Gewissen hatte, ihn in Ostberlin zweimal so stehen gelassen zu haben, war überwältigt. Es dauerte keine zwei Tage, bis er den Antwortbrief fertig hatte. Bis zur Absendung des Briefes vergingen aber noch vier Tage, weil er zuvor noch an einem Nachmittag nach der Schule in den Plattenladen in Eschwege ging und das neue Album Live! Live! Live! von Bryan Adams erwarb, sodann die Platte, noch bevor er sie selbst gehört hatte, seinem Freund David mitgab, um schließlich die von David aufgenommene Kopie als Kassette in den groß gewordenen Umschlag an Marie beifügen zu können.

Liebe Marie,
ich kann kaum ausdrücken, wie ich mich über deinen Brief gefreut habe. Ehrlich gesagt hätte ich nicht gedacht, dass du überhaupt schreibst.
Um eines klarzustellen: Nein, ich spreche nicht öfters unbekannte Frauen an, weder in Ostberlin noch irgendwo im Westen, es war das erste und einzige Mal, dass ich so etwas gemacht habe, warum kann ich nicht so genau sagen, am ehesten war es wohl, weil ich in deinem Gesicht etwas gesehen habe, das mich denken ließ, du seist eine Seelenverwandte.
Ich hoffe, dir gefällt die Live-Platte von Bryan Adams. Mein bester Freund hier, er heißt David, hat sie extra für dich auf Kassette aufgenommen. Ich schenke sie dir, weil ich denke, dass du dich über Bryan Adams freust, nicht, dass du denkst, ich wollte dir schon wieder einfach so was ausgeben. Wenn du schon in deinem Brief andeutest, im Westen müsse doch alles so toll sein wie im Fernsehen: Falls ja, dann hat das Fernsehen um uns in Hängerode bisher einen großen Bogen gemacht. Es reicht für eine Platte von Bryan Adams, aber es ist längst nicht

so wie im Denver-Clan. (Kennst du das eigentlich? Läuft bei uns im Fernsehen, ist aber so scheußlich, dass man es nicht zu sehen braucht.)
Es ist ein ganz komisches Gefühl, zu wissen, dass du aus Eisenach kommst. Ich habe es mir inzwischen auch auf der Karte angesehen und es ist nicht weit weg. Am Wochenende war ich wandern, das ist so ein Tick meiner Eltern, und als wir bei uns auf einem hohen Berg waren, habe ich nach Osten gesehen und mit meinem Vater die Richtung gesucht, in der Eisenach lag. Ich glaube, ich habe dich gesehen, jedenfalls gefühlt habe ich das.

Marie und Micha schrieben sich von diesem Zeitpunkt an im monatlichen Rhythmus; dies hatte Marie in ihrem zweiten Brief vorgeschlagen, damit sie einen Turnus fänden, der ihnen helfen würde, die Brieffreundschaft auch regelmäßig zu pflegen. Es funktionierte.

Vor ihrem ersten Brief hatten ihre Eltern sie gewarnt, zu viel von sich preiszugeben, nicht wegen der Vermutung, der Junge aus dem Westen könne ein Spitzel sein, sondern weil Briefe in den Westen selektiv kontrolliert würden. Es sei nicht auszuschließen, dass regimekritische Äußerungen in ihre Akte wandern würden. Die ‚Akte' war etwas, was ihre Eltern gedanklich immer verfolgte, und in Bezug auf Marie ging es dabei immer um ihre nahe oder ferne Zukunft: Das Abitur an der EOS, die Zuteilung eines Studienplatzes, die Zuweisung einer eigenen Wohnung, eine interessante Stelle, die Beförderung, der Reiseantrag. Alles schien von dieser ‚Akte' abzuhängen, die natürlich niemand jemals gesehen hatte, von der man sich nur erzählte, die aber in den Köpfen aller solch eine Präsenz entfaltete, dass sie schon allein deshalb existieren musste, weil alle an sie glaubten.

Vor zwei Jahren hatte sich Marie gewundert, dass sie ab der 11. Klasse tatsächlich auf die EOS berufen worden war. Fast alle anderen mussten eine Berufsausbildung anfangen und das Abitur, falls sie das denn wollten, nebenbei machen. Sie gehörte zu nur drei Privilegierten in der Klasse, denen der direkte Weg eröffnet worden war. Neben ihr waren nur noch Maik Hanschke, der Sohn des Eisenacher SED-Leiters, und Carmen Sattler zur EOS bestellt, also zum direkten Abitur zugelassen worden. Die üblichen Verdächtigen.

Warum auch Marie das Glück getroffen hatte, wurde nicht offenbart. Marlene meinte später, es müsse – neben den zweifellos guten Leistungen von Marie – sicherlich damit zu tun haben, dass sie als Mutter in der Schule sehr aktiv gewesen war und sich zudem als Lehrerin indirekt für ihre Tochter eingesetzt hatte. Eckart war der Ansicht, „sie" – er meinte damit die SED und das von ihr beeinflusste Lehrerkollektiv – hätten allen unbedingt beweisen wollen, dass auch ein normaler Mensch mit guten Leistungen direkt an die EOS abgeordnet werden könne und dann hätten sie mit Marie jemanden ausfindig gemacht, der im Übrigen in der Schule politisch wenig auffällig gewesen sei.

Im Gedanken an ihre ‚Akte' versuchte sie in den Briefen an Micha alles auszulassen, was politisch verdächtig sein könnte, falls der Brief einmal von ‚ihnen' gelesen werden würde, aber allein schon die Auswahl zu treffen war nicht einfach. Was war politisch, was war privat? Was war eine private Ansicht, die politisch interpretiert werden konnte? War es in Ordnung, wenn sie ihrem Brieffreund schrieb, dass viele junge Leute in der DDR Katarina Witt hassten, obwohl sie von dem DDR-Fernsehen als nationale Ikone gefeiert und von den Mächtigen in Ostberlin überall hofiert wurde? War es mehr als eine private Äußerung, wenn sie ihrem Brieffreund erklärte, dass Katarina Witt vor allem deshalb so gehasst wurde, weil sie immer in den schicksten Westklamotten auftrat, die sie sich auf all ihren Auslandsreisen von ihren Devisen gekauft hatte, gleichzeitig aber in alle Mikros erzählte, wie schön sie das Leben in der DDR im Vergleich zum westlichen Ausland fand?

Bereits in den ersten Briefen bemerkte Micha, dass Maries Ausführungen bei bestimmten Themen immer abrupt abbrachen, obwohl sie das Thema in den Sätzen zuvor noch ausgiebig und mit einer großen Lebendigkeit ausgeführt hatte. Er sog jede Zeile von ihr auf, ihm öffnete sich eine Welt, die er mit dem Blick aus seinem Dachfenster lediglich wahrnam, in den Briefen von Marie aber zu verstehen begann. Sie hatte sich, so schrieb sie jedenfalls, *„sehr über die tolle Aufnahme von Bryan Adams gefreut"*, so sehr, dass sie ihrem zweiten Brief ein Foto von sich beigefügt hatte, das nun an der Pinnwand über seinem Schreibtisch hin. Das Foto war schwarz-weiß, warum auch immer, und zeigte sie an einem wohl ziemlich grauen Tag in einer noch graueren Stadt, vermutlich Eisenach, aber aus allem stach Maries Lachen hervor, in dem sich Zuversicht und Lebenslust spiegelten. Sie sah so aus, als könne einem nichts mehr passieren, als könne man nie mehr betrübt oder pessimistisch sein, wenn man mit ihr zusammen war, und selbst obwohl er sie nur dieses eine Mal gesehen und danach nie mehr mit ihr gesprochen hatte fühlte er sich ihr sehr nah.

Über die Monate wurde Micha, der Junge aus dem Westen, Marie immer vertrauter. Immer wenn sie Micha schrieb, lief die Kassette, die er ihr mit seinem ersten Brief hatte zukommen lassen, so oft, dass sie nun an einigen Stellen leierte. In ihrer Vorstellung gehörte die Musik von Bryan Adams nun untrennbar mit Micha zusammen, beides verschmolz miteinander, sodass der unerreichbare Musiker aus Kanada und der unerreichbare Brieffreund im Westen, die sie beide jeweils nur einmal gesehen hatte, zu einer Person wurden. Genau genommen hatte ihr Micha eine starke Ähnlichkeit mit Bryan Adams, zumindest auf dem Foto, das er ihr mit seinem zweiten Brief geschickt hatte. Er stand mit Jeansjacke irgendwo auf einem Feld, im Hintergrund waren ein paar Wolken zu sehen, und seine halblangen Haare, unter denen er lässig grinsend in die Kamera schaute, hingen ihm etwas im Gesicht, fast so wie Bryan Adams auf dem Cover des Reckless-Albums.

Wenn in der Schule etwas passiert war, das sie aufwühlte, wenn sie sich mit ihren Eltern stritt oder aus irgendeinem Grund unglücklich war, schrieb sie es in ihren Briefen. Micha war so fern, dass sie es ausschließen konnte, ihm jemals die sämtlichen Personen in ihren Briefen vorstellen zu müssen, aber gleichzeitig war er ihr über die Briefe so nah gekommen, dass sie das Gefühl hatte, ihm fast alles anvertrauen zu können.

Lieber Micha, ich hatte heute einen ganz miesen Tag in der Schule, schrieb sie dann. Oder: *Lieber Micha, manchmal werde ich hier noch irre. Heute hatte ich wieder eine Diskussion mit meinem Vater.*

Micha war immer unglaublich aufgeregt, wenn er ihren neuesten Brief in der Hand hielt, konnte es kaum abwarten, ihn zu lesen. Sie schrieb so klar über sich selbst, so offen, so als würde sie als seine beste Freundin direkt neben ihm sitzen und ihm alles direkt erzählen. Ihr gesamtes Leben. Die Aufregung war anfangs noch anders gewesen, ein prickelndes Gefühl, ein leichtes Kopfschwirren, war die Brieffreundschaft doch ein Kontakt zu einem – zugegeben sehr hübschen – Mädchen in einem fremden exotischen Land, das gefühlt viel weiter weg lag als die wenigen Kilometer Luftlinie, die sie trennte. Im Laufe der Monate, als Marie in ihren Briefen ihr Leben für ihn öffnete, wurde das Gefühl anders. Nicht mehr so aufgeregt, dafür tiefer, sehnsüchtiger. Er verdrängte das Gefühl, sich in sie verliebt zu haben, gleich wieder. Maries Welt war unerreichbar.

Zwei Monate nachdem er Maries ersten Brief erhalten hatte, war Micha auf einer Party mit seiner Freundin Insa zusammen gekommen. Sie stammte aus dem Nachbardorf und er kannte sie, wie alle Mädchen seines Alters aus Hängerode und den umliegenden Orten, schon seit der Grundschule. Insa war eine dieser stillen Schönheiten, die entweder irgendwann in der Stadt voll erblühen oder heimlich auf dem Land wieder verwelken würden. Zunächst hatte er Marie nichts von ihr geschrieben. Er hielt es nicht für wesentlich, weder für Marie auf der einen noch für Insa auf der anderen Seite. Beide Welten waren voneinander getrennt und es gab keine Notwendigkeit, dass sie sich berührten.

Irgendwann hatte er aber doch das Gefühl, er schulde Marie die Ehrlichkeit, ihr von seiner Freundin zu schreiben. Lange überlegte er, wie er die Nachricht möglichst beiläufig im Brief verpacken konnte, so als würde er ihr mittendrin eine Tatsache zur Kenntnis geben, die im weiteren mitschwingen aber niemals Diskussionsgegenstand werden konnte.

...Dort bin ich dann mit Insa hingegangen. Habe ich dir schon von ihr geschrieben? Ich bin jetzt seit einiger Zeit mit ihr zusammen. Sie ist sehr nett, was jetzt nicht heißt, dass du

mir nichts bedeutet. schrieb er mit Bleistift blass vor, radierte aber dann den letzten Satz wieder weg und fuhr stattdessen fort:
Sie ist wirklich ganz nett. Übrigens habe ich mit meinem Freund David mal über das gesprochen, was du in deinem letzten Brief über Unabhängigkeit geschrieben hast…

*Lieber Micha,
ich freue mich sehr, dass du eine Freundin hast.*
Das stimmte zwar nicht so ganz, sie konnte aber Micha kaum schreiben, dass sie es irgendwie merkwürdig fand, ohne dafür einen Grund nennen zu können. Andererseits passte es ganz gut, denn nun konnte sie endlich von René berichten, von welchem Micha noch gar nichts wusste.
Mein Freund heißt René, ich bin jetzt seit über einem Jahr mit ihm zusammen. Ich mag an ihm besonders, dass
Ja, was mochte sie an ihm besonders? Anfangs hatte sie gedacht, es sei eine Art Verruchtheit gewesen, die er ausstrahlte. Er redete und lachte lauter als die anderen. Er scheute sich nicht davor, seine Meinung zu äußern, wurde manchmal rotzig oder sogar beleidigend, wenn ihm danach war. René hatte auch auf die FDJ und so vieles mehr gepfiffen.
Eines Abends, sie waren gerade frisch zusammen, hatte er auf dem Nachhauseweg einen roten Farbbeutel aus seiner Jacke geholt und auf die steinerne Leninstatue im Stadtpark geworfen. Er hatte Lenin genau auf die Stirn getroffen, sodass die rote Farbe vom Kopf aus über die Nase und das Kinn nach unten tropfte. Sie waren zuerst so schnell wie möglich ein paar Straßen weiter gerannt und anschließend kaum mehr aus dem Lachen herausgekommen. Am Montag darauf stand in der Lokalzeitung, in der

Nacht zum Samstag hätten „republikfeindliche Kräfte das Lenindenkmal im Stadtpark geschändet". Marie war unglaublich stolz über ihren Frevel.

Genauso direkt und schroff wie René zu anderen sein konnte, so war er auch öfters zu Marie. Nicht am Anfang, doch im Laufe der Zeit immer mehr. Er sagte es nicht direkt, aber sie wusste, dass es ihn störte, wie sie mit großer Disziplin auf ihr Abitur und ihren Studienplatz hinarbeitete. René war nach der 10. Klasse von der Schule abgegangen und hatte eine Lehre als Maschinenschlosser begonnen. Marie würde, wenn alles gut ging, wegziehen und ein völlig anderes Leben beginnen. Er hatte immer scherzend gesagt, nur mit Ärzten, Ingenieuren und Lehrern könne man keinen Staat machen. Außerdem genoss er es, schon mit 18 Jahren sein eigenes Geld zu verdienen. Am Wochenende spendierte er Marie gerne im Jugendclub die Getränke, Ehrensache für einen Gentleman, sagte er.

Sie strich den angefangenen Satz durch und schrieb:

Ich fühle mich sicher und geborgen bei ihm. Das ist mir sehr wichtig, auch wenn ich mich mit ihm nicht so gut austauschen kann, wie mit dir…

Zum Schluss legte sie den Brief zur Seite und schrieb ihn noch einmal fein säuberlich in Reinform ab. Den Entwurf faltete sie zusammen und legte ihn auf den Stapel auf ihrem Schreibtisch.

Diesmal war es nicht Eckart, der sich furchtbar aufregte, sondern Marlene. Unmöglich, dem Kind zuerst das Abitur zu ermöglichen und es dann statt zum Studium in die Betriebe zu schicken!

Marie war immer noch geknickt, aber die Enttäuschung wich langsam einem Trotz. Dann würde sie eben noch ein bis zwei Jahre etwas anderes machen.

Eckart meinte, es sei ohnehin schon eine Überraschung gewesen, dass sie überhaupt auf der Erweiterten Oberschule Abitur hatte machen dürfen. Marie hatte die zwei Jahre auf der Erweiterten Oberstufe genossen, während ihre ehemaligen Mitschüler ihre jeweiligen Lehrstellen antraten, sich ‚in der Produktion bewährten'.

Am Ende des EOS stand nicht nur das Abitur, sondern bei den meisten auch ein Studienplatz. Berlin. Oder wenigstens Leipzig, wie Marie immer geträumt hatte. Aber in der Klassenkonferenz, auf der kurz vor Ende der regulären Schulzeit die Empfehlungen für die einzelnen Schüler verkündet wurden – faktisch die Erlaubnis oder das Verbot, ein Studium aufzunehmen –, wurde sie enttäuscht. In der Aula des alten Gymnasiums hatte sich neben dem Schulleiter auch Walter Lohr als stellvertretender Direktor aufgestellt. Zu Beginn hielt zunächst der eine und dann der andere eine pathetische Rede über die Verantwortung des Bildungsbürgers für den modernen sozialistischen Staat. Marie vergaß den genauen Wortlaut direkt wieder, aber das Thema der beiden kreiste darum, dass alle Abiturienten das Privileg der Bildung erhielten und dem Staat etwas zurückgeben müssten.

„Nicht alle", so Walter Lohr, „sind aber dazu erwählt worden, ihre Fähigkeiten direkt durch ein Studium zu verfeinern."

Er machte eine kunstvolle Pause und schaute in der Aula von Schüler zu Schüler. Marie hatte den Eindruck, dass sein Blick kurz auf ihr verharrte.

„Bei einigen haben wir die Empfehlung, dass sie sich erst einige Lebenserfahrung in der Produktion holen, bevor sie das Privileg genießen, an den Hochschulen der DDR zu studieren."

Der Direktor verlas die Namen der Schüler und sagte bei jedem, was die Empfehlung des Lehrerkollektivs war. Carmen Sattler durfte an die Humboldt-Universität nach Berlin zum Studium der Philosophie und der Sozialistischen Theorielehre. Maik Hanschke durfte sogar an die Bergbauakademie in Freiberg, was er sich so sehr gewünscht hatte.

„Marie Geseck", rief der Direktor in den Raum. „Wir haben es uns bei dieser Entscheidung nicht leicht gemacht. Dein Ziel, das Studium der Journalistik, um die Entwicklung unserer Republik berichtend zu begleiten, ist ein hehres."

Hat er wirklich ‚hehres' gesagt? dachte Marie.

„Aber wir glauben, dass du für dein Ziel noch besser die Nöte unserer sozialistischen Gesellschaft kennen lernen solltest. Marie, wir empfehlen, dass du dich noch für ein Jahr in der sozialistischen Produktion deiner Heimatstadt Eisenach bewährst."

Marie verkrampfte. Ein weiteres Jahr in Eisenach. In die Abläufe irgendeines Kombinats gezwungen, in welchem die Abiturienten nur als lästiges Hindernis im üblichen Betriebsablauf betrachtet werden würden. Ihr großes Ziel in weiter Ferne.

Nach der Klassenkonferenz war die Schule an diesem Tag beendet. Die anderen feierten in der Kneipe eine Straße weiter ihr zukünftiges Leben. Marie stand davor, schaute durch die gelblichen Butzenglasfenster und sah die Umrisse ihrer Mitschüler, hörte ihre Stimmen, ihr gelöstes Lachen. Sie verharrte einen Moment, drehte sich um und ging zur Bushaltestelle. Heute war ihr nicht nach Feiern zumute.

Warum? War es vielleicht eine Bemerkung gewesen, die sie in Berlin auf der Fahrt der örtlichen FDJ zum Konzert getätigt hatte? Wenn ja: Welche? War es ihr Spott gewesen, den sie gelegentlich (wirklich nur ganz gelegentlich, dachte sie) auf dem Schulhof über die Parteibonzen der SED gemacht hatte, so wie sich auch ihr Vater zu Hause und im Kreise seiner Freunde äußerte? War es ihre starke, für die Lehrer wohl auffällige Zurückhaltung in Staatsbürgerkunde, wenn es für die Dogmatiker um die essenziellen Themen ging? Marie vermutete, dass es am ehesten ein Brief an Micha gewesen war, in dem irgendetwas, das ‚sie' gelesen hatten, in ihre ‚Akte' gewandert und sie für ein Studium diskreditiert hatte. Umso bitterer war es, dass sie den Briefkontakt zu Micha hatte einschlafen lassen. Jemand wie er fehlte ihr jetzt, selbst wenn er nur durch seine Briefe für sie dagewesen war.

Ausgerechnet die Urschrift jenes Briefes, in welchem sie Micha von René berichtet hatte, hatte dieser von ihrem Schreibtisch genommen und gelesen. Statt jenem René, den sie bislang gekannt hatte, stand nun jener René vor ihr, dessen Härte nach außen sie immer bewundert hatte. Unnachgiebig, wütend, unbeirrbar. Der Strom seiner Fragen nicht versiegend. Warum er denn jetzt erst erfahre, dass sie einen Brieffreund im Westen habe? Warum sie sich denn, wie sie schreibe, mit ihrem Brieffreund besser austauschen könne als mit ihm? Was an ihm denn so verkehrt sei, wenn sie sich mit irgendeinem Fremden über die intimsten Dinge austausche, nicht aber mit ihm?

Warum sie ihn so hintergehe? Ob sie einsehe, dass er so nicht mit ihr zusammen sein könne?

Sie wollte zunächst antworten, dass er nicht einfach ihre Briefe durchwühlen dürfe, dann, dass ihn das alles gar nichts angehe, später, dass er ihr Freund sei und vor ihr stehe und Micha eben nur jemand, dem sie Briefe schreibe, zuletzt, dass sie nur ihn allein liebe, niemand anderen, aber all dies ging in der Flut seiner Vorwürfe, Fragen und Anschuldigungen unter. Der Streit endete mit einer in Tränen aufgelösten Marie, die sich am Tag darauf bei René für den Vertrauensbruch entschuldigte, ohne einen solchen erkennen zu können. Sie hatte nichts Schlimmes gemacht und doch wollte sie René nicht verlieren. Der Preis dafür war ihr Versprechen, die Brieffreundschaft mit dem Jungen aus dem Westen zu beenden.

Es war ihr nicht leicht gefallen, das Versprechen umzusetzen. Einige Zeit hatte sie sogar gedacht, sie würde genau wie bislang weiter Briefe an ihren Vertrauten Micha schreiben, ihren Freund René aber in dem Glauben lassen, keinen Kontakt mehr zu haben. Sie versuchte es, schrieb in den kommenden beiden Monaten noch zwei lange Briefe an Micha und freute sich sehnsüchtig auf seine Antwort, aber etwas hatte sich verändert. Sie dachte länger nach, was sie ihm schreiben konnte und schreiben sollte, hielt das Thema René außen vor, verkniff sich Ereignisse und die Beschreibung von Gefühlen, die zu tief gingen. Dann kam ein schlechtes Gewissen René gegenüber hinzu, welches dadurch forciert wurde, dass sie ihm nie in die Augen schauen konnte, wenn sie seine Frage bejahte, ob sie denn den Kontakt mit „Goethes Werther", wie er Micha immer spöttisch nannte, beendet habe.

Ihre Briefe wurden kürzer und oberflächlicher, auch der zeitliche Abstand ihrer Antworten wurde größer. Schließlich beschloss sie, Micha tatsächlich nicht mehr zu schreiben. Sie erhielt noch einen weiteren Brief, in dem er sich zunächst nett und sehr humorvoll darüber beklagte, dass sie ihm nicht mehr antworte, in dem sich aber am Ende ein Unterton der Verzweiflung fand. Aus schlechtem Gewissen, nun Micha gegenüber, schrieb sie noch einen kurzen Brief, den sie zwar nicht als solchen betitelte, der aber doch ein Abschiedsbrief war.

Lieber Micha,
bei mir waren die letzten Wochen sehr turbulent, vor allem mit meinem Freund René. Ich werde vermutlich in den kommenden Monaten nur noch äußerst selten zum Schreiben kommen...

Danach hatte er ihr nie wieder geschrieben.

Kurze Zeit später hatte sie dann ein Bedürfnis gehabt, sich mit René zu versöhnen, endgültig alle Zweifel in ihm zu beseitigen und wieder den wilden, optimistischen, vertrauenden René zu bekommen, in den sie sich verliebt hatte, und so verfasste sie einen Brief an ihn, in den sie eine Innigkeit legen wollte, so als würde Micha ihr Leser sein. Sie erschrak etwas, als sie feststellte, dass sie erst richtig gut schreiben konnte, als sie sich vorstellte, der Brief sei stattdessen wirklich an ihren ehemaligen Brieffreund gerichtet.

Lieber René,
ich schreibe dir diesen Brief, damit du nicht mehr zweifelst, ob ich für Micha mehr empfinde, oder für dich. Du bist mein Freund, der einzige, den ich habe und den ich liebe. Der andere – Micha – bedeutet mir nichts.

Es gibt keinen Grund zu befürchten, er sei in irgendeiner Weise ein Konkurrent. Er ist so weit weg und du bist der einzige, mit dem ich in die Zukunft gehen möchte...
Sie hatte sich eine Reaktion erhofft, vielleicht sogar ein Antwortbrief, in dem René ansatzweise etwas von dieser Offenheit zurückgab, so wie sie immer etwas von Micha bekommen hatte, aber bis auf ein lakonisches „Hab 'nen Brief von dir bekommen, war echt nett!" erfolgte keine Reaktion.

Das alles war nun schon viele Monate her. René redete zwar nicht mehr über Micha, aber er war insgesamt sehr misstrauisch, nicht mehr derjenige, in den sie sich verliebt hatte.

Sie beschloss, die Versagung eines Studiums und die Veränderung, die René gerade durchmachte, als gerechte Strafe dafür anzusehen, dass sie den Kontakt mit ihrem Brieffreund abgebrochen hatte. Nun musste sie das Beste daraus machen. Ihr Studium würde sie auf keinen Fall aufgeben, auch wenn sie jahrelang in einer LPG Kuhmist schaufeln müsste.

Im Sommer hatte Micha Abitur gemacht, aber statt der erträumten unbegrenzten Möglichkeiten hatte er Schule mit Zivildienstplatz getauscht und sich lediglich von seiner Freundin befreit. Kurz vor dem Ende der Schulzeit hatte Insa eine Lehrstelle bei der Volksbank Eschwege bekommen, genauso, wie sie schon immer gewollt hatte. Für Micha war eine Banklehre das Bindeglied zwischen Jugend und Tod, ein undenkbarer Schritt in eine festzementierte Zukunft. Er mochte Insa noch immer, aber es wurde ihm klar, dass ihre jeweiligen Zukunftsvorstellungen meilenweit auseinander lagen. Er würde noch die eineinhalb Jahre

Zivildienst abreißen, um dann seine Sachen zu packen und in eine Universitätsstadt zu verschwinden, für ihn der Auftakt zu einer noch nicht sichtbaren, aber hoffnungsvollen Zukunft, weitab von der sozialen Enge von Hängerode.

Für Insa bedeutete Zukunft die Lehre in der Volksbank, Freiheit war für sie, von ihrem Zimmer in der Wohnung der Eltern in die darüber liegende Einliegerwohnung ziehen zu können. Er hatte bereits auf seiner Abiturfeier mit ihr Schluss machen wollen, sich aber an diesem Abend davor gedrückt, bis sie sich selbst zwei Tage später von ihm getrennt hatte. Auch wenn es im Ergebnis keinen Unterschied gemacht hätte, ärgerte er sich über seine Lethargie, hätte er doch wenigstens vor sich selbst behaupten können, er und nicht sie hätte die Beziehung beendet.

Nur neun Monate später, kurz vor Ostern, war sie mit ihrem neuen Freund zusammengezogen. Genau genommen zog er bei ihr in die Einliegerwohnung im Haus ihrer Eltern ein. Micha hatte sich eine Zeitlang schlecht gefühlt, weniger weil er sie vermisste, als dass er sich Gedanken machte, warum sie ihn so schnell vergessen und mit einem Kerl zusammenziehen konnte, der das komplette Negativ zu seiner Person war.

In diesen Wochen vermisste er wieder einmal seine frühere Brieffreundin Marie. Wenn er sich mit ihr ausgetauscht hatte, war immer alles so klar gewesen. Aus für ihn nicht ersichtlichen Gründen hatte sie den Kontakt mit ihm immer weiter reduziert, bis sie ihm schließlich nicht mehr geschrieben und nach seinem verklausuliert um Erklärung bittenden Brief den Kontakt mit mehr oder weniger deutlichen Sätzen abgebrochen hatte. Rückblickend betrachtet war es für ihn schlimmer gewesen, als Marie Schluss machte, als von Insa verlassen zu werden. Quälend war, dass er keinen richtigen Grund finden konnte, sich aber trotzdem schuldig fühlte. Möglicherweise hatte es mit seinem Eingeständnis zusammen gehangen, eine Freundin zu haben. Nach jenem Brief hatte sie zunächst offen wie immer geantwortet, ihm sogar mitgeteilt, dass auch sie einen Freund habe. Danach war jeder Brief merkwürdiger geworden, zum Schluss schrieb sie sehr knapp, so als würde sie das Schreiben als eine Art Lästigkeit abhandeln.

In den ersten Wochen, als er noch immer, trotz des letzten abweisenden Briefes, auf einen Sinneswandel gehofft und einen Brief erwartet hatte, war der Gedanke an Marie oft präsent gewesen, mit der Zeit hatte sich dies aber verloren. Sein Blick war nach vorne gerichtet, auf die Zukunft.

Anfang September trat Marie ihre Stelle als Produktionshelferin in den Wartburgwerken an. Zusammen mit ihr begannen noch eine Handvoll andere Abiturienten, die man zwecks Weiterbildung der sozialistischen Persönlichkeiten zur Arbeit in der Fabrik verpflichtet hatte. Außerdem saßen zur Begrüßung noch etwa 30 Jugendliche im großen grauen Saal des Wartburgwerkes, die an diesem Tag die Lehre begannen. Im Gegensatz zu Marie und den anderen Abiturienten waren die Lehrlinge etwas jünger. Die meisten waren früher von der Schule abgegangen. Neben einigen, denen man trotz Wunsch das Abitur verweigert und die man im Gegensatz zu Marie bereits nach der 10. Klasse zu den Werktätigen der DDR gesandt hatte, war der größte Teil der Lehrlinge stolz darauf, im Wartburgwerk arbeiten zu können. Die Abiturienten wurden nicht nur von den Lehrlingen, sondern auch von vielen der ausgelernten Arbeiter meist nur „die Akademiker" genannt und von den Arbeitern – soweit es die Unachtsamkeit der Ausbildungsleiter zuließ – mit den dreckigsten oder den langweiligsten Aufgaben betraut.

Marie verbrachte die ersten Wochen als Produktionshelferin damit, Schrauben, Muttern und Kabel passgenau und in festgelegter Reihenfolge und Menge auf ein Arbeitstablett zu verpacken, von dem sich dann die Facharbeiter bei der Montage der Inneneinrichtung Stück für Stück bedienen konnten. Vier große und acht kleine Muttern, 24 Schrauben der Größe A und acht der Größe C, drei lange gelbe und zwölf kurze gelbe Kabel. Dann den Deckel zuklappen, einrasten lassen und auf den Stapel. Nach vier Stunden eine Pause. Danach ein Wechsel des Arbeitsplatzes, aber keine Abwechslung. Nur andere Schrauben, andere Kabel.

Sie ertrug es wie fast alles mit Fassung. Mit dem Gedanken, dass dies irgendwann, nach einem Jahr oder nach zwei Jahren, vorbei sein und man ihr endlich einen Studienplatz zuteilen würde, wenn sie nur fleißig und ohne große Beschwerden Schrauben sortierte, konnte sie es durchhalten.

Der einzige, der sich wirklich über ihre neue Aufgabe freute, war ihr Vater. Natürlich hätte er es lieber gesehen, wenn seine Tochter direkt hätte studieren können. Aber nun war sie zumindest mit ihm im gleichen Werk auf Arbeit. Soweit sie gemeinsam zur Schicht eingeteilt waren, fuhren sie immer zusammen mit demselben Bus ins Werk und nach Hause. Sie aßen dann sogar meistens in der Kantine zusammen Mittag. Und obwohl Marie es ganz am Anfang noch unangenehm war, dass ihr Vater sie, die Produktionshelferin mit Abitur, stolz seinen Arbeitskollegen vorstellte, genoss sie es jede Woche mehr und mehr.

Sie hatte sich immer mehr für die Tätigkeit ihrer Mutter interessiert. Natürlich war deren Tätigkeit als Lehrerin, noch dazu an ihrer Schule, etwas, was Marie näherstand als das Montieren von Autoteilen und die groben Scherze, von denen ihr Vater früher immer erzählt hatte. Aber jetzt, nachdem sie jeden Tag in der Fabrik stand, konnte sie den stillen, aber aufrechten Stolz ihres Vaters auf seine Arbeit verstehen, lernte die Leute kennen, die derb, aber trotzdem sympathisch über die Witze ihres Vaters lachten.

Ende Oktober nahm ihr Vater sie nach der Schicht mit in die Stammkneipe. Er traf sich dort schon seit Jahren am letzten Freitag des Monats mit seinen Kollegen aus dem Werk. Das war, wie er zu Hause immer behauptet hatte, eine Fortführung der Tradition aus der Zeit, als es noch Lohntüten gab. Als Marie in die Kneipe kam, drehte sich der gesamte Tisch zu ihr hin; eilig rückte man zusammen und machte Marie einen Platz in der Mitte frei. Ihr Vater setzte sich rechts neben sie, von links drängten die anderen nach.

Es war eng in der Kneipe. Die holzgetäfelten Wände waren von dem an ihnen haftenden Zigarettenqualm noch brauner geworden, als sie ohnehin schon waren. Macke, der dicke, grauhaarige Kollege um die sechzig, der eigentlich Markus hieß und ihr am Tisch gegenüber saß, stellte ihr ein Herrengedeck hin. Ein kleines Pils und einen Korn. Marie bestellte sich eine Club-Cola dazu. Die Männer grinsten. Marie prostete auf Aufforderung in die Runde und nahm den Korn auf Ex. Ihr Vater wusste nicht, dass sie von den Partys am Wochenende, den Abenden im Jugendclub, weitaus mehr Herrengedecke gewohnt war, als er und die anderen annahmen. Zwischendurch trank sie immer wieder einen Schluck Cola. Man konnte nie wissen.

Die Kollegen ihres Vater überschütteten sie zunächst mit Fragen und nach dem dritten Herrengedeck nahmen sie Marie kaum noch als Eckarts Tochter war, sondern behandelten sie so normal, wie irgendeine andere Arbeitskollegin, mit der sie auf die nicht mehr existierende Lohntüte zum Monatsende anstießen. Sie genoss es, neben ihrem Vater zu sitzen und seinen Witzen zuzuhören. Zu Hause hatte er eher immer die groben Witze erzählt. Herrenwitze eben. Hier überwogen eher die Ulbricht- und Honeckerwitze. Der ganze Tisch, teilweise die ganze Kneipe, lachte.

„Kommt Brandt zu Ulbricht auf Staatsbesuch. Die beiden wissen anfangs nicht, was sie reden sollen. Da sagt Brandt zur Auflockerung: ‚Ich sammle die Witze, die Leute über mich machen' Darauf Ulbricht: ‚Sehen Sie, ich sammle die Leute, die Witze über mich machen.'"

Die ganze Kneipe tobte. Nur Macke ihr gegenüber lächelte mild, prostete ihr mit dem halben Pils über den Tisch zu und meinte zu ihr: „Den erzählt er seit fünfzehn Jahren. Jedes halbe Jahr einmal. Ist kein schlechter Witz, aber Ulbricht ist halt schon lange tot."

Von rechts schmiegte sich jetzt ein junger Kerl an ihre Beine. Nicht übermäßig aufdringlich, aber schon so kräftig, dass es nicht dem ohnehin großen Gedränge am Tisch geschuldet sein konnte.

„Hallo. Ich bin Sven", meinte er.

Das letzte Herrengedeck hatte Marie ziemlich zugesetzt. Sein Bild verschwamm leicht vor ihren Augen. Sie stellte sich mit Namen vor.

„Ich bin Marie."

„Weiß ich doch. Du bist Eckarts Tochter."

Sven war knapp zehn Jahre älter als sie, also wesentlich jünger als die anderen Kollegen ihres Vaters.

„Ich wusste gar nicht, was Eckart für eine hübsche Tochter hat." Er grinste schief.

„Was machst du denn im Werk", fragte sie, obwohl sie sich nicht sicher war, ob sie sich mit ihm wirklich unterhalten wollte.

„Produktionsplanung. Und Koordination. Koordination mit den anderen VEBs."

Seine Hand war auf ihren Oberschenkel geglitten. Marie hieb auf seine Hand. Nicht so, dass es klatschte, aber doch so, dass Sven seine Hände abrupt zurückzog. Sie stand auf. Nach dem fünften Gedeck musste Marie ohnehin auf die Toilette. Der Boden schwankte. Sie machte einen Schritt nach rechts, einen nach links. Dann fixierte sie die Toilettentür und ging geradeaus darauf zu.

Als sie wieder heraus kam, stand ihr Vater vor ihr. Sie schielte ihn an.

„Komm, wir gehen nach Hause."

Marie nickte.

Draußen war es schon lange dunkel. Sie standen an der Bushaltestelle. Ende Oktober war es abends schon empfindlich kühl, so dass ihr die zehn Minuten Wartezeit lang erschienen. Marie schaute ihren Vater von der Seite an, der versonnen in den Abendhimmel starrte.

„Papa?"

„Ja?"

„Es tut mir leid."

„Was tut dir leid?"

„Naja. Dass du wegen mir schon weg musst. Du wärst doch sicher noch gerne geblieben?"

Eckart, der bisher Schulter an Schulter neben ihr gestanden hatte, drehte sich zu ihr und nahm sie in den Arm. Er drückte sie, erst sanft und dann kurz ganz fest.

„Meine allerbeste Tochter. Ich habe mich gefreut, wie du heute mit mir am Tisch gesessen hast. Hast du die Blicke der Kerle gesehen? Ich bin so stolz auf meine hübsche, intelligente und charmante Tochter."

„Aber ich bin betrunken."

„Das bin ich auch. Und die ganzen Kerle da drin ebenso. Die haben nur mehr Übung darin, es sich nicht anmerken zu lassen."

„Und der Kerl neben mir?"

„Stasi-Sven? Dem gehört schon längst mal eins auf die Hände gehauen. Nicht wegen der Fummelei. Da ist der ziemlich harmlos. Wegen dem, was der schreibt. Gut gemacht, meine Tochter."

Der Bus kam. Eckart drückte sie noch einmal. Dann stiegen sie ein und fuhren nach Hause. Marlene schlief schon.

Seit Marie tatsächlich Abitur gemacht und nun eine konkrete Aussicht auf ein Studium hatte, hatte Renés misstrauische, aggressive Seite endgültig die Oberhand gewonnen. Was denn aus ihnen beiden werden solle, fragte er, wenn er halbwegs gute Laune hatte. Ob sie denn einfach so auf alles pfeifen könne, meinte er, wenn es ihm mittelmäßig ging. Ob sie sich denn dann als etwas Besseres fühlen werde, fragte er, wenn er schlechte Laune hatte. Dann stritten sie oft wegen Kleinigkeiten. Es endete meist damit, dass er ihr vorhielt, sie werde im Moment ihres Auszuges ihn und alle in Eisenach vergessen.

„Sehr schön, Frau Akademikerin!", brüllte er dann immer im schrillen Ton.

Seit dem Herbst war René als Soldat der NVA in irgendeiner Kaserne im Erzgebirge. Weit weg für die kleine DDR. Sie sahen sich seitdem nur noch jedes zweite Wochenende. Gegen die FDJ hatte er sich gestemmt, gegen die NVA hatte er nichts einzuwenden. Im Gegenteil, er schien darin aufzugehen, redete plötzlich davon, als Soldat nach Eisenach zurückzukommen, zu den Grenztruppen vielleicht.

Marie hingegen wollte weg von Eisenach, nach Berlin, etwas sehen, zumindest von dem kleinen sozialistischen Teil der Welt. Und sie wusste, dass René das nicht akzeptieren würde, vielmehr, aus seiner Sicht, nicht akzeptieren könnte.

Anfang Februar hatte man Marie während der Arbeit in ein Betriebsbüro des Wartburgwerkes gerufen. Dort wurde ihr offiziell ein Schreiben der Humboldt-Universität überreicht mit der Zulassung für einen Studienplatz schon im April. Der Offizielle – es war wohl irgendjemand von der Bezirksleitung gewesen, so genau hatte sie es sich nicht gemerkt – hatte Marie belobigt mit den Worten, sie habe sich „in den vergangenen Monaten im betrieblichen Kampf der Werktätigen für eine bessere Zukunft bewährt" (diesen Satz konnte sie sich genau merken) und habe sich daher „für Höheres empfohlen". Verbunden mit dem Studienplatz der Journalistik in Berlin hatte sie die Zuteilung für ein Zimmer in einem Studentenwohnheim bekommen. Ihre Zeiten in Eisenach waren also bald zu Ende und Marie erfüllte die Erwartung mit Freude.

Eckart hatte an diesem Tag die gleiche Schicht. Als Marie ihm mittags erzählte, dass sie einen Studienplatz für das kommende Sommersemester zugeteilt bekommen hatte, jubelte Eckart so laut, dass es alle Nachbartische mitbekommen konnten. Zur Feier des Tages lud er seine anwesenden Arbeitskollegen nach Schichtende zu einer Runde Herrengedeck in die Kneipe ein. Eckart spendierte tatsächlich zwei Runden und ließ jedes Mal auf seine „schlaue Tochter" anstoßen. Ihr Vater saß auf der einen Seite, Macke hatte sich – wie immer in den letzten Wochen – an ihre rechte Seite geklemmt. Sie mochte Macke. Er lachte immer dann, wenn die anderen schon fertig waren. Oder aber wenn die anderen noch gar nicht angefangen hatten. Sven setzte sich ihr gegenüber an den Tisch und prostete ihr jedes Mal zu, mit dem Versuch, ihr möglichst lang in die Augen zu sehen. Einfach kurz anlächeln, zuprosten und dann konsequent wegschauen, hatte ihr Vater ihr geraten. „Das ist mit Stasi-Sven genauso wie mit dem Rest der Bande", hatte er angemerkt, ohne auszuführen, was er genau damit meinte.

Nach der zweiten Runde verabschiedete sich Marie und schaffte es sogar, Eckart mitzunehmen. Dies war kein Abend dafür, in der Kneipe hängen zu bleiben.

Marlene freute sich noch mehr als Eckart, auch wenn man dies äußerlich nur merkte, wenn man sie gut kannte.

Die schwierigste Angelegenheit stand Marie am darauffolgenden Samstag bevor. René war für das Wochenende aus seiner Kaserne im Erzgebirge gekommen. Marie traf ihren Freund im Jugendclub. Sie fuhr mit dem Bus. Marlene hatte schon angekündigt, dass sie nach einer guten Stunde mit dem Auto vorbeifahren und vor dem Jugendclub nach ihr Ausschau halten würde. Der Jugendclub war eigentlich ein Kulturzentrum der FDJ, nannte sich aber offiziell ‚Diskopalast', obwohl sich alle nur dazu verabredeten, in den ‚Jugendclub' zu gehen. Marie war um kurz vor zehn drin.

Zu dieser Uhrzeit war es noch nicht besonders voll. René saß an der Theke mit zwei Freunden und trank ein Bier. Marie ging zu ihm und versuchte, ein erfreutes oder zumindest ein freundliches Gesicht zu machen, bekam aber nicht mehr hin als ein knirschendes Lächeln.

„Ich habe vor drei Tagen eine Zusage für einen Studienplatz bekommen", sagte sie nach der Begrüßung.

Renés Gesichtszüge froren ein. „Wo denn?", fragte er gespielt lässig.

„In Berlin."

Er nahm bewusst langsam einen Schluck Bier, sah sie erst nach einer Kunstpause wieder an.

„Aha, schön. Du darfst noch fünf Jahre auf Staatskosten herumbummeln, während ich für unser Land den Frieden verteidige."

Sie sah ihn irritiert an.

„Was soll das denn heißen – den Frieden verteidigen?"

„Ich habe eine Aufgabe. Jeden Tag. Verantwortung! Ich hänge nicht in irgendwelchen Vorlesungen herum."

„Kommst du mich in Berlin besuchen?"

„Kommst du mich im Erzgebirge besuchen?"

„Willst du überhaupt noch mit mir zusammen sein?"

„Wieso soll ich denn betteln, dass ich zu dir nach Berlin darf? Du kannst jederzeit zu mir kommen. Sie haben mir eine Offizierslaufbahn angeboten. Richtige, echte Karriere, und zwar sofort, nicht erst nach fünf Jahren Studium. Wenn du willst, dann zieh zu mir. Ich kann uns ernähren, wie die anderen Offiziere ihre Frauen auch."

„Was redest du da? Soll ich alles abbrechen?"

„Ich will eine Zukunft. Für mich. Und mit dir. Im Erzgebirge. Du kannst es dir überlegen."

René drehte sich betont lässig weg und nippte an seinem Bier. Marie sah ihn kurz an, schüttelte den Kopf und wandte sich ab. Während sie nach draußen ging, widerstand sie dem Drang, sich noch einmal umzudrehen. Sie kannte ihn. Er warte nur darauf, dass sie zu ihm zurückkam. So war er immer gewesen. Und dann würde sie eine Offiziersfrau im Erzgebirge werden. Sie schaffte es nach draußen, ohne René noch einen Blick zuzuwerfen. Er kam ihr nicht hinterher.

Als Marlene nach einer Stunde vor dem Jugendclub vorfuhr, war Marie schon kalt geworden. Sie stieg ein und begann zu weinen. Marlene wendete und fuhr nach Hause.

Aufbruch

Es war April, kurz nach Ostern. Das letzte Jahr der Dekade war angebrochen und Micha konnte endlich seine beiden Koffer und die vier Umzugskisten in das Auto seines Vaters packen und aufbrechen. Der Frühling hatte schon sich schon mit einem hellgrünen Schein auf die Wiesen und Felder gezeichnet.

Die Fahrt führte nach Marburg, jene Stadt, deren linker Studentenszene ein ganz besonderer Ruf vorauseilte und die zum Sammelpunkt all jener geworden war, die für sich beanspruchten, die Welt aus einem anderen Blickwinkel zu betrachten. Dass sich in Marburg eine solche Szene gebildet und bis zum Ende der Achtzigerjahre gehalten hatte, lag vor allem an der besonderen Sozialstruktur der Stadt. Bedingt durch die Universität in einem ländlichen Umfeld bestand die Hälfte der Bevölkerung aus Studenten, Professoren und Universitätsbediensteten, die in direkter Abhängigkeit von der Universität lebten. Die andere Hälfte der Bevölkerung war wiederum hauptsächlich damit beschäftigt, die für die erste Hälfte notwendige Infrastruktur bereit zu stellen. Die Stadt entwickelte sich zu einem sich selbst ernährenden Mikrokosmos, der einen idealen Nährboden für die gesellschaftlichen Subkulturen bot.

Bis in die Sechzigerjahre hinein war die Studentenschaft erzkonservativ geprägt gewesen. Sie war durchsetzt von den zahlreichen Burschenschaften und anderen Korporationen, die im Schutze der Provinz ungestört ihre anachronistischen Rituale, Bräuche und Ansichten ausleben konnten. Der entscheidende Wandel hatte Mitte der Sechzigerjahre eingesetzt. Angetrieben durch die Studentenunruhen in Frankfurt strömten immer mehr Linke in die Stadt, bis die politische Prägung der Stadt schließlich kippte. Das alles machte die Atmosphäre aus.

Er näherte sich der Stadt von Norden durch das Lahntal und unvermittelt hinter einer Linkskurve erschien, zwischen den bewaldeten, sich rechts und links des Flusses nach Süden ziehenden Hängen der Lahnberge, sich um einen zentral gelegenen Hügel gruppierend und von dort hinaus in die umliegenden Wälder und Berge erstreckend, die Stadt Marburg. Die Altstadt mit ihren verwinkelten Häusern und engen Gassen wandte sich um die zentrale Anhöhe. Von der Lahn aus steil ansteigend lag ein zusammengewürfelter Haufen verwinkelter Fachwerkhäuser, überragt von alten Steinkirchen, mittelalterlichen Patrizierhäusern und schließlich dem über der Stadt thronenden Schloss. Die Oberstadt.

Am Fuße der Oberstadt schlossen sich im Norden und Süden zwei im 19. Jahrhundert im klassizistischen und im Jugendstil gebaute Stadtviertel an, die entsprechend ihrer Lage das Nord- und das Südviertel genannt wurden. Zum Osten hin mündete die Altstadt direkt an das Ufer der Lahn und führte über die Weidenhäuser Brücke zum Stadtteil Weidenhausen, einem alten, Marburg ehemals vorgelagerten Dorf, das mittlerweile im Zentrum der Stadt lag. Jenseits der Autobahn und der Bahnlinie schlossen sich in den Fünfziger- und Sechzigerjahren gebaute Mietshäuser an, bis die Bebauung auf die steil ansteigenden Hänge der Lahnberge traf, an die sich kleine Einfamilienhäuser klammerten. Ganz oben auf den Lahnbergen, noch höher als die eigentliche Oberstadt und sogar höher als das Schloss gelegen, befanden sich das Universitätsklinikum mit den naturwissenschaftlichen Fakultäten sowie der Stadtteil Richtsberg.

Der Richtsberg war ein in den Sechziger- und Siebzigerjahren entstandener Stadtteil, in welchem die Stadt Marburg einen hässlichen, aber trotzdem überall praktizierten

Baustil der damaligen Jahre möglichst weit vom Stadtzentrum ansiedelte: Das Plattenbauviertel. Genau dort befand sich seine Wohngemeinschaft.

Nachdem Micha sich endlich von Hängerode zur Wohnungssuche nach Marburg begeben hatte, musste er feststellen, dass fünf Wochen vor Semesterbeginn weder schöne, noch billige Wohnungen zu bekommen waren. Eigentlich waren überhaupt keine Wohnungen zu mieten. Er war in der Mensa zum schwarzen Brett gegangen und hatte alle Wohnungsaushänge abtelefoniert, war bei allen noch halbwegs annehmbaren Wohnungsangeboten entweder sofort abgewimmelt worden oder hatte sich mit zwanzig oder dreißig Mitbewerbern in mikroskopisch kleine Räume zwängen müssen, um dann schließlich doch leer auszugehen. Beim einzigen weder vergebenen, noch bei der Wohnungsbesichtigung überfüllten Angebot präsentierte ihm der mit kurzen Hosen und Feinripp-Unterhemd ausgestattete Vermieter eine Garage von sieben Quadratmetern zum Preis von 300 Mark. Selbstzufrieden ging er die wenigen Meter auf und ab, klopfte ihm auf die Schulter und meinte, „die junge' Leut' könne sisch das bestimmt richtig schön herrichde". Die Toilette und die Dusche seien sogar inklusive, man müsse lediglich durch den Innenhof und dann die Kellertreppe heruntergehen; die sanitären Anlagen seien „also praktisch näbbean".

Am Ende war nur das Zimmer auf dem Richtsberg übrig geblieben. Das Zimmer war nicht sonderlich groß, aber ausreichend, die Wohnung nicht sonderlich hübsch, aber auch nicht dreckig. Lediglich die Mitbewohner waren mehr als nur merkwürdig. Die schon etwas ältere Psychologiestudentin Elisabeth, die abends immer mit ihren

Katzen redete und morgens immer verheult am Küchentisch saß, die graue Maus Katrin, die eigentlich immer ihren Freund zu Gast hatte, mit dem sie immer in der Küche Tee trank und außer zu den Vorlesungen nie das Haus zu verlassen schien, sowie sein Mitbewohner Ruben, ebenso wie er Erstsemester, im Gegensatz zu ihm aber Wirtschaftswissenschaftler und nach eigener Aussage Aspirant auf die Steuerberaterkanzlei seines Vaters.

Obwohl er offensichtlich weder mit Michas Haarschnitt noch mit dessen Kleidung auch nur ansatzweise etwas anfangen konnte, suchte Ruben in den ersten Tagen in schon fast aufdringlicher Weise dessen Nähe. Das gab sich aber schnell, als Ruben auf der Einführungsveranstaltung der WiWis einige Leute kennengelernt hatte. Micha hatte bereits einige Bekannte in Marburg, einige kannte er noch aus der Oberstufe, einige waren weitläufige Bekannte von Treffen der Antifa-Arbeitskreise der hessischen Oberstufen. Zudem brach auch noch, so als wollte die Stadt und das Studentenleben Micha persönlich willkommen heißen, Anfang Mai, nach nur zwei Wochen des Sommersemesters, ein Studentenstreik aus.

Das Zentrum des Marburger Streiks war die Philosophische Fakultät, von allen nur Phil-Fak genannt. Das Fakultätsgebäude war ein grauer, neunstöckiger Betonturm, den man direkt neben die Stadtautobahn gebaut hatte. Kurz nachdem in den Medien darüber berichtet wurde, dass Studenten an der Freien Uni in Berlin in einen Streik getreten waren, wurde die Phil-Fak von einigen für „besetzt" erklärt. Die nicht streikenden Studenten der Phil-Fak wurden „ausgesperrt", die Hörsäle als Tagungsräume für die Komitees „requiriert". In der Phil-Fak war der

Studienbetrieb damit innerhalb von 24 Stunden zum Erliegen gekommen. Michas Mitbewohner Ruben nannte dieses Vorgehen „totalitär".

Micha betrat die Phil-Fak am späten Vormittag. Im weitläufigen Portal empfing ihn ein Bild, das an die Überbleibsel einer ausgiebigen Feier erinnerte. Getränkedosen häuften sich entlang der Wände, kalter Zigarettenrauch umschmeichelte den Geruch von verschüttetem Bier, der Linoleumboden war mit einer schmutzig-bräunlichen Schicht bedeckt. Am Kopfende stand das provisorisch eingerichtete Pult eines DJs, dessen Platten sich in zwei großen Kisten daneben stapelten. Außer zwei reglosen Gestalten, die sich an der Wand auf zwei zusammengerückten Tischen in ihre Schlafsäcke eingerollt hatten, war kein Mensch zu sehen.

Hinter den Trennwänden, die als schwarzes Brett der verschiedenen Streikkomitees fungierten, hatten sich Kartenspieler häuslich eingerichtet. Er konnte lediglich unter den Trennwänden hindurch ihre Füße erkennen, sah die Rauchwolken über die Wände hinwegsteigen und hörte, wie sie ihre Karten zu den Stichen auf den Tisch knallten. Er beugte sich um die Ecke.

Drei Spieler saßen mit kleinen Augen und zerzausten Haaren an einem Arbeitstisch, hielten sich abwechselnd an ihren Zigaretten und dann wieder ihren Kaffeetassen fest und spielten Skat. Derjenige, der gerade aufspielen musste, nahm eine Karte in die Hand und sagte: „Hi. Suchst du wen?" Dann knallte er die Karte auf den Tisch und sammelte den Stich ein.

„Nein. Nicht wirklich. Wollte nur mal reinschauen."

Derjenige, der Micha angesprochen hatte, knallte seine letzte Karte auf den Tisch und sah befriedigt zu, wie die anderen beiden ihm die letzten Karten zu warfen.

„Einen Moment", sagte er zu Micha und überflog über seine Stiche.

„Mit drei Spiel vier Schneider fünf, macht 120. Schreibt mal auf, ich komme gleich wieder."

Er stand auf. Seine Haare formten einen Lockenkopf, den er mit einer auffälligen Hornbrille krönte, und er hatte eine etwas untersetzte Figur. Obwohl er geschätzt erst Anfang 20 war, füllte er den Raum zwischen Hornbrille und Lockenschopf mit zwei scharfen Denkerfalten aus, die er, während er redete, dauernd durch das Hoch- und Herunterziehen der Augenbrauen betonte. Er zog noch mal an einer selbst gedrehten Zigarette, von der in diesem Moment die Asche bröselte, und drückte diese in den Aschenbecher.

„Hallo, ich bin Henning", stellte er sich vor. Dann geleitete er Micha in jenen Teil der Phil-Fak, den die Streikkomitees für sich in Beschlag genommen hatten. Henning schlurfte mit seiner untersetzten Gestalt vor ihm her, zeigte ihm die Räume und setzte mit einem Monolog über Sinn und Ziel des Studentenstreiks ein.

„Gut, dass du gekommen bist. Gebrauchen können wir jeden. Obwohl mir genau genommen – geht jetzt nicht gegen dich – ein Wiwi oder ein Jurist oder sogar ein Mediziner lieber gewesen wäre."

Er atmete ein und seufzte.

„Die ganzen WiWis und Juristen sind halt – denen fehlt halt das politische Bewusstsein. Die wirtschaftliche Lage an den Hochschulen ist letztlich auf das politische System selbst zurückzuführen, und selbst unter den Studenten haben das viele noch nicht gemerkt. Ist wohl auch schwer, so etwas zu erkennen, wenn man von Mama und Papa in Saus und Braus gehalten wird – geht jetzt aber nicht gegen dich."

Er wandte sich zu Micha.

„Genau deshalb müssen wir mit dem Streik die eigentlichen Ursachen bekämpfen. Wir haben das Streikkomitee für Politische Aufklärung gegründet und machen hier die gesamte Pressearbeit. Kannst du schreiben?"

Micha zuckte mit den Schultern. „Kommt drauf an."

Henning ging zu einer uralten Kaffeemaschine, die im Büro unter einer Menge Papier vergraben war, zog die mit getrockneten Kaffeeresten beschmutzte Kanne heraus und wühlte in einem Regal nach den Filtertüten.

„Die Jungs da vorne brauchen noch einen Kaffee. Kannst du die Kanne mal auswaschen? Trinkst du auch einen?"

„Ja", sagte Micha und ging zum Waschbecken.

Nach zwei Stunden war er Mitglied des Streikkomitees für Politische Aufklärung, dessen Tätigkeit nur darin bestand, das einzige bereits produzierte Flugblatt je nach Bedarf leicht zu modifizieren, welches übertitelt war mit:

```
Ein unpolitischer Streik? Seit drei Tagen
steht die Uni still, weil unser starker Arm
es will!
```

Micha musste sich erstmals eingestehen, dass ihm das Verständnis für die dahinter stehenden Zusammenhänge – die „Metaebene", wie Henning immer zu allen möglichen und unmöglichen Gelegenheiten sagte – abging. Aber das war ihm in diesem Fall egal.

Sie saßen in der Phil-Fak unter den mit buntem Kreppapier verhängten Neonlampen, spielten Skat und tranken Bier, warteten, bis sich jemand freiwillig an das DJ-Pult stellte und wankten spät in der Nacht nach Hause.

Bei der Marburger Protestkundgebung zogen Tausende von Studenten in einem langen Zug durch die Oberstadt, ballten sich in und um den Markplatz, während Micha, Henning und die anderen Mitglieder des Komitees sich durch die dicht stehenden Massen zwängten und Flugblätter verteilten.

Mit gemieteten Bussen fuhren sie am darauf folgenden Samstag nach Bonn zur bundesweiten Demonstration aller Studenten. Lange Reihen von Studenten zogen durch die Stadt zum Hofgarten, trugen Plakataufschriften wie ‚Gegen ein von den Großkonzernen bestimmtes Studium' und ‚Studienfreiheit statt Kapitalismus'. Die Streikwelle hatte ihren Höhepunkt erreicht, doch auch drei Wochen nach Beginn der Demonstrationen war das kapitalistische System immer noch nicht zusammengebrochen. Langsam waren die Streikenden müde geworden und nahmen als Studenten die Vorlesungen wieder auf.

Auch wenn die Verbindungen längst nicht mehr jene Dominanz im studentischen Leben Marburgs besaßen, die sie bis Anfang der Sechzigerjahre gehabt hatten, so waren sie längst nicht aus der Stadt verschwunden. Die stattlichen Villen der meisten Verbindungen gruppierten sich ringförmig um den steil vom Schloss in Richtung Oberstadt abfallenden Berg. Hin und wieder lief eine Gruppe von merkwürdigen, mit bunten Bändern behängten Mützenträgern durch die Straßen der Altstadt und zog die misstrauischen Blicke der Marburger Linken auf sich.

Problemlos hätten die linken AStA-Gruppen und die Korporationen in friedlicher Koexistenz miteinander leben, sich größtenteils ignorieren und ansonsten belächeln können. Tatsächlich aber befanden sie sich in einem ständigen Kampf um die ideologische Vorherrschaft in der

Stadt. Insgeheim diente diese Rivalität sogar ihren Interessen. Die linken AStA-Gruppen und die Korporationen lebten in einer symbiotischen Hassliebe.

Mitte Mai hatte die Verbindung Hasso-Germania einen Diskussionsabend zum Thema ‚Die Wiedervereinigung als Thema deutscher Politik' angesetzt. Diese Veranstaltungen wurden von den Verbindungsstudenten nie wirklich ernst genommen. Sie dienten eher der Geselligkeit sowie der Kontaktaufnahme mit den ortsansässigen Professoren und boten außerdem Anlass für den sich an die Veranstaltung meist nahtlos anschließenden Kneipenabend.

An diesem Abend war von der Hasso-Germania ein pensionierter Geschichtsprofessor eingeladen, dessen Vortrag genauso unbemerkt wie ungehört an Marburg vorübergegangen wäre, wenn nicht irgendein findiges Mitglied der AntiFa heraus gefunden hätte, dass besagter Professor vor zwei Jahren aus der CDU ausgetreten und in eine Partei namens Die Republikaner eingetreten war.

Die Republikaner waren bei der Berlin-Wahl am 29. Januar 1989 durch ein sensationelles Wahlergebnis von 7,5% über Nacht bekannt geworden. In ihrem Wahlkampfspot waren Filmaufnahmen von ausländischen Kopftuchfrauen, schnauzbärtigen Dönerverkäufern und Punkern mit der Musik von Ennio Morricones ‚Spiel mir das Lied vom Tod' unterlegt worden.

Die ‚Große Demo GEGEN RECHTS!' war für diesen lauen Maiabend vor dem Verbindungshaus angekündigt. Micha war tagsüber in der Oberstadt auf Henning getroffen, der nicht lange brauchte, um ihn zu überzeugen, mit ihm zu kommen. Angesichts der unerwartet großen Teilnehmerzahl von 300 Personen hatten die drei Dutzend

Polizisten die Straße gesperrt. Micha und Henning standen in einem Pulk vor der mickrigen Absperrung, schwenkten ihre GEGEN RECHTS!-Plakate und genossen die letzten Sonnenstrahlen des frühsommerlichen Abends. Hin und wieder sahen sie von weitem einen Korporierten in voller Montur in das Haus gehen, was die Menge mit Pfiffen und Tomatenwürfen begleitete. Da die Polizei bei Errichtung der Straßensperre einen großzügigen Sicherheitsabstand bedacht hatte, erlangte kaum ein Wurf die ausreichende Reichweite. „Nazis raus! Nazis raus!", skandierten sie.

Nach einer halben Stunde, in der nichts Weiteres passiert war, begannen erste Gruppen, sich aus der Traube an der Straßensperre zu lösen und durch die Oberstadt zum Marktplatz zu wandern. Dort sollte gegen zehn Uhr die anschließende Mahnwache GEGEN RECHTS! in der Altstadt beginnen. Henning fasste Micha am Arm und zog ihn aus der Menge.

„Komm, wir verbessern unsere Aussicht."

Die steil von dem Marburger Schloss abfallenden Berghänge waren wegen ihres starken Gefälles nicht bebaubar. Die erste Reihe von Verbindungshäusern schmiegte sich etwa 30 bis 40 Höhenmeter unterhalb der Schlossmauer an den Berg. Das Zwischenstück war mit dicht stehenden Bäumen bewachsen, ein streifenförmiges Wäldchen, welches das Schloss wie eine Halskrause umrahmte. Wenn man über eine der Mauern kletterte und durch den dahinter liegenden Garten in das Waldstück lief, konnte man ungesehen und ungehindert bis direkt hinter das Verbindungshaus laufen.

Die Dämmerung war bereits aufgezogen, als Micha und Henning, für die Polizisten an der Straßensperre nicht einsehbar, über die Gartenmauer eines der Nachbarhäuser stiegen, über einen mit Platten ausgelegten Pfad an einer prunkvollen Gründerzeitvilla vorbeiliefen und zwischen den Bäumen verschwanden. Henning führte sie scheinbar planlos ein paar Meter in das Wäldchen hinein, bis sie die Dunkelheit fast vollständig umhüllte. Dann knickte er nach links ab und visierte das durch die Bäume schimmernde Verbindungshaus an. Vorsichtig bahnten sie sich den Weg durch das Dunkel, bogen Zweige aus dem Weg und balancierten das abschüssige Gelände mit den Füßen aus.

Die Bäume hatten schon vollständig Blätter getrieben. Überall hing der warme Hauch des Frühlings in der Luft. Der Mond schimmerte nur spärlich durch die Baumkronen, gerade genug, um den schemenhaft erscheinenden Ästen ausweichen zu können. Die knackenden Zweige schreckten in der Ferne zwei Hunde auf. Sie waren die einzigen, die die beiden wahrnahmen. Die anfangs noch deutlich hörbaren Geräusche der Demonstranten wurden schwächer. Je mehr sie verklangen, umso stärker drang der Lärm der Verbindungsstudenten an ihre Ohren.

Sie standen auf der von der Straße abgewandten Seite ihrer Villa auf der Hausterrasse, die in Richtung des Schlosses lag. Die über der Terrasse angebrachten Lichterketten leuchteten die Partygesellschaft in einem rötlich-gelben Licht aus. Micha hockte etwa 30 Meter entfernt und betrachtete das Geschehen wie eine Freilichtbühne.

Etwa 50 Personen hatten sich versammelt. Fast alle trugen Bänder und Mützen als Zeichen ihrer Korporation. Auch ein paar ältere Herren, ebenfalls mit einem Band geschmückt, hatten sich dazugesellt. Zutreffend wurden die früheren Mitglieder der Verbindung als Alte Herren bezeichnet. Frauen waren klar in der Minderheit, Micha zählte etwa ein Dutzend. In der Mitte, von sechs oder sieben Studenten umringt, stand ein weißhaariger Mann im grauen Anzug, aber ohne Band oder Mütze. Das musste der Geschichtsprofessor sein, der den heutigen Vortrag gehalten hatte.

Die Versammlung glich mehr einer Gartenparty als einem politischen Bildungsabend. Die meisten Teilnehmer standen in plaudernden Grüppchen zusammen und nippten an ihren Sekt- oder Biergläsern. Aus einer Ecke schallten hin und wieder Lachsalven herüber. Es war ein lautes, aufdringliches Gelächter, ein Gelächter von jener Art, das im Verlauf eines Festes meist erst zu vorgerückter Stunde erschallt. Ein Alter Herr stand von einer Gruppe Studenten umringt und hatte einen Maßkrug in der Hand, den er in bemerkenswert großen Zügen leerte. Zwischen dem Ab- und Ansetzen des Bierkrugs gab er seinem Publikum Witze zum Besten, die von den Studenten mit einem dankbarem „Hohohoho" aufgenommen wurde.

„Na, schau dir das mal an", brummte Henning plötzlich aus dem Nichts.

„Das ist bloß ein Alter Herr der seine alten Zoten jungen Trottel erzählt."

„Nee, das meine ich nicht. Schau mal da oben."

In der Dunkelheit war nur schwer zu erkennen, auf welchen Punkt sein ausgestreckter Arm zeigte. Micha untersuchte das Verbindungshaus. Oberhalb des Erdgeschosses war alles dunkel. Die Straßenlaternen auf der anderen Seite waren durch die Villa verdeckt. Das wenige Licht, das von der Terrassenbeleuchtung nach oben fiel, ließ ihn nur undeutliche Schemen wahrnehmen.

„Schau auf die Fahne!"

Auf jedem Verbindungshaus thronte die Fahne der jeweiligen Korporation. Genau wie ihre Bänder und Mützen war die Fahne für die Studenten mehr als ein Stück Stoff, vielmehr ein Symbol, das sie ‚mit der studentischen Ehre' zu verteidigen hatten. Was genau diese studentische Ehre sein sollte, hatte Micha nie verstanden. Auf alle Fälle war es aber etwas, was die Korporierten sehr ernst nahmen.

Auf dem steil abfallenden Ziegeldach, im Dunkel kaum erkennbar, bewegte sich eine – nein – bewegten sich zwei Gestalten. Sie hantierten am Fahnenmast herum. Die Fahne ruckte und senkte sich langsam nach unten. Die beiden versuchten, die Fahne zu stehlen!

„Meinst du, die sind von einer anderen Verbindung?"

„Heute Abend nicht."

Eine der beiden Gestalten band sich die Fahne um den Oberkörper, nahm ein Seil, das sie an der Regenrinne festgebunden hatten und ließ sich behände herunter. Vor dem dunkelgrauen Hintergrund der Hausmauer waren die Umrisse deutlicher zu erkennen. Von der Terrasse aus war die Seitenwand nicht einsehbar. Entdeckung drohte lediglich dadurch, dass die neben der Mauer liegende Hecke von den männlichen Gästen gern als Toilette benutzt wurde, insbesondere jetzt, da der Bierkonsum der Partygesellschaft stetig anstieg. Wer immer sich also von der Mauer abseilte, musste darauf vertrauen, dass in der kurzen Zeit, während er sich auf dem Weg zum Boden befand, niemand um die Ecke bog.

Die erste Gestalt erreichte den Boden und huschte genau hinter jene Hecke, die von den Korporierten zum Austreten genutzt wurde. Sie winkte der anderen Gestalt zu, die sich daraufhin ebenfalls am Seil hinunterließ. Für die beiden nicht einsehbar näherte sich von der Terrasse ein Student. Die Gestalt am Seil hörte ihn im letzten Moment kommen, klammerte sich in Höhe des ersten Obergeschosses um das Seil, zog die Beine an und verharrte bewegungslos in dieser Position. Eine erneute Lachsalve drang von der Gruppe um den Alten Herr herüber. Der Korporierte trottete zur Hecke, stellte seinen halbvollen Maßkrug auf den Rasen und urinierte in die Hecke, ziemlich genau an jener Stelle, an welcher der erste der Fahnenräuber Deckung gesucht hatte.

Der Student schloss in Ruhe seinen Reißverschluss und schlurfte wieder zur Terrasse.

Die Gestalt an der Mauer erwachte aus ihrer Starre und seilte sich die letzten Metern nach unten. Beide schlichen in halb gebückter Haltung die Hecke entlang. Gerade wieder auf der Terrasse angekommen drehte sich der Korporierte noch einmal um. Er hatte sein Bierglas vergessen. Es stand noch neben der Hecke. Die beiden Gestalten verließen gerade die schützende Deckung. Vom Ende der Hecke bis zum Beginn des Waldstücks mussten sie etwa zehn Meter freie Rasenfläche überqueren.

Der Verbindungsbruder bog um die Ecke. Seine Augen suchten den Rasen nach dem Maßkrug ab. Sie fanden zwei unbekannte Gestalten, eine davon eingehüllt in die Verbindungsfahne. Er brauchte nur Sekundenbruchteile, um die Situation zu durchschauen.

„Alarm! Alarm! Sie klauen unsere Fahne!"

Die beiden begannen zu rennen. Er sprintete hinterher. Aus der Gruppe um den Alten Herrn lösten sich fünf weitere Studenten und schlossen sich ihm an. Die beiden Fahnendiebe hatten nur etwa 15 Meter Vorsprung.

„Scheiße, die Faschos", brüllte einer der beiden.

Sie erreichten das Waldstück mit wenigen Schritten und stampften durch das knackende Gehölz, liefen nur wenige Meter von Micha entfernt durch das Waldstück. Er sah in Richtung Verbindungshaus; die Verfolger waren nah, erschreckend nah. Er lief los und bemerkte, dass Henning schon nicht mehr zu sehen, sondern nur noch zu hören war.

Es begann ein gespenstisches Rennen durch den Wald. Nur das Knacken der trockenen Zweige und ihr lautes Keuchen waren zu hören. Michas Augen waren an das Dunkel des Waldes gewöhnt, die Umrisse der Bäume tauchten vor ihm auf, zielsicher schlug er Haken um die Hindernisse. Der weiche Boden schien unter dem Tritt seiner Füße zu vibrieren, Frühlingsluft durchströmte seine Lungen. Es fühlte sich an, als könnte er ewig so weiterlaufen.

Bald hatte Micha die Diebe eingeholt. Jener ohne Fahne wand sich geschickt um die Stämme. Die mit der Fahne umwickelte Gestalt lief behäbiger, musste die flatternde Fahne mit den Händen am Körper zusammenraffen, um sich nicht in den Bäumen zu verfangen.

Um den Schutz der Dunkelheit nicht zu verlassen, liefen sie nicht hinunter in die Altstadt, sondern weiter und weiter durch den langgezogenen Waldstreifen, der den Schlossberg umschloss. Die Schritte ihrer Verfolger entfernten sich immer mehr; sie verloren den Anschluss. Vielleicht noch hundert Meter und sie würden die Verfolgung aufgeben.

Hinter Micha schrie jemand auf. Er sah hinter sich, stoppte. Der Fahnenträger war gestolpert, die Fahne hatte sich in einem Ast verfangen und ihn zu Fall gebracht. Halb lag er auf dem Boden, halb hing er, von der

Fahne gehalten, am Ast. Er riss panisch an der Fahne, um sich zu befreien.

Die Verfolger schlossen auf. Von den einstmals sechs Verfolgern waren nur noch zwei übrig geblieben. Sie schrien laut auf, Wut mischte sich mit einem schrillen Schrei des Triumphes. Der erste Verfolger erreichte den am Baum verfangenen Fahnenräuber, sprang mit dem linken Bein voraus an ihn heran, holte bereits mit dem rechten Bein aus, setzte mit dem linken auf den Boden auf und trat ihn mit aller Kraft in die Rippen. Wie die zweite Stimme in einer Opernarie trat ein Schmerzensschrei zu dem Wutschrei der Korporierten.

Der zweite Verfolger kam heran und trat die am Boden liegende Gestalt in den Bauch. Es war erkennbar, dass sie ihm keine Gnade gewähren würden, sich nicht damit begnügen würden, ihm die Fahne abzunehmen, sondern sie würden die mit jedem Schritt im Wald angestaute Wut an ihm auslassen.

Micha griff einen großen Knüppel. Neun, zehn, elf Schritte, dann war er bei ihnen. Sie waren zu beschäftigt damit, auf die zusammengerollte Gestalt einzutreten. Er holte aus und hieb dem einen auf das Knie. Er schrie auf. Sein Schrei riss den anderen aus seiner tranceartigen Rage. In der Dunkelheit war sein Gesicht nicht genau zu erblicken, doch Micha glaubte einen Augenblick, bekannte Züge wieder zu erkennen. Die Gestalt bückte sich, fasste nach einem Stock; es gelang ihr nicht mehr, sich aufzurichten. Micha hieb dem Korporierten mit dem Knüppel an die Stirn, seine Mütze wirbelte davon. Er brüllte, fasste sich an den Kopf. Plötzlich war der zweite Fahnenräuber neben Micha, zog seinen Freund an der Fahne auf die Beine.

Seinen keuchenden Kameraden stützend setzte er die wilde Flucht durch den Wald fort. Die beiden Korporierten blieben zurück. Sie hatten es geschafft.

Erst eine lange Zeit später, auf der anderen Seite des Schlosses, verließen sie den Wald und betraten die Gassen der Altstadt. Bis dahin hatten sie kaum ein Wort geredet. Zu tief steckte noch die Angst vor ihren Verfolgern in ihnen. Unter der ersten Straßenlaterne hielten sie an. Die beiden Gestalten nestelten an dem Band ihrer Kapuzen, zogen sie auf.

„Ich glaube, ich muss mich bei dir bedanken", sagte der kleinere keuchend. Er hatte die Fahne noch umgebunden und rieb sich die Rippen.

„Da muss ich mich wohl anschließen", sagte der größere.

„Es wird Zeit, dass ich dir die beiden vorstelle", ergänzte Henning. „Das sind Phil und Jimi, meine Freunde und Mitbewohner."

„Wirklich ungewöhnlich, sie mir auf diese Art vorzustellen", gab Micha zurück.

Genau wie die Rivalität zwischen den linken Gruppen und Burschenschaften für beide Gruppen wichtig war, gehörte es zu den beiderseitigen Ritualen, normale Ereignisse im Laufe der Zeit zu Legenden zu verklären. Einfache Geschichten wurden zu Märchen und normale Geschehnisse zu Heldentaten stilisiert, bei den Burschenschaftlern wurde „blaue Flecken" mit „Platzwunden" übersetzt und „Wasserwerfer" hieß in der linken Diktion ein „gepanzertes Fahrzeug".

In den auf den Fahnenraub folgenden Wochen machte Micha die einmalige Erfahrung, die auf dasselbe Ereignis bezogene Legendenbildung gleichermaßen bei beiden Seiten zu erleben.

Streng genommen war nicht viel passiert. Zwei Linke hatten ein geringwertiges Stück Stoff vom Dach eines Verbindungshauses geklaut. Bei der Verfolgung hatte es eine kurze Prügelei ohne wirklich bleibende Verletzungen gegeben und die Linken waren schließlich entkommen, nichts weiter.

Die Variante von Hennings Mitbewohner Phil klang hingegen schon wesentlich dramatischer: „Während die im Haus ihre Veranstaltung abgehalten haben, mussten wir dringend etwas unternehmen. Also sind wir an der Dachrinne nach oben geklettert und haben diesen lächerlichen Stofffetzen, um den die immer so ein Riesenaufheben machen, vom Mast gepflückt. Beim Absteigen haben sie uns dann entdeckt. Wir sind sofort losgerannt. Alleine hätten sie uns nie gekriegt, aber eine zweite Gruppe hat uns den Weg abgeschnitten. Wenn nicht noch Micha" – in diesem Moment klopfte ihm Phil beim Erzählen jedes Mal, also wirklich *jedes* Mal, auf die Schulter – „gekommen wäre, dann hätte es schlecht um uns gestanden. Die waren wie von Sinnen. Hätten uns bestimmt totgeschlagen und dann im Wald liegen lassen. Nachher wär's dann wieder keiner gewesen. Kennt man ja. Die halten doch alle zusammen, diese Typen. – Also, Micha springt aus dem Wald. Die sind zunächst verwirrt. Wir nehmen uns in diesem Moment alle einen dicken Knüppel und stellen uns Rücken an Rücken. Dann haben wir jeden Angriff abgewehrt. Die waren zu acht oder zu neunt, aber jeder, der uns zu nahe gekommen ist, hat sich eine Abfuhr geholt. Nur Jimi haben sie zwei-, dreimal heftig am Oberkörper getroffen. Das war aber auch schon alles. Als Micha dann ihrem Anführer, dem Oberburschi, direkt eins auf den Kopf verpasst hat – *Zack*", Phil ahmte hier immer einen Hieb mit dem Knüppel nach, „da haben sie dann schließlich Leine gezogen. Hatten die Hosen gestrichen voll!"

Als er noch am selben Abend die erste Version der Geschichte zum Besten gab, entging seinen Zuhörern natürlich nicht, dass die erbeutete Fahne an mehreren Stellen verdächtig feucht war. Da ihn aber niemand danach fragte und er auch in den folgenden Tagen kein Wort hierüber verlor, geriet dieses Detail später in Vergessenheit.

Die Marburger Oberhessische Presse lieferte am übernächsten Tag einen ersten Vorgeschmack auf die Version der Burschenschaftler.

Linke Krawalle in Marburg
Autonome verprügeln Verbindungsstudenten
Am Rande der Demonstration gegen den Vortrag des Professors Hernecker im Verbindungshaus der Hasso-Germania [OP berichtete] kam es am vergangenen Dienstag zu Ausschreitungen. Mehrere Autonome durchbrachen eine Straßensperre und randalierten auf dem Gelände der Hasso-Germania. Als die herbeieilenden Verbindungsstudenten dem Treiben ein Ende bereiten wollten, wurden sie von den Autonomen mit Steinen und Stöcken attackiert. Zwei Studenten wurden so schwer verletzt, dass sie in ein Krankenhaus eingeliefert werden mussten.
Ein Sprecher der Verbindung sagte gegenüber der OP: „Ich gestehe jedem sein demokratisches Demonstrationsrecht zu. Für Chaoten, die friedliche Studenten zusammenschlagen, fehlt mir allerdings jedes Verständnis."
Nach Polizeiangaben fehlt von den Tätern bisher noch jede Spur.

Die detaillierte Version der Korporierten erfuhr Micha, als er am nächsten Abend in die Küche seiner WG kam. Als er im Wald den Verfolger am Kopf attackiert hatte, waren ihm dessen Bewegungen, dessen Art zu Laufen, merkwürdig bekannt vorgekommen. Die Umrisse seines Gesichtes gingen ihm am Tag darauf nicht mehr aus dem Kopf. Der Kreis schloss sich, als er abends die Wohnungstür aufschloss und durch den Gang in die Küche sah. Von weitem war Ruben in seinem weiß leuchtenden Kopfverband zu erkennen. Micha fiel wieder ein, dass Ruben vor einer Woche beiläufig angekündigt hatte, zum nächsten Monatsersten in das Verbindungshaus der Hasso-Germania zu ziehen.

Unsicher, ob er ihn erkannt hatte, ging Micha probeweise ein paar Schritte durch den Gang in Richtung Küche. Ruben begrüßte ihn heute besonders freundlich. Im Raum saß eine Ansammlung seiner Freunde aus dem ersten Semester Wirtschaftswissenschaften.

„...als die dann anfingen, uns mit Steinen zu bewerfen, hat es uns endgültig gereicht. Wir haben jeweils zu zweit einen Tisch genommen, diesen als Schutzschild vor uns gehalten und sind auf sie los. Ihr hättet mal sehen sollen, wie die plötzlich in alle Himmelsrichtungen gelaufen sind. Hatten die nicht mit gerechnet. Feiglinge. Natürlich sind wir sofort hinterher, durch den Wald. Die haben uns regelrecht in den Hinterhalt gelockt. Als wir dachten, sie endlich stellen zu können, sind aus dem Hintergrund noch einmal sechs weitere von diesen Typen hinter uns getreten und haben uns den Weg abgeschnitten. Alle mit Schlagstöcken bewaffnet! Und dann ohne Gnade. Wir haben um unser Leben gekämpft. Mir haben sie diese dicke Platzwunde auf der Stirn verpasst. Wenn wir uns nicht mit allem verteidigt hätten, was wir hatten, wer weiß, was dann passiert wäre."

Offensichtlich hatte er Ruben unabsichtlich einen Gefallen getan, hatte dieser doch die Vorlage für eine Geschichte erhalten, die nach fortschreitender Legendenbildung in die Annalen seiner Verbindung eingehen sollte.

Am 9. Mai waren Kommunalwahlen in der DDR. Zumindest wurden diese Urnengänge als Wahlen bezeichnet. Man durfte auf einem langen Zettel darüber abstimmen, ob die auf dem Zettel vorgedruckte Liste von Volksdelegierten in die Kommunalversammlungen einziehen sollte. Wirklich wählen konnte man allerdings nicht. Das war schon gar nicht auf dem Wahlzettel angelegt. Man konnte die Liste nur allgemein annehmen, dann knickte man sie in der Mitte und schob sie in die Wahlurne, oder man lehnte sie insgesamt ab. Wie das genau ging, war offiziell gar nicht bekannt. Man musste, so erzählte man sich, die Leute auf der Wahlliste einzeln durchstreichen oder mit einem Nein versehen, was sich aber kaum jemand traute, da die Wahllokale mit Helfern der DDR-Parteien gesäumt waren, von denen einige im Ruf standen, einem Nebenerwerb als Stasi-Mitarbeiter nachzugehen.

Damit das Wahlvolk auch der Pflicht als Bürger der Deutschen Demokratischen Republik zur politischen Beteiligung, also zur Teilnahme an der freien, demokratische Kommunalwahl, nachkam, wurden die Leute durch vielfältige Maßnahmen unter Druck gesetzt, zur Kommunalwahl zu erscheinen. Jene Leute, die die Nachbarschaft abklingelten und zur Wahl ‚motivieren' wollten, nannte man informell die Wahlschlepper.

Die Verweigerung der Wahlteilnahme war ungefähr genauso schlimm wie die Ablehnung der Wahlliste. Offiziell drohte natürlich keine Konsequenz. Die Wahl war frei und demokratisch, also durfte auch die demokratische Ablehnung keine Folge nach sich ziehen. Inoffiziell folgte einer Nein-Stimme neben dem selbstverständlichen Eintrag in die ‚Akte' aber immer ein Nachteil, so munkelte man. Welcher genau, dies schien individuell verschieden. Das Risiko eingehen wollten aber nur wenige.

Bis zu dieser Wahl im Mai.

Die Stimmung war aufgeladen. In der Sowjetunion gab es unter der Losung von Glasnost und Perestroika – der Politik von Offenheit und Umgestaltung – immer mehr kritische Stimmen auch in den offiziellen Staatsmedien, es gab eine neue Offenheit von satirischen Magazinen und eine größere Toleranz gegenüber der Jugendkultur, sogar in einzelnen Fällen offene politische Aussprachen. In der DDR, die offiziell immer dem großen Bruder UdSSR nachgeeifert hatte, gab es stattdessen nur einen Anstieg der Repressionen. Und eine Stimmung in der Bevölkerung, die langsam hochkochte, ohne dass dies die Führung in der Hauptstadt der DDR wahrgenommen hätte.

Marie hatte mitbekommen, wie ihre Eltern in den letzten Wochen immer wieder hitzige Diskussionen ausgetragen hatten. Ihr Vater, der meinte, man dürfe sich nicht mehr alles gefallen lassen, und ihre Mutter, die meinte, genau jetzt müsse man sich möglichst ruhig verhalten.

Sie selbst war glücklich. Es lagen gerade drei Wochen ihres neuen Lebens hinter ihr. Drei Wochen Studium in Berlin. Marie hatte das Gefühl, dass gerade die aufregendste Zeit ihres Lebens begonnen hatte.

Sie teilte sich ein Zimmer im Studentenwohnheim mit einer Mitbewohnerin. Das Wohnheim lag in Friedrichshain, ein Plattenbau, aber immerhin mit Zentralheizung, warmem Wasser und einem Bad nur für sie beide allein. Das Zimmer war recht groß und mit einem Raumteiler in der Mitte hatte man auch etwas Privatsphäre.

„Nüscht auf Dauer, aba ditte wird schon die erste Zeit jeen", sagte ihre Mitbewohnerin Natalia.

„Natalia wie die janzen Prinzessinnen aus den russischen Märchen. Fanden meene Eltern jut damals, eigentlich total beknackt, aba jehörte sich wohl so für Funktionäre."

Natalia kam aus Straußberg und hätte problemlos mit der S-Bahn zur Uni pendeln können. Straußberg lag nur 45 Minuten weiter in östlicher Richtung. Dass sie überhaupt einen Platz in dem Friedrichshainer Wohnheim bekommen hatte, verdankte sie wohl den Beziehungen ihres Vaters; „mein Alter", wie Natalia immer sagte. Nicht nur Natalia, sondern auch ihr Vater waren beide der Ansicht gewesen, dass der Auszug der ältesten Tochter für alle Beteiligten das Beste sei.

Marie und Natalia verstanden sich von Beginn an bestens. Für Marie war aufregend, dass Natalia praktisch aus Berlin kam und sich überall auskannte. Häufig war auch Natalias Freund Friedrich bei ihnen zu Gast. Der hatte zwar auch einen Studienplatz an der Humboldt-Universität bekommen, wohnte aber noch bei seinen Eltern auf dem Prenzlauer Berg.

Marie genoss die Zeit mit ihnen. Sie wünschte sich, es wäre auch zwischen René und ihr so gewesen wäre, aber es war unmöglich, sich René und sie hier in dieser Umgebung in Berlin vorzustellen. So lagen drei Wochen hinter ihr, in denen sie viel mehr von Berlin gesehen und erlebt hatte, als sie auch nur ansatzweise erwartet hatte.

Am Wahltag war Marie daher nicht ganz bei der Sache. Da sie vor kurzem neunzehn Jahre geworden war, durfte sie zum ersten Mal wählen. Der Auflauf im Wahllokal, ihrer alten Schule, die Unsicherheit über das, was sie mit dem Wahlzettel machen musste, versetzten sie in Aufregung. So hielt sie sich eng an ihre Mutter Marlene, ließ sich nach Überprüfung ihrer Personalien – was ihr unnütz erschien, war doch einer ihrer früheren Lehrer als Wahlhelfer tätig – den Wahlzettel überreichen, ging zu einem der aufgestellten, aber nicht abgeschirmten und damit für alle Umstehenden einsehbaren Tische, faltete wie ihre Mutter den Wahlzettel in der Mitte und steckte ihn unter dem Zunicken der Wahlhelfer in die Wahlurne.

Ihr Vater stand immer noch da und hielt den Wahlzettel in der Hand. Sein Blick streifte durch den Raum. Die Stühle und Bänke hatten die Wahlhelfer notdürftig in der hinteren Hälfte des Klassenraums gestapelt. Die Wahlhelfer saßen hinter zwei für sie zu kleinen Schultischen, auf dem einen lag der Stapel mit Wahlzetteln und dem anderen eine große Pappschachtel, die mit dem DDR-Wappen beklebt war und als Wahlurne diente. Nur einen Meter von den Wahlhelfern entfernt stand der Schultisch, auf dem die Wähler ihren Wahlzettel falten konnten. Auf der anderen Seite, ganz in der Ecke des Klassenraums, befand sich eine Wahlkabine, in die man allerdings eine große Palme gestellt hatte und um die sodann weitere Tische und Stühle gestapelt worden waren, sodass eine Benutzung völlig unmöglich war.

Eckart schaute auf den Wahlzettel in seiner Hand, auf die Wahlkabine in der Ecke und drehte sich dann zu den sitzenden Wahlhelfern.

„Räumt doch das mal frei, ich will in die Wahlkabine", sagte er ganz nüchtern.

„Eckart, was soll denn das", fragte der jüngste der Wahlhelfer. Marie bemerkte erst jetzt, dass es Stasi-Sven war. Er hatte sich mit einem schwarzen Anzug und einer schlecht gebundenen Krawatte herausgeputzt.

„Was soll *was*?"

„Eckart, du kannst doch auch hier wählen."

„Haben wir in der DDR freie Wahlen?"
Eckart fragte ganz ruhig, beinahe entspannt. Stasi-Sven sagte jetzt nichts mehr. Alle sahen Eckart an. Marlene war in sich eingesunken.
„Eckart, bitte!", sagte sie.
Eckart beachtete sie gar nicht.
„Haben wir in der DDR freie Wahlen?", wiederholte er ungerührt in Richtung der Wahlhelfer.
Einer der älteren baute sich auf. Er trug ebenfalls Anzug und eine Krawatte, die wesentlich akkurater saß, als die von Sven. Irgendein hohes Tier von der SED-Bezirksleitung.
„Natürlich haben wir freie Wahlen. Wollen Sie etwa das Gegenteil behaupten, Genosse?" Er redete so laut, dass er fast brüllte. Marie und Marlene zuckten zusammen.
„Ich bin ebenfalls der Ansicht, dass wir freie Wahlen in der DDR haben. Deshalb räumen Sie doch bitte jetzt die Wahlkabine frei", antwortete Eckart seelenruhig dem Brüller. „Am besten genauso frei wie unsere Wahlen."
Der Brüller im Anzug zuckte zusammen, verlor für einen Moment die Gesichtsfarbe. Dann gab er den anderen Wahlhelfern, die ihn erstarrt anblickten, mit einem Kopfnicken ein Zeichen. Die drei anderen gingen zur Wahlkabine, stellten Tische und Stühle zur Seite und hoben zu zweit die schwere Palme aus der Kabine.
Eckart rang sich ein kurzes Lächeln ab, ging in die Wahlkabine, kam noch einmal heraus, um sich einen Stift zu greifen, verschwand dann wieder in der Kabine und kam mit einem geknickten Wahlzettel heraus, den er in die Wahlurne steckte. Den Brüller sah er dabei schon gar nicht mehr an.
„Vielen Dank", meinte Eckart versöhnlich. Marie und Marlene schlichen hinter ihm aus dem Wahllokal.

Die ersten 200 Meter sagte sie nichts. Erst nachdem sie um die nächste Straßenecke gebogen waren, hatte sich Marlene einigermaßen gefangen.

„Wie kannst du es wagen?"

„*Was* wagen?"

„Du weißt genau, was ich meine!"

Der Streit zog sich über den gesamten Nachhauseweg. Marlene versteifte sich darauf, dass es gerade jetzt extrem unklug gewesen sei, sich politisch derart zu exponieren. Eckart meinte hingegen, es sei dringend notwendig gewesen, eigentlich viel zu spät. Das Ganze endete zu Hause, indem Marlene ihren Mann anbrüllte, er sei schuld, wenn die Stasi ihrer Tochter wieder den hart erkämpften Studienplatz streichen würde. Ihre Mutter brach anschließend in Tränen aus, flüchtete sich ins Schlafzimmer und knallte die Tür. Ein gewohntes Muster.

Ihr Vater stand auf dem Balkon und rauchte eine F6 nach der anderen, während er düster in das Nirgendwo starrte. Ein ebenso gewohntes Muster. Marie saß in der Küche und war ratlos. Sie konnte schlecht damit umgehen, wenn sich ihre Eltern stritten. Noch schwieriger war es, wenn sich der Streit um sie drehte, und obwohl natürlich Eckarts Verhalten in dem Wahllokal der Auslöser gewesen war, stand sie jetzt ungewollt im Zentrum der Auseinandersetzung. Sie schluckte. Eckart rauchte wohl schon die dritte oder vierte Zigarette auf dem Balkon. Ihm musste kalt sein. Marie holte seine Jacke aus der Diele und öffnete die Balkontür. Eckart legte die Zigarette ab und nahm die Jacke mit einem dankbaren Blick an.

„Ich bin wirklich stolz auf dich, Papa", sagte sie. „Und wenn sie mir jetzt den Studienplatz wieder sperren, dann ist mir das auch egal. Dann gehen wir halt die nächsten Jahre zusammen ins Wartburgwerk."

In Eckarts Augen rutschten nun ebenfalls Tränen. Marie ging schnell nach drinnen, damit sie nicht auch noch zu weinen anfing. Sie überlegte sich etwas Nettes für ihre Mutter und klopfte an die Schlafzimmertür, um ihre Mutter zu trösten.

Als sie am frühen Abend wieder in Berlin war, saßen Friedrich und Natalia in ihrem gemeinsamen Wohnheimzimmer. Marie begrüßte die beiden und erzählte, wie ihr Vater die Wahlkabine hatte freiräumen lassen.

„Beachtlich", sagte Friedrich bedeutungsschwer.

Natalia schaute ihn an. „Meinst du?", fragte sie.

Er nickte ihr zu.

Die beiden erzählten Marie, sie würden anschließend zur Auszählung der Stimmen in ein Berliner Wahllokal fahren. Welches, das stehe noch nicht fest. Es werde aber mehr oder weniger zentral organisiert, sie würden sogleich ihr Wahllokal zur Überwachung zugewiesen bekommen.

„Wieso macht ihr das?", sagte Marie.

„Weißt du, welches Wahlergebnis die Aktuelle Kamera immer vermeldet? Neunundneunzig-Komma-irgendwas-Prozent bei 97 Prozent Wahlbeteiligung. Immer. Dieses Mal haben wir – mit einer ganzen Reihe von anderen Leuten – beschlossen, dass wir das kontrollieren. Einfach hingehen und mitzählen."

„Die lassen euch doch da gar nicht rein!"

„Nach dem Wahlgesetz ist die Auszählung der Stimmen öffentlich. Die dürfen uns rein rechtlich gar nicht abweisen. Und dann setzen wir uns halt hin und zählen mit. Machen nicht nur wir so. Das ist überall organisiert, in der ganzen DDR."

„Kann ich mit?", fragte Marie spontan. Natalia schaute sie an und lächelte, als hätte sie diese Antwort erwartet.

„Wenn du dich traust – gerne."

Jemand klopfte und brachte ihnen einen Zettel mit dem Wahllokal, das sie überwachen sollten. Es lag nicht weit weg, nur zwei Stationen mit der S-Bahn und dann drei Minuten zu Fuß. Der örtliche Wahlleiter diskutierte erst kurz mit Friedrich, ob er sie einlassen müsse. Dann kontrollierte er ausführlich und auffällig lang ihre Ausweise, machte sich Notizen. Marie hatte ein ungutes Gefühl, etwas Angst kam auf, aber sie dachte an die Aktion ihres Vaters am heutigen Nachmittag, biss die Zähne zusammen und ließ sich nichts anmerken. Schließlich ließ sie der Wahlleiter herein.

Die Auszählung dauerte nicht mehr als eine gute Stunde. Sie zählten 13,2 Prozent Nein-Stimmen. Die Wahlhelfer versuchten angesichts der drei Beobachter im Raum nicht, das Wahlergebnis zu verfälschen. Eine ‚Zustimmung von 86,8 Prozent' war schließlich auch das offizielle Ergebnis, welches das Wahllokal in Berlin-Friedrichshain an die Wahlzentrale weiter gab.

Die Aktuelle Kamera vermeldete am Abend für die Volkskammerwahl eine Bestätigung der Wahllisten von 98,85 Prozent. Das schlechteste Ergebnis aller Zeiten. Die Auswertungen der Wahlbeobachter, die bei mehreren hundert beobachteten Wahllokalen als repräsentativ gelten konnten, ergaben eine Ablehnung von sieben Prozent. Also eine Zustimmung von nur 93 Prozent. Was die meisten immer geglaubt hatten, war nun bestätigt. Die offiziellen Zahlen waren eine Wahlfälschung. Nachdem die

Auswertungen an die westlichen Journalisten weitergegeben waren, berichtete das Westfernsehen von massiven Wahlfälschungen.

Die Berichte des Westfernsehens in der DDR veranlassten Karl-Eduard von Schni im Schwarzen Kanal zu einer heftigen Reaktion. Im Übrigen fiel die Repression des Staates kaum merklich aus. Vielleicht waren es schlichtweg zu viele, die diesmal dem Staat die Ablehnung ausgedrückt hatten. Zumindest waren es so viele, dass die Behörden nicht mehr mit der Zuteilung von Repressalien nachkamen. Eckart wurde im Betrieb von niemandem auf sein Wahlverhalten angesprochen, Marlene blieb in der Schule unbehelligt und Marie durfte ihr Studium in Berlin ohne Einschränkung fortsetzen.

In den zwei Wochen ihrer Flucht vom Verbindungshaus hatte sich Michas Leben in Marburg völlig gewandelt. Neben drei neuen Freunden hatte er eine neue Wohnung gefunden.

Henning war am Abend der Demonstration nicht ohne Grund auf die Idee gekommen, das Verbindungshaus von ihrem Platz im Wald aus zu beobachten. Phil, Henning und Jimi hatten die Aktion in ihrer WG vorbereitet. Während Phil und Jimi den operativen Teil übernommen hatten, war Henning die Aufgabe zugekommen, das Ganze zu beobachten und notfalls helfend einzugreifen.

„Schmiere stehen! Ich bin halt eher der Theoretiker", hatte Henning erklärt.

Sein Mitbewohner Phil war schon 25. Er hatte dunkle Haare, die er bis auf Kinnlänge trug, hatte eine Art Kinnbart mit scharf geschnittenen Gesichtszügen und war ungewöhnlich groß. Phil redete nicht so viel wie Henning, konnte aber praktisch jede Situation treffend kommentieren. Es war lustig, ihm zuzuhören. Wenn alle am Tisch über einen seiner Scherze lachten, lehnte er sich immer zurück, grinste, hob seine Arme und kämmte sich mit beiden Händen die in die Stirn hängenden Strähnen nach hinten.

Sein zweiter Mitbewohner Jimi war eine Gestalt mit langen, zerfaserten Haaren, die wie die struppigen Enden eines alten Wischmobs über seinen dünnen Schultern baumelten. Er wurde von allen Jimi genannt, weil er fast immer mit einem T-Shirt von Jimi Hendrix herumlief. Er hatte ein halbes Dutzend verschiedener Hendrix-Shirts im Schrank, eines ausgebleichter als das andere. Die meiste Zeit sagte er gar nichts, sondern hörte nur zu, nickte mehrmals teilnehmend oder er wiederholte murmelnd die Satzenden von Henning oder Phil. „Ej Maaann", sagte er immer, wenn ihm etwas imponierte oder auch, wenn ihm etwas nicht gefiel. Dann verdrehte er leicht die Augen und lächelte dazu.

Nach der dramatischen Flucht hatten die drei Micha in ihre Wohnung eingeladen. Nicht weit vom Zentrum entfernt, in einer kleinen Straße, die zwischen Autobahn und Bahnlinie eingeklemmt war, lag ihre WG. Die Straße bestand aus schlicht gehaltenen, aber geräumigen Backsteinbauten, wie sie zu Beginn des Jahrhunderts vielerorts entlang der Bahnlinien gebaut worden waren. Nach ihrer Erbauung waren diese Häuser von der Marburger Stadtentwicklung einfach vergessen worden. Jenseits der Bahnlinie, östlich der Straße, waren erst in den vergangenen Jahrzehnten Häuser gebaut worden. Westlich der Straße hatte man die Oberstadt in den Siebziger- und Achtzigerjahren gründlich restauriert und herausgeputzt. Zur gleichen Zeit war die kleine Straße Bei St. Jost von der neu gebauten Stadtautobahn umschlossen worden und seitdem still vor sich hin gealtert.

Die Wohnung lag im dritten Stock. Man hatte von dort aus einen Blick gen Westen, über Autobahn und Schallschutzmauer hinweg auf die Oberstadt. Als sie ankamen, zog Jimi zunächst seine immer noch feuchten Sachen aus, hängte die Fahne zum Trocknen ins Bad und nahm eine Dusche. Phil zeigte Micha währenddessen die Wohnung. Ihre Altbauwohnung, obwohl weder schick noch sonderlich gepflegt, strahlte ihre eigene Behaglichkeit aus. Der Boden war mit einem alten, stumpfen Holzfußboden ausgelegt, den jemand vor einigen Jahren versucht hatte abzuschleifen und neu zu beizen. Nach der Hälfte der Arbeit, kurz vor Erreichen der Küche, hatte man das Vorhaben aber wohl aufgegeben, sodass ein Teil der Dielen noch den alten, dunkelrot-matten Anstrich hatte. Die Fliesen im Bad schimmerten in einem Grau, welches wirkte, als sei es im Laufe der Jahre verblasst.

Die Decke im Bad hatte jemand vor einigen Jahren mit einem Karibik-Poster tapeziert, das an einer Ecke bereits herunterklappte. Über dem Telefon im Flur klebte ein Poster von Che Guevara. Das alles wurde ergänzt durch eine Ansammlung von Bücherkisten im Flur und durch die gleichmäßig in allen Zimmern verteilten Kerzenständer.

Die Wohnung hatte außer der Küche und dem Bad vier Zimmer, von denen das vierte leer stand. Während Micha mit Phil die Wohnung besichtigte, telefonierte Henning alle Freunde und Bekannten ab und lud sie zu einer spontanen Party ein.

An diesem Abend lernte Micha eine Unmenge neuer Leute kennen, war er doch aufgrund der Rettungsaktion der faktische Anlass und ein Stück weit auch der Mittelpunkt der Party.

Besonders freute es ihn, als Phil ihm seine Freundin Christiane vorstellte. Sie hatte ein schmales Gesicht und eine längliche spitze Nase, hatte ihre langen glatten Haare mit einer Henna-Tönung versehen und hinter die spitz zulaufenden Ohren zurückgekämmt, was ihr ein elfenhaftes Aussehen verlieh. Ihre Augenbrauen wölbten sich, von ihr dünn gezupft, in einem Halbkreis, der über der Nasenwurzel einen Zacken nach unten beschrieb. Zusammen mit ihren schmalen Augen heftete diesem Lächeln etwas Spöttisches an. Als Phil sie Micha als solche vorstellte, konnte selbst Christiane ein sanftes Grinsen nicht unterdrücken, hatten sich die beiden doch vor einigen Wochen bei einer Semesterpartie kennengelernt und sich erst nach einer gemeinsamen Nacht wieder voneinander getrennt. Damals hatte Christiane ihm erzählt, sie habe einen Freund, „zumindest so eine Art". Er solle sich aber nichts darauf einbilden, sie werde ihm auch nicht ihre Telefonnummer geben und ungeachtet dessen liebe sie ihren Freund und wolle nicht, dass Micha ihm jemals etwas davon erzähle, wenn er ihn kennenlerne. Als Micha geantwortet hatte, die Wahrscheinlichkeit, dass er ihn kennen lerne, sei verschwindend gering, hatte Christiane nur wissend gelächelt und darauf verwiesen, Marburg sei kleiner, als er denke. Nun stand er zwischen Christiane und ihrem Freund, erinnerte sich an sein Versprechen und verkniff sich mühsam ein Lachen.

Am Ende des Abends, nachdem Phil ein Dutzend Versionen über die Eroberung der Verbindungsfahne erzählt hatte, nachdem zwischenzeitlich die Getränke ausgegangen waren und sie weitere Bierkästen von der Tankstelle an der Schnellstraße gekauft hatten, nach einer Menge guter und vor allem lauter Musik, nachdem Micha viele neue Leute kennengelernt hatte, also nach einer wundervollen Feier, saßen sie im Morgengrauen zusammen in dem leeren WG-Zimmer.

Jimi war in der Ecke zusammengesunken, hatte sich eine Baseballkappe ins Gesicht gezogen und schnurrte im Schlaf vor sich hin. Während Phil ihm die dreizehnte Version seiner Fahnengeschichte erzählte und dabei wohlwollend die Tatsache ignorierte, dass Micha das Geschehen aufgrund persönlicher Teilnahme bestens bekannt war, räumte Henning einige leere Bierflaschen zur Seite, kehrte einen umgekippten und zerbrochenen Aschenbecher mitsamt seines ehemaligen Inhalts vom Boden auf und breitete einen Schlafsack aus.

Micha schlief tief, so tief, dass er nicht einmal bemerkte, wie Jimi nach ein paar Stunden aufwachte und seinen Sitzplatz in der Zimmerecke mit seinem Bett vertauschte. Am nächsten Morgen saßen sie, noch angeschlagen von der Nacht und trotzdem in bester Stimmung, am notdürftig freigeräumten Küchentisch zusammen.

Phil strich sich die dunklen Haare aus der Stirn. Er hatte bis jetzt auf eine Dusche verzichtet. Seine Haare standen immer noch so kraus, als wäre er gerade aus dem Bett gestiegen. Henning lag noch in seinem Zimmer und schnarchte durch die verschlossene Tür. Jimi ersetzte gerade das Frühstück durch eine Zigarette. Phil trank Kaffee.

„Was ist eigentlich mit dem Zimmer, in dem ich geschlafen habe?", fragte Micha.

„Leer. Nicht vermietet. Wieso?"

„Meine WG ist auf dem Richtsberg. Näher am Stadtzentrum wäre schöner. Nette Mitbewohner hätte ich hier sowieso. Deshalb. Wäre also frei?"
„Vom mir aus kannst du sofort einziehen. Jimi?"
„Ej Maann. Was denn?"
„Ob Micha hier einziehen kann!"
„Klar, Maann. Wieso nicht."
„Hervorragend", grinste Phil. „Ab wann willst du?"
Micha trug bereits am Tag darauf die ersten Kisten in sein neues Zimmer.

Als einziger der Mitbewohner ging Henning regelmäßig zur Universität. Das war allerdings mehr der Tatsache geschuldet, dass seine Studienfächer – Philosophie und Soziologie – deckungsgleich mit seinen Hobbys waren. Phil war zwar meistens außer Haus, besuchte aber keine Vorlesungen, sondern vor allem Freunde, Partys und den Universitätssport. Jimi verließ das Haus nur für die notwendigsten Einkäufe und um mit seiner gleichfalls desorientierten Freundin Swentje rauchend an der Lahn zu sitzen.

Rein äußerlich, mit notorisch ungewaschenen Haaren und bevorzugt weiten, schlabbrigen Klamotten, war sie die perfekte Ergänzung ihres Freundes Jimi. Auch in ihrer Lieblingsbeschäftigung, dem Jointrauchen und dem als ‚Abhängen' bezeichneten Herumsitzen waren die beiden sich einig. Der wesentliche Unterschied bestand in der Tatsache, dass Swentje ständig redete, während ihr Jimi andächtig zuhörte und ihr Recht gab. Mit Vorliebe drückte Jimi seine Zustimmung dadurch aus, dass er ihre Satzenden wiederholte und dabei ein Nicken andeutete.

Sie saßen nachts in den Lahnauen am Lagerfeuer und hörten den Musikern zu, die sich dort mit Wandergitarre oder mit Bongotrommeln eingefunden hatten. Bei gutem Wetter lief Micha mit Phil durch die Lahnberge. An regnerischen Tagen hockte er mit Jimi in der Küche, spielte Backgammon und rauchte, bis seine Sinne zu vernebelt waren, um den nächsten Zug zu planen. Er saß mit Henning im Café Roter Stern zwischen diskutierenden Philosophiestudenten, starrte auf die vorbeifließende Lahn und lauschte andächtig den gedanklichen Höhenflügen.

Der Sommer kam und das erste Semester ging zu Ende. Marie fuhr nicht in den Urlaub, nicht nach Ungarn, noch nicht einmal an die Mecklenburger Ostsee, sondern verbrachte die Zeit in Eisenach, direkt am Eisernen Vorhang, der an anderer Stelle Risse bekommen hatte, aber in Eisenach noch immer fest und undurchlässig stand. Je länger der Sommer dauerte, umso aufmerksamer verfolgte sie die Tagesschau, ausnahmsweise auch die Aktuelle Kamera und sogar freiwillig den Schwarzen Kanal.

Am 19. August berichtete das Westfernsehen von der Flucht von 660 Menschen während eines ungarisch-österreichischen Grenzfestes. Weitere 108 DDR-Bürger wurden aus der ungarischen Botschaft nach Wien ausgeflogen. Es gab erste Gerüchte und dann sogar Berichte, dass sich in Leipzig montags eine kleine Gruppe von Demonstranten versammelte, verschwindend gering an der Zahl und umringt von Sicherheitsbeamten. Genaues war auf diesen Bildern nicht zu erkennen. Doch es war unübersehbar, dass in ihrem Land etwas zu brodeln angefangen hatte.

Unruhe allerorts, nur nicht in dem Eisenacher Bekleidungsgeschäft, in welchem sie sich in den Sommersemesterferien als Urlaubsvertretung etwas verdiente. Ihre Kolleginnen äußerten sich mit keinem Wort.

Ganz anders waren die Berichte, die ihr Vater aus dem Wartburgwerk mit nach Hause brachte. Eckart erzählte, wer alles in den Urlaub gefahren war und wer nach den Werkferien nicht zurückgekommen war. Andere hatten sich überlegt, ob sie den Trabant nicht irgendwo in Ungarn stehen lassen und irgendwie zu Fuß über die Grenzen kommen könnten. Bei den meisten hatten die Angst und die Unsicherheit überwogen, was sie im Westen erwartete; sie waren zurückgekommen. Alle redeten davon, wann die SED in Berlin reagieren würde. Keiner kritisierte diejenigen, die geflohen waren. Nur Sven, so erzählte Eckart, war immer auffällig darauf bedacht, im Betrieb abzufragen, was die einzelnen Kollegen von der Flüchtlingswelle hielten.

„Und dabei schaut er einen dann immer so durchdringend an", fluchte Eckart. „Ich kann ihn direkt vor mir sehen, wie er danach in seinem Büro hockt und alles aufschreibt, was ihm einer unvorsichtig erzählt hat. Also wenn du ihn abends mal triffst, dann sieh zu, dass du ihm nichts erzählst. Nichts von deiner Meinung, meine ich."

Sven hatte einmal über Eckart angefragt, ob sich Marie mit ihm treffen wolle. Eckart hatte die Nachricht mit einem breiten Grinsen überbracht, wohl wissend, dass Marie lieber zu Hause versauern, als mit Sven ausgehen würde. Ohnehin war Marie in diesem Sommer wenig unterwegs. Sie traf sich ein paar Mal mit Freundinnen. Das war alles.

Nur René hatte sie in den Ferien immer wieder beschäftigt. Ihre Eltern hatten ihr schon bei ihren letzten Besuchen erzählt, dass er immer wieder mal am Wochenende bei ihnen vor der Tür gestanden und nach ihr verlangt hatte. Er musste wohl ganz freundlich gewesen sein, aber Eckart hatte es sich nicht nehmen lassen, ihm persönlich auszurichten, dass Marie nicht zu Hause sei und es keinen Sinn habe, auf sie zu warten. René hatte einmal auch versucht, ihre Adresse in Berlin zu erhalten, aber ihre Eltern waren standhaft geblieben.

Er würde dies nie zugeben, dafür war er zu stolz, aber Marie war klar, dass es ihn später gereut hatte, ihr damals im Jugendklub nicht hinterhergelaufen zu sein, dass er nicht versucht hatte, sie irgendwie zu halten, vielleicht doch einmal nach Berlin zu fahren und es mit der Fernbeziehung zu versuchen.

Sie hatte gerade einmal die erste Arbeitswoche hinter sich gebracht, als er bei ihr in der Boutique stand. Normalerweise wäre er niemals in so einen Laden hereingegangen, er musste Marie durch das Schaufenster gesehen haben. René trug die Ausgehuniform der Volksarmee. Grauer Stoff, durchaus hübsch anzusehen, wenn man Uniformen mochte. Für Marie war es ungewohnt.

Er stand vor ihr, mit einem betont geraden Rücken, und sah sie an. Marie merkte, wie er einen Moment sein offenes, sensibles Gesicht zeigte, nach einem Sekundenbruchteil, in dem sie Blickkontakt hatten, aber wieder zu der gewohnt harten Mimik zurückfand.

Sie tauschten ein kurzes, schüchternes „Hallo" aus. René fragte, wie es ihr gehe und ob sie nicht wieder einmal miteinander ausgehen sollten; Marie sagte „Gut." und „Nein.". Es sei Vergangenheit und sie sollten es auch Vergangenheit bleiben lassen. Statt nun, wie es für ihn typisch gewesen wäre, wütend zu werden, wich für einen kurzen Augenblick die Härte aus seinem Gesicht, sah er sie verletzt an, drehte sich dann auf dem Absatz herum und ging aus dem Laden.

Zwei Wochen hörte und sah sie danach nichts von ihm, bis es schließlich an einem Samstagabend im August an der Haustür klingelte. Eckart öffnete, Marie hörte eine kurze Diskussion im Treppenhaus, dann kam Eckart in ihr Zimmer und fragte, ob sie mit René sprechen wolle, er stünde draußen und sei nach seinem Eindruck schon am frühen Abend betrunken. Marie schüttelte den Kopf.

Sie hörte, wie Eckart ihren Ex-Freund im Treppenhaus wortreich abwimmelte. Kurze Zeit später hörte sie ihn von unten rufen. Mehrmals und lautstark. Sie ging auf den Balkon und schaute aus dem ersten Obergeschoss auf ihn herunter.

Er trug heute nicht mehr die Ausgehuniform, sondern eine alte, etwas abgerissene Jeans und ein weißes Shirt. Er hätte ein bisschen nach James Dean ausgesehen, wäre da nicht die Bierflasche in seiner Hand und sein etwas benebelter Blick gewesen.

„Was willst du?"
„Mit dir reden!"
„Wieso?"
„Wir gehören zusammen. Wir beide, du und ich. Gegen alle anderen!"
„Dein Brüllen kann man im ganzen Block hören."
„Mir egal", brüllte er weiter. „Es geht um uns beide. Die anderen sind mir egal!"
„René, es ist vorbei, finde dich damit ab."
„Wir beide gehören zusammen! Das kannst du nicht bestreiten. Komm runter! Komm runter, jetzt sofort!"

Die letzten Worte schrie er aus. Marie sah, wie in den Blocks gegenüber mehrere Leute die Gardinen zur Seite geschoben hatten und sie beobachteten.

„Es ist vorbei. Geh nach Hause", sagte sie und schloss die Balkontür hinter sich.

Sie hörte ein Klirren hinter sich. Auf dem Balkon lagen einige braune Glasscherben. Er hatte die Bierflasche nach oben geworfen. Marie starrte geschockt aus dem Fenster und sah, wie René trotz seines Zustandes in sein Auto stieg und davonfuhr.

Als sie Anfang September zurück nach Berlin kam, hatte sie außer über das Fernsehen fast nichts von den

Veränderungen mitbekommen. Natalia begrüßte Marie fast euphorisch, als sie wieder in das Wohnheim kam.

„Wie schön, dass du immer noch da bist."

„Ich war zwischendurch nur sechs Wochen in Eisenach", antworte Marie verwirrt.

„Ich meine, dass du immer noch hier in der DDR bist und wieder zurück in Berlin."

Natalia und Friedrich waren ebenfalls zu Hause geblieben, aber in diesem Sommer war in Berlin mehr los gewesen als in den ganzen Jahren vorher zusammen. In Berlin fand im Sommer immer irgendwo eine Party statt. Das hatten sich auch in den vergangenen Jahren die jungen Leute nicht nehmen lassen.

„Aber dieses Jahr war es anders", sagte Friedrich. „Wir haben angefangen, miteinander über Dinge zu reden, die die Gesellschaft betreffen. Wir haben teilweise sogar richtig offen diskutiert, ohne dass irgendjemand ein Thema gemieden hat, nur weil es vielleicht verboten sein könnte. Jeder hat sich gefragt, ob seine Freunde aus dem Urlaub wiederkommen oder doch im Westen gelandet sind. Es ist gar nicht mehr zu übersehen, dass sich etwas anbahnt. Neuerdings treffen sie sich immer in der Gethsemane-Kirche auf dem Prenzlauer Berg. Das ist bei mir um die Ecke. Die haben so etwas Ähnliches vor wie die in Leipzig. Eine Montagsdemonstration."

Marie war halb fasziniert und halb verängstigt.

„Wir sollten da demnächst auch mal hingehen", meinte Friedrich. Er sah die verhalten blickenden Frauen vor sich an. „Was ist denn los? Hier beginnt gerade alles zu wanken! Wollt ihr als Zaungäste daneben stehen, wenn die Mauer fällt?"

„Wenn die Mauer fällt!", lachte Natalia laut auf. „Wenn die Mauer fällt, bin ick alt und grau. Dann stelle ick mich ruhig daneben und freue mich, wenn die Jungen feiern."

Anfang September füllte sich auch die Wohngemeinschaft in Marburg wieder. Henning und Phil waren in den Semesterferien zunächst für vier Wochen in ihre alte Heimat, nach Bremen und nach Frankfurt, gefahren und hatten sich anschließend für zwei Wochen zum Zelten auf eine griechische Insel begeben. Christiane hatte sich bereits vor dem offiziellen Semesterende nach Jamaika verabschiedet.

Jimi und Swentje hatte es schlicht deshalb in Marburg gehalten, weil keiner von beiden Geld für einen Urlaub übrig hatte und sie sich daher damit begnügen mussten, auf dem Balkon zu sitzen, Jimis diesjährige Pflanzen zu pflegen und die Ernte des vorigen Jahres zu rauchen.

Micha hatte die meiste Zeit in Hängerode verbracht, wo sein Freund David ein großes Sommercamp auf einer Wiese hinter dem Gutshof seiner Eltern organisiert hatte. Urlaub auf dem Bauernhof, am Ende der Welt. ‚Dort Urlaub machen, wo andere Leute arbeiten', hatte er die Einladung überschrieben. Micha war bereits Anfang September aus Hängerode zurückgekehrt und hatte mit der zweiten Semesterferienarbeit dieses Sommers begonnen.

Mit Phils Rückkehr am 11. September war die WG dann endgültig wieder vollständig. In der Wohnung verbreitete sich der Geruch von trocknendem Hanf. Jimi hatte die diesjährige Ernte geschnitten und alle Mitbewohner dazu verpflichtet, die abgeschnittenen Zweige mit Wäscheklammern an einer Leine zu befestigen, die er von der

Küche über den Flur bis in sein Zimmer gezogen hatte. Langsam füllte sich die Decke mit grünen Hanfblättern.

Micha nahm mit der rechten Hand die Wäscheklammer aus dem Mund und fixierte die Blätter in seiner linken Hand an der Wäscheleine. Im Hintergrund lief der Fernseher. Der Sprecher erzählte aus dem Off, Ungarn habe an diesem Tag die Grenze geöffnet, was Tausende von DDR-Bürgern zur Ausreise nach Österreich genutzt hätten. Der Bericht zeigte Menschen, die sich kurz hinter der Grenze, auf den ersten Metern österreichischem Boden, mit rot geweinten Augen in den Armen lagen. Phil hatte gerade seine Blätter aufgehängt und schob seinen Stuhl vor den Fernseher.

„Das können die unmöglich noch lange Durchhalten", murmelte Micha.

„Wer ist *die*?"

„Na, natürlich *die* in Ostberlin!"

„Es werden eher die in Budapest nicht durchhalten können. Du glaubst doch nicht, dass die Sowjetunion dem noch lange zuschaut."

„Einen Einmarsch kann sich Gorbatschow international nicht leisten."

„Es gibt eine ganze Menge anderer Möglichkeiten, Druck auf die Ungarn auszuüben, damit sie ihre Grenzkontrollen wieder aufnehmen."

„Bis dahin sind längst schon Hunderttausende geflüchtet."

„Die Regierung in Ostberlin wird dem Ganzen auch nicht tatenlos zu schauen."

„Was sollen die den machen, etwa die Stasi direkt an die österreichisch-ungarische Grenze stellen?"

„Tatsache ist doch, dass wir es hier mit einem anderen Regime zu tun haben. Wenn die wollen, dann sperren die einfach die eigenen Grenzen. Dann müssen die ganzen Leute halt wieder an der Ostsee statt am Plattensee Urlaub machen und sie lassen nur noch die verdienstvollen Kommunisten ins sozialistische Ausland."

„Die können doch nicht einfach das eigene Volk einsperren."

„Die sperren ihr Volk doch schon seit Jahrzehnten ein. Glaubst du, das macht für die einen Unterschied, ob die jetzt ihre Leute im Ostblock oder in der DDR einsperren?"

„Überhaupt wäre das doch für die meisten von denen besser", mischte sich Henning ein.

„Die wollen einfach ihre Freiheit. Da ist es nicht besser, wenn sie jetzt komplett in ihrem Land eingesperrt werden."

Henning schob seine Brille mit dem rechten Zeigefinger auf dem braungebrannten Nasenrücken nach oben, legte seine Denkerfalten auf die Stirn und holte tief Luft.

„Ihre Freiheit suchen vielleicht die wenigen, die am Montag in Leipzig demonstrieren! Die bleiben auch dort und kämpfen dafür. Das sind echte Revolutionäre gegen die Verkrustungen des real existieren Sozialismus. Diejenigen, die sich jetzt von Ungarn in den Westen aufgemacht haben, suchen vor allem den sogenannten westdeutschen Wohlstand, nur dass unser System diese Hoffnung bitter enttäuschen wird. Wieso flüchten die denn ausgerechnet aus Ungarn? Weil die dort mit den reichen Westdeutschen konfrontiert sind, die es sich leisten können, nach Ungarn oder in die CSSR zu fahren. Die ganzen Arbeitslosen, die Armen und die Sozialhilfeempfänger, die Umweltverschmutzung und die Ausgestoßenen dieser Gesellschaft, auf denen wir unseren so genannten

Wohlstand aufbauen, nehmen die doch erst wahr, wenn sie zu uns in den Westen gekommen sind."

„Aber deshalb kannst du ihnen doch nicht verbieten, in den Westen zu kommen."

„Ich will ihnen doch nichts verbieten. Ich sorge mich um sie! Denn zu welcher sozialen Schicht diese Leute gehören werden – ganz ohne Kapital, ohne irgendwelche Produktionsmittel –, das ist leicht auszurechnen. Die sind doch prädestiniert, mit Ausländern und Arbeitslosen in den Wettbewerb um die auf der untersten sozialen Stufe stehenden Arbeitsplätze zu treten. Eigentlich müssten wir sie also bedauern."

„Weiß nicht. Ich finde, die sollen einfach mal selbst sehen."

„In spätestens zwei Wochen haben die Russen dem Spuk da unten ein Ende gemacht", unterbrach Phil.

„Oder es hat sich zumindest herumgesprochen, dass hier auch nicht alles Gold ist", ergänzte Henning.

Micha starrte nachdenklich auf den Bildschirm.

Marie hielt die Haustür ihres Studentenwohnheims auf, bis Friedrich und Natalia hindurch gegangen waren. Die drei bogen nach links in die Warschauer Straße ein, passierten die vielen Plattenbauten, die man hier entlang der Hauptstraßen in Friedrichshain in den letzten Jahren errichtet hatte und erreichten die Karl-Marx-Allee mit ihren Sozialistischen Zuckerbäckerbauten aus den Fünfzigerjahren.

Die Putzkolonnen waren noch damit beschäftigt, die Müllberge zu beseitigen, welche die Zuschauer während der Militärparade hinterlassen hatten. Friedrich stieg demonstrativ über den zusammengekehrten Haufen von drei Würstchen mit Senf, die ihre gelblich-fettige Schmierspur auf den Bürgersteig gezeichnet hatten.

„Was für ein kompletter Blödsinn! Erst beschallen sie ganz Friedrichshain mit dem Rasseln von Panzerketten, um zu zeigen, wie sie den Frieden sichern, dann werfen sie tonnenweise Lebensmittel auf die Straße, die ja sowieso niemand hier benötigt, und dann dürfen die *Arbeiter* den ganzen Dreck wegmachen, weil der Arbeiter*staat* im Palast der Republik weiter *feiert*! Wer soll das noch verstehen!"

„Friedrich! Nicht so laut."

Es war der frühe Abend des 7. Oktober. Die Republik feierte ihren 40. Geburtstag. Streng genommen feierte nur die Nomenklatur des Staates. Das eigentliche Volk durfte nur an der Führung und den ausländischen Staatsgästen vorbeimarschieren oder die jubelnde Kulisse für die große Militärparade bilden. Danach wurde es mit ein paar kleinen Volksfesten in den Stadtteilen abgespeist, während die Staatsführung zum Staatsbankett in die Stadtmitte umgezogen war. Aber an diesem 7. Oktober waren ohnehin nur die wenigsten in Feierlaune. An den

Ständen rund um das Friedrichshainer Rathaus standen nur vereinzelt Personen. Die meisten von ihnen waren schon betrunken. Zwei Personen um die vierzig, die mit groben braunen Anzügen und mürrischen Gesichtern an einer Bratwurstbude standen und Club-Cola tranken, waren es eindeutig nicht. Sie hatten sich musternd umgedreht, als Friedrich sich lauthals mokiert hatte.

Marie hatte ein ungutes Gefühl. Es waren an der Humboldt-Universität in den letzten Tagen Gerüchte umgegangen, dass das Zentralkomitee entschlossen war, die Feiern zum Nationalfeiertag der DDR nicht durch Demonstrationen stören zu lassen. Auch das Wort ‚Tiananmen' war gefallen. Die chinesische Lösung. Mit Gewehren auf Demonstranten. Marie packte Friedrich am Arm und zerrte ihn hinter sich her in die U-Bahn. Sie stiegen in den Zug Richtung Stadtmitte. Die beiden Männer vom Bratwurststand waren ihnen nicht gefolgt.

Am Alexanderplatz mussten sie umsteigen. Friedrich wohnte am Prenzlauer Berg, nahe der Station Schönhäuser Allee. Statt den Bahnsteig zu wechseln ging Friedrich die Treppen hinauf zum Alexanderplatz. Natalia lief, aufgeregt auf ihn einredend, hinter ihm her. Marie zollte dem hohen Tempo der beiden Tribut und blieb einige Schritte zurück.

„Lass uns weiterfahren. Oben ist heute die Demonstration. Das geht nicht gut."

„Gerade weil die Demonstration ist, muss ich da hin. Zumindest anschauen muss ich sie mir. Ihr könnt schon vorfahren, den Schlüssel hast du ja."

„Ditt jeht nicht nur um uns, sondern auch um dich. Haste nicht jehört was sie an der Uni erzählt haben? Dass sie für heute eine ‚chinesische Lösung' jeplant haben?"

„Ich hab mir jahrelang gewünscht, dass endlich mal so was wie heute passiert. Ich verzeihe es mir nie, wenn ich da nicht hingehe."

Am Treppenausgang empfing sie kalte Herbstluft. Rund um den U-Bahn-Ausgang waren verdächtig viele unauffällige Herren mittleren Alters verstreut. Den Blick geradeaus gerichtet, die Herren ignorierend, ging Friedrich weiter. Natalia sah Marie hilflos an, die gerade die Treppe erklommen hatte. Marie hakte sich bei ihr unter, drückte ihren Arm fest und raunte ihr zu: „Wir fahren nicht weiter. Heute stehen wir das alle zusammen durch."

Schon vor dem Fernsehturm kamen ihnen die ersten Gruppen entgegen. Tausende andere Demonstranten bewegten sich, untereinander eingehakt, „Wir sind das Volk!" skandierend, über die Karl-Liebknecht-Straße in Richtung Prenzlauer Berg. Trotz der Menschenmasse, die sich über ihn wälzte, verbreitete der Platz eine Friedhofsatmosphäre. Die Straßenlaternen beleuchteten trübe den Abendnebel, kalt strahlte der Fernsehturm über ihnen. Obwohl heute der Tag der Republik begangen wurde, brannte in keinem einzigen Geschäft Licht, das Schnellrestaurant an der Karl-Liebknecht-Straße war verdunkelt und selbst das Restaurant unten im Fernsehturm hatte geschlossen.

Die Straße wurde gesäumt von hunderten Volkspolizisten, die damit beschäftigt waren, die Demonstranten zurückzudrängen. Sie sahen, wie ein Polizist einen Demonstranten nieder schlug, der sich weigerte, zurück zu weichen.

„Zurück zur U-Bahn!"

Sie hetzten am Fernsehturm vorbei. Als sie hinter dem Restaurant nach links abbogen, nahmen sie wahr, dass die unauffälligen Herren sich vor dem Eingang der U-Bahn geballt und die ersten versprengten Demonstranten festgenommen hatten. Hinter ihnen war ein Mannschaftswagen der Polizei aufgefahren.

Friedrich drehte sich um, riss Natalia und Marie hinter sich her und lief wieder um den Fernsehturm herum, zurück zur anderen Seite.

„Was hast du vor? Dort hinten sind die Vopos!"

„Unsere einzige Chance, hier heil raus zu kommen, ist, im Demonstrationszug mitzuschwimmen. Sie werden es nicht wagen, Tausende von Demonstranten auf einmal anzugreifen. In der Mitte sind wir sicher."

„Und was ist, wenn nicht? Wenn sie es doch so machen wie in China und alle zusammenschießen?"

„Dann ist es ohnehin schon zu spät."

Marie merkte, wie ihr übel wurde.

Die Demonstranten drängten sich dicht an dicht auf der Schönhäuser Allee durch Prenzlauer Berg. Die Volkspolizisten folgten von Süden her in gebührendem Abstand. Friedrich hatte Marie beruhigen können, als sich herumgesprochen hatte, dass die Demonstranten sich zur Gethsemane-Kirche bewegten, weil dort eine Mahnwache für politische Gefangene stattfand. Seine Eltern wohnten nur drei Blocks weiter. Durch diesen glücklichen Zufall würde der Zug sie also unerkannt und sicher nach Hause geleiten. „Keine Gewalt, keine Gewalt", rief die Menge.

Es schien alles gut zu gehen.

Der Zug erreichte das Gebäude des AND, jener staatlichen Nachrichtenagentur, die vierzig Jahre lang alle ein- und ausgehenden Nachrichten zensiert hatte und sich in all den Jahren als Hassobjekt profiliert hatte. „Lügner,

Lügner, Lügner, Lügner" ertönte es, und „Pressefreiheit, Pressefreiheit". Die Stimmung heizte sich auf.

Plötzlich, viel zu schnell, als dass es ein Zufall hätte sein können, fuhren die ersten Mannschaftswagen auf. Dutzende von dunklen Kleintransportern kamen aus der Dunkelheit, militärisch exakt Seite an Seite, parkten punktgenau nebeneinander und spien ihre Fracht aus. Hunderte von Volkspolizisten sprangen aus dem Inneren, galoppierten in Reihen zu ihren festgelegten Plätzen, wo sie Schulter an Schulter die Danziger Straße und die Kastanienallee abriegelten. Ihre Uniformen verschmolzen zu einer Mauer, nur die weißen Helme und die riesigen weißen Schilde strahlten hell im Herbstlicht, gesprenkelt mit vereinzelten Lichtreflexen, die sich im Plexiglas ihres Gesichtsschutzes bildeten. Wie körperlose Außerirdische, oben eine weiße Kugel, unten einen weißen quadratischen Körper, bildeten sie die näher rückende Barriere.

Erst nachdem Marie ihren Schrei beendet hatte bemerkte sie, dass sie nicht als Einzige schrie. Unter den Demonstranten brach Panik aus. Die Demonstranten hetzten im Laufschritt voran. Im Norden der Schönhäuser Allee waren noch keine Mannschaftswagen aufgefahren.

„Zur Gethsemane-Kirche", rief irgendjemand.

„Weiter, weiter", brüllte Friedrich sie an. „Lasst euch keinesfalls aus der Menge herausdrängen!"

Marie lief und keuchte. Von hinten drangen Schreie an ihr Ohr. Sie drehte sich nicht um, wollte nicht wissen, was hinter ihr geschah. Stattdessen lief sie schneller. Jetzt schrien auch die Leute links neben ihr. Sie drehte beim Laufen ihren Kopf nach links, sah, wie dort aus einer Nebenstraße weitere Uniformierte geschossen kamen und wahllos auf alles einprügelten, was sich am linken Rand des Demonstrationszuges bewegte. Ein Demonstrant lag am Boden. Zwei Volkspolizisten standen neben ihm und traten mit ihren schwarzen Stiefeln rhythmisch auf ihn ein – und einsundzweiundeinsundzwei –, so als würde es ihnen Spaß machen. Marie wendete ihren Blick wieder nach vorne und lief und keuchte.

Die Station Schönhäuser Allee kam immer näher. Es war nicht mehr weit bis zu Friedrichs Eltern. Sie schöpften Hoffnung. Kurz bevor sie die Station erreichten, bogen die Demonstranten nach rechts ab. Dort war das Viertel rund um die Gethsemane-Kirche. Die drei zögerten, verlangsamten ihre Schritte, standen plötzlich still inmitten der panisch hetzenden Demonstranten, wie ein Fels in der Brandung. Friedrichs Eltern wohnten links von der Schönhäuser Allee. Wenn sie dorthin flüchten wollten, mussten sie die schützende Menge verlassen.

„Wir müssen es probieren. Das Gethsemane-Viertel werden sie umstellen. Nur bei mir zu Hause sind wir sicher."

Friedrich wühlte sich wie ein Wellenbrecher durch die in die entgegengesetzte Richtung laufende Menge. Natalia und Marie folgten in seinem Fahrwasser. Sie durchbrachen den Rand des Demonstrationszuges und standen direkt vor zwei Mannschaftswagen, die ihnen den Weg in die dahinter liegende Straße versperrten. Der Großteil der Besatzung stand mit Schlagstöcken auf dem Bürgersteig und hieb mit Freude auf die vorüberlaufenden Demonstranten ein, so wie ein Braunbär bei der Jagd im Flusswasser steht und genussvoll mit seiner Tatze auf die dicksten Lachse einschlägt. Entlang einer Mauer waren zwei Volkspolizisten gerade dabei, all jene, die bewusstlos geschlagen waren oder sich vor Schmerzen nicht mehr rühren konnten, nebeneinander aufzureihen. Ein Polizist zog einen Jugendlichen an den Füßen über den Bürgersteig, dessen blutender Kopf dabei über den Boden geschleift wurde und eine dunkle Schleifspur auf den Asphalt zeichnete. Marie unterdrückte ihren Schrei.

Zwischen den Wagen waren etwa vier bis fünf Meter Platz, eine kleine Gasse, die den Blick in die dahinter liegende Straße freigaben. Genau in diese Lücke schleppten zwei Polizisten gerade einen Mann. Trotz der Handschellen zogen sie ihn, der eine unten an den Füßen, der andere an Haaren und Vollbart greifend, über den Boden. Friedrich sprintete los, genau auf den rechten der beiden Polizisten zu. Mit seinem ganzen Gewicht rammte er ihm die Schulter in den Rücken, so dass dieser, vor Schmerz und Überraschung aufheulend, auf den Boden stürzte. Friedrich sprang über den vor ihm liegenden Körper, Marie und Natalia folgten ihm auf den Fersen. Der andere Polizist ließ Bart und Haare los und richtete seinen Kollegen auf. Die drei hatten schon einen Vorsprung von etwa zwanzig Metern, bis sie die Schritte von Stiefeln auf Kopfsteinpflaster hinter sich hörten. Sie liefen so schnell, wie sie noch nie gelaufen waren. Noch im Laufen holte Friedrich seinen Haustürschlüssel aus der Tasche. Hinter ihnen hallten die Schritte von Stiefeln in der menschenleeren Straße. Friedrich sprang in den Hauseingang, steckte den Schlüssel ins Schloss. Es klappte beim ersten Mal. Sie huschten herein. Die Schritte kamen immer näher. Friedrich schlug die Tür ins Schloss. Sie hörten lautes Pochen an der Tür, dann klingelte es in allen Wohnungen.

Hoffentlich macht in diesem Moment niemand die Tür auf, schoss Marie durch den Kopf. Sie rannte zur Tür zum Hinterhof und drückte die Klinke. Die Tür war nicht verschlossen. Sie zog sie weit auf und eilte zur Haustür zurück, die Friedrich inzwischen von innen abgeschlossen hatte. Die Polizisten klingelten ein zweites Mal im ganzen Haus Sturm.

Marie hechtete Friedrich und Natalia hinterher die beiden Stockwerke hinauf und eilte in die Wohnung. Friedrichs Eltern waren nicht zu Hause. Die drei standen im dämmrigen Wohnzimmer, pressten sich aneinander und gaben keinen Laut von sich. Marie zitterte am ganzen Leib. Sie merkte, wie ihr übel wurde.

Nach einigen Minuten hörten sie, wie die Polizisten in den Hinterhof rannten. Der Hinterhof war groß, es gab neben dem vorderen Hausteil noch drei Eingänge, die nur über den Hinterhof erreichbar waren. Nachdem sie einige Minuten ziellos im Hof herumgeirrt waren und hinter Mülltonnen und Bauschutt gesucht hatten, sahen die Polizisten ein, wie aussichtslos ihre Suche war. Die drei hörten, wie sie erst die Hinterhof- und dann die Haustür schlossen, und beobachteten aus dem Fenster der dunklen Küche, wie die Polizisten zur Schönhäuser Allee zurückgingen. Natalia begann vor Erleichterung zu weinen.

„Mir ist schlecht", sagte Marie und rannte zur Toilette.

Am Abend des Neunten November trat 1989 in der Hauptstadt der DDR einer der alten Herren vor die Presse. Günter S. aus der Hauptstadt der DDR hasste diese Termine. Früher, bis vor wenigen Wochen, war bei den Pressekonferenzen alles so einfach gewesen. Ein paar handzahme Journalisten hatten ihm zugehört, hatten anschließend artig ihre kargen Verständnisfragen gestellt und dann war die Sache beendet. War dennoch einer der Journalisten lästig oder gar vorlaut geworden, so konnte Günter S. immer noch aufstehen, „Das ist eine tendenziöse Frage!" oder etwas anderes rufen, und den Saal verlassen.

Als er an diesem Abend vor die Presse trat, dachte er mit Wehmut an die alten Zeiten zurück. Günter S. seufzte unhörbar vor sich hin und schaltete das Mikrofon an. An diesem Tag hatte er schon wieder einen Wust von neuen Verordnungen, Gesetzen, Initiativen, Ankündigungen vom neuen Staatsratsvorsitzenden in die Hand gedrückt bekommen. Behäbig, mit Mühe seine Konzentration aufrecht erhaltend, quälte er sich durch den Stapel Papier, beantwortete Fragen, erläuterte, vertiefte, bis er sich fast zum Ende des Stapels durchgearbeitet hatte.

Am Abend des Neunten November 1989 saßen Marie und Natalia in einem Hörsaal der Humboldt-Universität und warteten auf Friedrich. Der Runde Tisch der Geisteswissenschaftlichen Fakultät, der damals noch gar nicht diesen Namen besaß und der in Wirklichkeit nicht rund, sondern ein lang gestreckter Quader war, diskutierte über die Freiheit der Lehre an den Universitäten der DDR im Allgemeinen und der Fakultät im Besonderen.

Der Hochschulsprecher der SED erklärte soeben, dass man vielleicht vieles falsch gemacht habe, aber dass doch nicht alles schlecht gewesen sei, und man sollte doch nicht jetzt auf den Fehler verfallen, 40 Jahre stolze Geschichte... – bis er beim Wort „stolze" von Pfiffen aus dem Zuhörerraum übertönt wurde und der begonnene Satz im Nichts verklang.

„Es kann doch jetzt nicht auf einmal alles falsch sein, was früher schlecht war", murmelte Marie vor sich hin. Sie fuhr sich durch die Haare. Wut stieg in ihr hoch. Sie warf einen Blick auf die Uhr. Es war 18 Uhr 55, Friedrich war zu spät.

Am Abend des Neunten November 1989 stand in der Küche seiner Wohngemeinschaft und rührte mit dem großen Holzlöffel in einem Topf mit Chili con Carne. Die anderen saßen am Küchentisch und spielten Backgammon. Im Hintergrund dröhnte weder ein Radio noch ein Fernseher, sondern Bob Marley aus einem Kassettenrecorder.

Am Ende des Stapels fand Günter S. noch ein Arbeitspapier, das ihm in letzter Sekunde zugesteckt worden war. Das neue Reisegesetz, ein Schnellschuss von nur etwas mehr als einer Seite, unter dem Druck der sich beschleunigenden Zeiten zusammengeflickt, sollte eigentlich erst am nächsten Tag in Kraft treten. Aber bei den alten grauen Herren, die schon in den ganzen letzten Jahren den Überblick verloren hatten und die durch die neu angebrochenen Zeiten in noch größere Verwirrung gestürzt worden waren, war diese Information irgendwo auf dem Weg zu Günter S. verloren gegangen. Die ersten Journalisten begannen bereits zu gehen. Günter S. holte noch zu dieser letzten Ankündigung aus.

„Zuletzt möchte ich Ihnen noch mitteilen, dass eine Empfehlung des Politbüros aufgegriffen worden ist und eine neue Reiseregelung beschlossen wurde. Also…".
Günter S. griff zu dem Blatt und begann träge daraus zu zitieren. „Privatreisen nach dem Ausland können ohne Vorliegen von Voraussetzungen beantragt werden. Die Genehmigungen werden kurzfristig erteilt. Die zuständigen Abteilungen Pass- und Meldegesetzwesen der Volkspolizeikreisämter in der DDR sind angewiesen, Visa zur ständigen Ausreise zu erteilen, ohne dass dafür noch geltende Voraussetzungen für eine ständige Ausreise vorliegen müssen."

Er legte den kleinen Zettel weg. Den ersten Journalisten begann zu dämmern, was Günter S. gerade verkündet hatte. Er selbst hatte bereits beim Lesen realisiert, was dies im Einzelnen bedeutete und hoffte, dass die Erkenntnis bei den Journalisten erst mit Verzögerung einsetzen würde.

„Ab wann gilt denn diese Regelung?" wurde er gefragt.

Er stutzte, drehte den Zettel hilflos in der Hand herum, wendete ihn auf die Vorder- und die Rückseite, ließ seinen Blick hektisch über das Blatt wandern, fand aber keinen entsprechenden Vermerk.

„Diese Regelung gilt, soweit ich weiß, ab sofort."

Er blickte ein bisschen abweisend nach unten, als ob er nun wirklich genug und ein Recht auf Feierabend hätte.

„Herr Schabowski, was wird mit der Berliner Mauer geschehen?" fragte ein anderer Journalist.

Günter S. wurde nun wirklich nervös. Das hatte er in der Tat noch gar nicht bedacht. Die russischen Freunde waren gar nicht informiert und in Berlin galt immer noch der Vier-Mächte-Status. Was also würde passieren, wenn einige Ostberliner dieses „Ab sofort!" tatsächlich ernst nehmen und zur Mauer laufen würden?

Günter S. wollte so schnell als möglich raus. Sich mühsam konzentrierend sammelte er Worte, die sich nur stockend aus dem sirrenden Wust seiner Gedanken lösten und sich beim Sprechen zu einem langen ‚Ähhh' verdichteten.

„Ich werde darauf aufmerksam gemacht, dass es 19 Uhr ist. Es ist die letzte Frage, ja! Haben sie Verständnis dafür."

Er machte eine Mischung aus Luftholen und Seufzen.

„Ähh Was wird mit der Berliner Mauer? Es sind schon Auskünfte gegeben worden im Zusammenhang mit der Reisetätigkeit. Ähh Die Frage des Reisen, Ähh die Durchlässigkeit also der Mauer von unserer Seite, beantwortet noch nicht und ausschließlich die Frage nach dem Sinn, also dieser, ich sag's mal so, befestigten Staatsgrenze der DDR. Ähh Wir haben immer gesagt, dass dafür noch einige andere Faktoren Ähh mit in Betracht gezogen werden müssen. Und die betreffen den Komplex von Fragen, den Genosse Krenz in seinem Referat in der – in Hinsicht auf die Beziehungen zwischen der DDR und der BRD geäußert hat, in Hinsicht auf Ähh die Notwendigkeit, den Friedenssicherungsprozess mit neuen Initiativen fortzusetzen. Und Ähh sicherlich wird die Debatte über diese Frage Ähh positiv beeinflusst werden können, wenn sich auch die BRD und wenn sich die NATO zu Abrüstungsschritten entschließt und sie durchsetzt, so oder ähnlich wie die DDR das und andere sozialistische Staaten schon mit bestimmten Vorleistungen getan haben.

Herzlichen Dank!"

Er stand auf, atmete aus und wischte sich hinter der Bühne zuerst den Schweiß von der Stirn.

„Diese Regelung gilt ab sofort!" klang es einigen Journalisten noch in den Ohren. Langsam lösten sie sich aus ihrer Paralyse, begaben sich zunächst mit nur mühsam gebremsten, dann aber immer schnelleren Schritten in ihre Büros in der Gewissheit, endlich, endlich, endlich einmal den Leitartikel ihrer Zeitung schreiben zu dürfen: *Die DDR macht die Mauer auf!*

Friedrich war schon wieder viel später dran, als er eigentlich geplant hatte. Seine Freundin Natalia und deren Freundin Marie saßen beim Runden Tisch in der Humboldt-Uni und er hatte versprochen, an diesem Abend mitzukommen. Friedrich war noch damit beschäftigt gewesen, die Getränke für eine kleine Party zu besorgen, die er angesichts der Abwesenheit seiner Eltern am nächsten Tag organisierte. Das hatte länger gedauert, als geplant. Er schaltete kurz das Radio an, während er die Wodka-Flaschen in seinem Zimmer bunkerte und ein paar Sachen wechselte.

Plötzlich drehte er sein Radio lauter. Obwohl es so laut war, dass er die Nachrichten selbst im Nebenraum hätte hören können, neigte er seinen Kopf ein Stück nach rechts zum Radio hin.

Die Nachrichten waren vorbei. Er drehte das Radio aus. Dann hängte er sich seine Jacke über, schloss in aller Eile die Tür hinter sich und lief so schnell es ging zur nächsten U-Bahn. Es waren nur wenige Stationen von der Wohnung zur Humboldt-Universität. Natalia und Marie warteten bereits. Er ging durch den Saal zum großen Tisch, an der eine rege Diskussion im Gange war, verlangsamte seine Schritte und fasste Natalia an der Schulter.

„Hallo ihr beiden. Keine Zeit für Erklärungen, zieht einfach eure Jacken an und kommt mit."

„Was? Du kommst fast eene Stunde zu spät und dann meinst du, du könntest so einfach..."

„Die haben die Mauer aufgemacht. Also zieht euch an und kommt mit!"

„Die haben *was?*"

Am Abend des Neunten November 1989 servierte Micha seinen Mitbewohnern zum Abschluss eine große Schüssel Tiramisu. Henning stand am Küchenschrank und wechselte die Kassette. Als er die alte Kassette herausnahm, dudelte der Hessische Rundfunk sein Musikprogramm herunter. Er legte The Clash ein und drückte wieder auf ‚Start'.

Aus der Schüssel balancierte Phil einen gehäuften Löffel Tiramisu zu seinem Teller. Ein Klecks fiel herunter auf die Plastiktischdecke. Jimi fuhr mit dem Finger hindurch und leckte ihn ab, stand auf und ging in sein Zimmer, um aus der Blechdose eine große Hand der diesjährigen Ernte zu holen.

Am Abend des Neunten November 1989 drängten sich vor dem Grenzübergang bereits die Menschen, als Natalia, Marie und Friedrich die Bornholmer Straße erreichten. Hunderte waren bereits da, Tausende würden noch kommen. Vorne, nur undeutlich erkennbar, standen an der Mauer einige Grenzer, kaum genug, um den Ansturm von hundert, erst Recht nicht den von tausend Ostberlinern auszuhalten. Nur wenige Meter entfernt, hinter der spärlichen, beinahe lächerlichen Reihe ihrer verängstigten Bewacher erhob sich die sperrige Konstruktion aus Eisenstreben, die Bornholmer Brücke, die den Prenzlauer Berg von dem Stadtteil Wedding, den Osten vom Westen, die Zweite von der Ersten Welt trennte.

Die Grenzer, die ja weder eine genaue Weisung bekommen – das Reisegesetz war ja offiziell noch gar nicht in Kraft getreten – noch während ihres Dienstes Nachrichten gehört hatten, waren über die neuesten Entwicklungen noch nicht informiert. So standen sie da, Grenzer und Bevölkerung, die einen in froher Erwartung, neugierig aber ungläubig, die anderen verunsichert und durch die stetig zunehmende Menschenmenge immer stärker unter Druck gesetzt.

Natalia, Marie und Friedrich drängten sich nach vorne, bis die Menschen einen festen Ring um die Absperrung bildeten, die kein Durchkommen mehr ermöglichte.

„Macht die Mauer auf" brüllten einige.

Andere redeten auf die Grenzer ein. Unwissenheit in allen Gesichtern. Die Grenzer begannen zu telefonieren, diskutierten miteinander. Konnte denn sein, was zuvor niemals hatte sein dürfen? Durfte man das Undenkbare seit Neuestem nicht nur denken, sondern auch fordern? Realität und Wirklichkeit schienen zu verwischen. Friedrich schwor später, dass sich ein Exhibitionist im langen Mantel durch die Menge in Richtung der ratlosen Grenzer gedrängt und dort entblößt hatte, aber wer wusste später noch, was wirklich geschehen und was einem Wachtraum entsprungen war.

„Wir sind das Volk" skandierte die Menge wieder.

Der ranghöchste diensthabende Grenzsoldat blickte stirnrunzelnd über die Massen. Neben ihm redeten diese Bürgerrechtler mit unerträglicher Penetranz schon seit einer Stunde auf ihn ein. Er war der Diskussion in diesem Moment überdrüssig. Er fühlte sich müde, sehr müde. Seufzend zuckte er mit den Schultern, trat einen Schritt zurück und öffnete das Tor.

Mit bleierner Langsamkeit, die ihm selbst wie zeitrafferartige Hektik vorkam, reichte Micha die Zigarette an seinen Tischnachbarn Phil weiter. Gegenüber wippte Jimi tranceartig zur Musik und hatte seine Augen zu drei Vierteln zugeklappt. Ihm schräg links gegenüber saß Henning und philosophierte. Er hatte nicht mitbekommen, worüber.

Die Kassette war zu Ende. Jimi richtete sich auf und ging zum Rekorder, um die Musik zu wechseln. Als er die alte Kassette herausnahm, schaltete sich das Radio ein. Es liefen gerade Nachrichten.

Natalia, Marie und Friedrich standen auf der Berliner Mauer. Wenige Meter von ihnen entfernt, am Grenzübergang Bornholmer Straße, bewegten sich Menschen von Ost nach West und der Strom wurde immer stärker. Diejenigen, die nicht mehr gut zu Fuß waren oder um ihre Kleidung fürchteten, wählten den Weg über den offiziellen Grenzübergang. Alle anderen stellten sich nicht mehr in die Schlange, sondern kletterten einfach über die Mauer, ließen sich von ihren Freunden mit der Räuberleiter anheben und von den Leuten, die bereits auf der Mauer standen, hochziehen.

Marie stand oben, hielt sich an Natalia fest, drehte sich von Ost nach West und zurück und betrank sich an dem sie umgebenden Lichtermeer. Sie sog Luft ein. Kalte, rußige Großstadtluft eines Novemberabends, die nach Freiheit duftete.

Friedrich hatte seit einer Viertelstunde nichts mehr gesagt. Er stand auf der Mauer und blickte nach Westen. Ab und zu führte er die linke Hand zum Gesicht, um sich eine Träne von der Wange zu wischen.

„Wahnsinn", sagte er.

Die Wohngemeinschaft in Marburg hatte nicht nur das Radio laut aufgedreht, sondern auch Phils großen Fernseher in die Küche geholt.

„Wahnsinn", sagte Jimi, der sich nicht ganz sicher war, ob aufgrund der diesjährigen Ernte die Grenzen von Wahrheit und Wahnvorstellung bei ihm verwischten.

„Ja, Wahnsinn", sagte Micha, der sich zwar sicher war, die Realität im Fernsehen wahrzunehmen, sich aber nicht entscheiden konnte, die Bilder als Realität zu akzeptieren.

Neben ihm drehte Phil, der von so viel plötzlich auftretender Realität verstört war, eine weitere Zigarette, die er mit einem reichlichen Griff aus Jimis Erntevorrat ausstattete.

Der erste, der sich fasste, war Henning. Stundenlang hatte er seine Mitbewohner mit seinen existentiellen Analysen unterhalten, hatte jeden Einfall ausgeführt und sich von Gedanke zu Gedanke treiben lassen. Jetzt fühlte er endlich wieder einen klaren Gedanken aufsteigen.

„Wisst ihr, was das bedeutet?"

„Dass der Sozialismus endlich Geschichte ist!"

„Ja, aber wieso?"

„Na weil die Mauer auf is', du Trottel!"

„Ja, aber muss das automatisch das Ende des Sozialismus bedeuten?"

Micha sah Henning genervt an. „Langfristig wird keiner in einer sozialistischen DDR leben wollen."

„Absolut! Also werden nicht nur Tausende, sondern ab jetzt Millionen in den Westen strömen. Genau in die Arme der Großindustrie. Die Kapitalisten lachen sich ins Fäustchen und dem Sozialismus gehen die Leute aus."

„Aber wäre das denn so schade? Bei dieser DDR?"

„Es geht doch nicht um den *real* existierenden Sozialismus. Es geht darum, dem Westen mit seinem menschenverachtenden System einen Spiegel vorzuhalten. Allein durch die *Existenz* eines sozialistischen Staates, auch wenn dieser noch so schlecht ist, wird der kapitalistische Westen unter Druck gesetzt, sein Antlitz auch nur halbwegs human zu gestalten. Wenn das jetzt alles wegfällt... Also rennen doch die ganzen Ostdeutschen in ihr Verderben. Die holen ihr Begrüßungsgeld ab, gehen toll bei Kaufhof einkaufen und wollen deshalb zu Hause den Sozialismus abschaffen."

Jimi zog an dem sechsten Joint. „Die sinnoch gar nich' auf die kapitalistische Wirklichkeit vorb'reitet!"

„Wie sollten sie auch!" sagte Micha.

Henning sprang auf.

„Wisst ihr, was wir machen? Wir drucken eine Menge Flugblätter, auf denen wir genau die Gefahren und die Schattenseiten des Kapitalismus darstellen. Und dann machen wir darauf aufmerksam, wie viele psychisch Kranke, wie viele Sozialhilfeempfänger und Arbeitslose es hier gibt. Die verteilen wir morgen an die ganzen Ostdeutschen, die rüber wollen, damit sie auch gewarnt sind vor diesem Schweinesystem."

„Supa Idee", sagte Jimi.

„Am besten machen wir einen Rundruf über den AStA, dass wir möglichst viele Helfer haben."

„Wo willst du das denn überhaupt verteilen?"

„Natürlich morgen in Berlin."

„Ihr seid doch wahnsinnig", meinte Micha.

Umbruch

Marie wachte erst mit dem zweiten Klopfen auf. Das erste hatte sie nur im Halbschlaf wahrgenommen. Sie richtete sich auf und schaute sich etwas desorientiert in ihrem Studentenzimmer um. Natalia war diese Nacht nicht zu Hause gewesen, sondern hatte bei Friedrich geschlafen.

In der letzten Nacht waren Wunsch und Wirklichkeit, Fiktion und Realität miteinander verschmolzen. Eine bonbonfarbene Nacht in Westberlin lag hinter ihnen. Sie waren durch Westberlin gezogen, über den Kurfürstendamm flaniert, auf welchem West- und Ostberliner eine rauschende Party feierten und über den die Autokorsos fuhren. Sie waren in den Nebenstraßen in irgendwelche Kneipen gestolpert, hatten versucht, sich irgendwie für ihr Ostgeld ein Bier zu bestellen und waren, wie alle an diesem Abend, von den Wirten oder von anderen Gästen freigehalten worden. Alles schien möglich, alles lag offen vor ihnen. Es war schon fast Morgen, als sie nach Hause gekommen war.

Es klopfte jetzt zum dritten Mal. Marie sah auf die Uhr. Kurz nach 10. Keiner ihrer Freunde konnte nach dieser Nacht zu dieser Uhrzeit vor der Tür stehen.

„Hallo?", rief Marie.

„Wir sind's", rief es von hinter der Tür.

„Willst du nicht aufmachen?", sagte eine zweite Stimme.

„Mama! Papa!"

Marie sprang auf, zog sich nur einen Pullover über und öffnete die Tür. Tatsächlich standen ihre Mutter und ihr Vater vor ihr, mit einem Weidenkorb in der Hand, aus dem Würste, belegte Brötchen und zwei Sektflaschen Marke Rotkäppchen hervorlugten.

„Was macht ihr denn hier?"

„Wir bringen dir was zu essen", meinte Marlene.
„Und wir haben gedacht, dass uns unsere erwachsene Tochter heute nach Westberlin begleiten kann", sagte Eckart. „Vermutlich warst du ja gestern Abend schon da."

Flapp, flapp, flapp machten die Reifen, als der AStA-Bus über die Transitstrecke nach Berlin schaukelte. Micha saß auf der Rückbank und dachte an alles, was am gestrigen Abend und in der Nacht passiert war. Er hatte Hennings Plan für einen Irrsinn gehalten und sich mit Phil auf die Berichterstattung über den Mauerfall konzentriert, während Henning und Jimi telefoniert und organisiert hatten. Gegen halb eins hatten die beiden vehement darauf gedrängt, dass Phil und Micha herüberkämen und bei den Vorbereitungen helfen, worauf Phil dem Drängen nachgegeben und Micha sich in sein Bett geflüchtet hatte. Er war davon ausgegangen, dass mit beginnender Ausnüchterung sich Trägheit und Müdigkeit breit machen und den hochtrabenden Phantasien ein Ende bereiten würden. Doch als er am nächsten Tag aufwachte, lagen über tausend Flugblätter formuliert, gedruckt und geschnitten auf dem Korridor. Drei Leute aus der Marburger AntiFa saßen bereits an ihrem Küchentisch, kochten sich Kaffee und bedienten sich aus dem Kühlschrank.

An Hennings Zimmertür hing ein Zettel in Phils Handschrift:

Dein Freund Frank hat um 8 Uhr angerufen, er war gestern an der Mauer, hat deshalb erst heute zurückgerufen. Sind ihm willkommen, müssen aber Schlafsäcke mitbringen. Gruß Phil P.S.: Ich bin den AStA-Bus organisieren gegangen!

Jetzt saß Micha am Morgen des 10. November 1989 mit sechs anderen im Kleinbus, fuhr nach Berlin und ihn beschlich das Gefühl, dieser Tag würde noch skurriler enden, als es der letzte bereits getan hatte.

Flapp, flapp, flapp machten die Reifen und schläferten ihn ein.

Marlene und Eckart hatten den Mauerfall im Westfernsehen miterlebt. In Eisenach war alles ruhig geblieben. In der Provinz der DDR traute man dem allen noch nicht. Die beiden hatten dann beschlossen, am nächsten Tag nach Berlin zu fahren, um sich im Epizentrum des Geschehens selbst alles anzusehen.

Nachdem sich Marie geduscht hatte, eröffneten ihre Eltern auf dem Bett ihres Studentenzimmers das improvisierte Sektfrühstück. Gegen halb zwölf kamen Natalia und Friedrich herein. Natalia wollte sich nur noch frische Kleidung holen, um dann wieder nach Westberlin zu fahren. Maries Eltern freuten sich, die beiden Freunde von Marie kennenzulernen, von denen sie schon so viel gehört hatten. Eckart öffnete sogleich die zweite Sektflasche und schnitt mit seinem Taschenmesser die Wurst auf.

Sie würden alle zusammen zur Grenze gehen. Marie meinte, man könne doch wieder den Übergang Bornholmer Straße wählen, den würden sie ja jetzt kennen. Friedrich schlug vor, in der Stadtmitte über den Checkpoint Charlie zu gehen. Das sei sicherlich noch einmal eine ganz neue Erfahrung. Eckart stimmte ihm zu. Seine Augen leuchteten und er lachte aufgeregt wie ein kleines Kind.

Gegen halb Eins machten sie sich auf in Richtung Friedrichstraße, Checkpoint Charlie.

Erst als Phil das Auto an den Kontrollpunkt lenkte, wachte Micha auf. Weder die Qualität der Transitstrecke noch die der Mitropa-Raststätten hatten sich in den letzten zwei Jahren verbessert. Die Grenzer trugen immer noch dieselbe Uniform, kontrollierten akribisch die Reisepässe und doch hatte sich etwas verändert. Der Grenzer trat heran, hatte nicht mehr dieses eisige Gesicht, das Micha von seinen Kollegen von vor zwei Jahren im Gedächtnis hängen geblieben war.

„Guten Tag", grüßte er und versuchte sich an einem freundlichen Lächeln, mit dem er gänzlich untrainierte, in langen Jahren seines Dienstes nie beanspruchte Gesichtspartien in Bewegung setzte und so ungewollt die Zähne fletschte. Er warf einen flüchtigen Blick über die Pässe, drückte einen Stempel herein und winkte sie weiter.

„Gute Fahrt noch", rief er hinterher.

„Na also", sagte Henning. „Die sind doch gar nicht so unfreundlich, wie viele bei uns immer sagen."

Die fünf stiegen am U-Bahnhof Stadtmitte aus. Man konnte bereits an der Masse der Leute sehen, dass alles an diesem Tag zur Grenze strömte. Viel mehr Leute als sonst waren unterwegs. Kaum jemand, der an diesem Tag nach Arbeit oder nach Einkaufen aussah. Viele hatten einen Rucksack auf dem Rücken, vielleicht Proviant für einen langen Tag, vielleicht Geschenke für die Verwandten im Westen? Es waren auch Dialekte aus Sachsen, aus Mecklenburg und aus Thüringen zu hören. Scheinbar hatten nicht wenige Leute eine ähnliche Idee wie Maries Eltern gehabt, die Grenzöffnung direkt in Berlin zu erleben.

Sie gingen die Treppe hoch und standen in der Friedrichstraße. Die Leute drängten sich in südlicher Richtung. In einigen hundert Metern konnten sie hinter den massiven Absperrungen des Checkpoint Charlie schon die ersten Häuser im Westen erkennen. Davor erkannten sie eine lange Schlange, in die sich die Ankommenden einreihten. Sie gingen auf die Schlange zu.

Vor ihnen ging eine Gruppe Männer mittleren Alters. Sie trugen ausgebleichte Jeansjacken, alle hatten sich die Nackenhaare bis auf Schulterlänge wachsen lassen. Sie redeten aufgeregt über ihre Neugier und Freude, endlich den Westen sehen zu können. Dem Dialekt nach müssten sie aus der Gegend von Schwedt kommen, dachte Friedrich, der sich hier auskannte. Auf alle Fälle nördliches Brandenburg.

Sie reihten sich in die Schlange zum Grenzübergang ein. Es ging recht schnell voran. Auch an diesem Tag hatten es die Grenzer der DDR aufgegeben, die Ausreisenden, wie sie offiziell noch hießen, einzeln zu kontrollieren. Sie lenkten den Andrang nur in irgendwie geordnete Bahnen.

Eckart starrte auf den Grenzübergang, der jetzt nur noch einhundert Meter entfernt war, schloss die Augen und atmete tief ein. Berliner Luft. Freiheitsluft. Die gleiche Luft, wie sonst auch, und doch roch sie heute anders.

Liebe DDR-Bürger,
viele von Ihnen werden jetzt beim ersten Besuch meinen, in ein gelobtes Land gekommen zu sein. Ein gelobtes Land ist dieser Staat vielleicht für die wenigen, die das Geld und die Macht haben. Übersehen Sie aber nicht all diejenigen, die durch das soziale Netz gefallen sind. Übersehen sie nicht all diejenigen, die von dem militärisch-industriellen Komplex unterdrückt werden, so zum Beispiel die Gastarbeiter, die Sozialhilfeempfänger, viele kritische Intellektuelle und nicht zuletzt die meisten Frauen. Übersehen sie nicht, dass der Reichtum der Wenigen in diesem Land mit einem beispiellosen Raubbau an der Natur erkauft wurde. Schauen Sie sich um in diesem Land und gehen sie dann in ihren Staat zurück, um ihn zu erhalten. Bei aller Kritik an der aktuellen politischen Führung der DDR – gerade wir im Westen brauchen Sie als Stachel im Fleisch der Kapitalisten. Ohne Ihren Staat wird der internationale Großkapitalismus seinen Endsieg erklären – und in Zukunft noch rücksichtsloser agieren. Lassen Sie sich nicht Sand in die Augen streuen von einem System, das die Mehrheit seiner Bürger unterdrückt.
<u>gez.: eine Gruppe von systemkritischen Studenten aus Marburg (BRD)</u>

Micha ließ das Flugblatt fallen, runzelte die Stirn und blickte Phil an.

„Habt ihr das wirklich geschrieben?"

„Ich fürchte ja, aber ich kann mich nicht mehr so genau erinnern. Das meiste hat, glaube ich, Henning verfasst."

Sie standen vor der Fassade des Café Adler, einige Meter außerhalb des Trubels. Einige Flugblätter hielt Phil noch in der Hand, streckte seinen Arm aber nicht der vorbei ziehenden Menge entgegen, sondern ließ ihn herunterhängen, sodass die Blätter wie Feigenblätter vor seiner Hüfte baumelten. Um die beiden herum lagen einige der Flugblätter, die der feuchte Straßendreck langsam mit einer Bräune überzog.

Wie ein Rufer in der Wüste stand Henning vor dem amerikanischen Wachhaus in der Mitte der Friedrichstraße, das die Ostberliner als erstes passierten, wenn sie in den Kreuzberger Teil der Friedrichstraße strömten. Fasziniert, überwältigt vom ersten Blick in den Westen, wichen ihm die Tagestouristen automatisch aus, so wie sie auch allen Straßenlaternen auswichen und auf die im Gedränge nur schwer erkennbaren Bordsteine achtgaben. Große Augen zogen an ihm vorbei, Tränen fielen vor ihm auf den Asphalt, Freudenschreie umfingen ihn. Hin und wieder verdrängte ihn ein Westdeutscher von seinem sicheren Standplatz inmitten der Brandung, der sich neben ihn schob und es nicht abwarten konnte, seine ostdeutschen Verwandten oder Freunde zu begrüßen.

Immer wieder schob Henning seine Hornbrille auf dem Nasenrücken nach oben, bis sie im Gedränge wieder nach unten rutschte. Er bemühte sich, gerade zu stehen, drückte den Rücken durch und fuchtelte mit den Flugblättern in seiner rechten Hand. Jimi stand halb hinter ihm, hielt die Flugblätter zu ihrer linken Seite und bemühte sich, ein möglichst teilnahmsloses Gesicht zu machen. Einige Neuankömmlinge gaben ihrer Neugier nach und nahmen ihnen eines der Blätter aus der Hand. Die meisten lasen das Flugblatt und ließen es sofort, mit einem Ausdruck der Erheiterung oder des Erstaunens oder des Zorns, wieder auf den Asphalt fallen.

„Ich hätte nicht geglaubt, dass die beiden sich das antun", sagte Phil mit Blick auf Henning und Jimi.

Er stopfte seine Flugblätter in die Jackentasche. Micha hatte die seinen schon längst in einen Mülleimer geworfen.

„Hey, Henning", rief Micha durch das Gedränge zu ihm herüber. „Lass doch den Schwachsinn. Es war halt eine blöde Idee – na und? Komm, wir gehen zurück zu Frank und hocken uns in irgendeine Kreuzberger Kneipe."

Henning reagierte nicht. Er weigerte sich schlicht und einfach, sie zu hören. In der letzten Viertelstunde war er zusehends gereizter geworden, seine Gesichtsfarbe hatte von einer vornehmen Blässe zu einer leichten Röte gewechselt, seine Denkerfalte auf der Stirn hatte die Ausmaße einer Schlucht angenommen. Jetzt ging er dazu über, einen Schritt auf die von ihm ausgewählten Passanten zu gehen und sie in ein Gespräch zu verwickeln.

„Die Wahrheit über diesen Staat!", brüllte er. „Lest die Wahrheit über diesen Staat!"

„... über diesen Staat", murmelte Jimi, für die anderen nur an den Lippenbewegungen erkennbar.

Eine ältere Frau wollte zunächst schnell an dem sie bereits fixierenden Henning vorüberhuschen. Henning stoppte sie, indem er ihr mit einem der Flugblätter den Weg versperrte und ihr „Die Wahrheit über diesen Staat!" ins Gesicht brüllte. Sie ließ sich widerwillig das Blatt in die Hand drücken, ging noch einige Schritte weiter und las es auf den folgenden Metern durch. Plötzlich drehte sie sich auf dem Absatz herum, lief die wenigen Schritte zurück und zog Henning am Ärmel.

„Sie sollten einmal eine Woche bei uns drüben leben, dann würde ihnen nicht mehr so ein Blödsinn einfallen." Ihre krächzende Stimme durchdrang den Lärm und ließ unvermittelt alle Umstehenden verstummen, so als hätte eine höhere Macht am Lautstärkeregler für den Straßenlärm gedreht.

„Vierzig Jahre lang habe ich nach allem Möglichen angestanden, nur um den Bruchteil von dem zu haben, was Sie hier einfach in Ihren Geschäften kaufen können. Vierzig Jahre lang habe ich meine Kinder nur mit dem Nötigsten großgezogen. Ich habe kein einziges Mal einen Urlaub außerhalb der DDR genehmigt bekommen, nur weil ich regelmäßig in die Kirche gegangen bin. Meine Emanzipation bestand darin, dass ich Jahrzehnte in derselben LPG, in demselben Stall dieselbe Arbeit machen durfte, obwohl wir früher einen eigenen Hof hatten. Und jetzt kommen Sie und wollen mir erzählen, wie furchtbar Ihr System ist. Sie sollten erst einmal das kennenlernen, worüber Sie so altklug reden."

Einige der Umstehenden klatschten Beifall. Sie drehte sich wieder um und ließ den verdutzten Henning stehen, dessen Gesicht sich jetzt in ein Purpurrot einfärbte.

„Leute wie Sie haben es gar nicht anders verdient, als vierzig Jahre im selben Stall zu stehen!" rief er ihr hinterher.

Indigniert, doch mit unvermindertem Grimm wendete er sich wieder den Neuankömmlingen zu, brüllte: „Die Wahrheit über diesen Staat! Lest die Wahrheit!"

Eine Gruppe von fünf Leuten kam an ihnen vorbei. Ein Paar, etwa Ende Vierzig, und drei jüngere Leute, vermutlich Studenten. Zwei Frauen und ein Mann. Eine davon auffällig hübsch, wie Micha fand. Sie hatte kastanienbrauner Haare und warm leuchtende Augen. Die Stupsnase in ihrem Gesicht hatte etwas Kesses. Sie kam ihm merkwürdig bekannt vor, der Blick wurde aber schnell wieder durch die vorbeidrängenden Menschen verdeckt.

Henning schaffte es, dem älteren der beiden Männer ein Flugblatt in die Hand zu drücken. Dieser ging mit der Gruppe ein paar Schritte weiter und las das Flugblatt mit einem irritierten Gesichtsausdruck durch.

Währenddessen kam eine Gruppe Männer mittleren Alters mit ausgebleichten Jeansjacken und bis an die Schultern wuchernden Nackenhaaren an Henning vorbei, die sich jeweils ein Flugblatt in die Hand drücken ließen. Auch die Männer gingen noch einige Schritte weiter und begannen dann zu lesen.

„Das ist ja gar nicht über die DDR", sagte der eine zum anderen.

„Das ist so wie die ganzen gefälschten Leserbriefe."

Er drehte sich herum und rannte auf Henning zu. Der andere folgte ihm. Er griff ihn an den Kragen, riss ihn an sich heran und funkelte ihm in die Augen.

Eckart war stehen geblieben, um das Flugblatt zu lesen. Er staunte zuerst, dann war er geschockt. Einige Passagen musste er zweimal lesen. ‚...gerade wir im Westen brauchen Sie als Stachel im Fleisch der Kapitalisten'. Eckart schüttelte den Kopf.

„Papa?", fragte Marie neben ihm.

„Das ist ja... also ob die Stasi hier wäre", meinte Eckart entsetzt.

Ein paar Meter weiter war die Gruppe Männer auf den Verteiler des Flugblattes gestürzt und nahm ihn in die Mangel.

„Was fällt euch Stasi-Typen eigentlich ein, selbst hier drüben noch eure Lügen zu verbreiten. Glaubt ihr, dass wir euch diese ganzen Leserbriefe von den unglücklichen BRD-Bürgern abgekauft haben, die alle gerne in die DDR wollen, aber nicht herausgelassen werden? Wir haben genug von euch! Lasst uns in Ruhe und geht nach Sibirien, wo ihr hingehört."

Er schüttelte Henning durch, der vor Schreck den restlichen Stapel Flugblätter fallen ließ, welche der Wind sofort aufwirbelte und in Richtung Kreuzberg trug. Jimi zuckte nur kurz, um Henning zu Hilfe zu kommen, dann hatte ihm einer der anderen von hinten den Arm verdreht. Micha wollte sich nun nicht nun länger heraus halten und zwängte sich durch die Menge zu seinen Freunden.

„Ganz ruhig! Wir sind wirklich Studenten aus dem Westen. Mit der Stasi haben wir nichts, aber auch gar nichts zu tun."

Einer der Männer kam auf Micha zu und packte ihn ebenfalls am Kragen.

Derjenige, der Jimi den Arm auf den Rücken gedreht hatte, musterte Micha gründlich und schaute seine Kumpanen fragend an. Henning gab ein Wimmern von sich. Derjenige, der Henning im Griff hatte, holte mit der Faust aus.

„Halt, vielleicht ist es nur ein Missverständnis". Die Frau mit den dunklen Haaren und der Stupsnase drängte sich dazwischen. Alle sahen sie an. „Sie sehen wirklich nicht wie Leute von der Stasi aus", rief sie.

Die Männer wurden unsicher.

„Nein, so sehen sie nicht aus."

Der erste löste den Griff um Michas Kragen. Dann folgten die anderen.

Henning taumelte, als er losgelassen wurde. Micha fasste ihn an den Schultern und brachte ihn ins Gleichgewicht. Daneben richtete sich Jimi auf. Phil kam von irgendwo aus der Menge und stützte ihn.

„Wir gehen besser erst einmal etwas essen."

Micha fiel plötzlich ein, woher er den dunkelhaarigen Engel kannte, der sie gerettet hatte. Er hätte alles darauf gewettet, dass dies eben Marie gewesen war, seine alte Brieffreundin aus Eisenach, sah sich hektisch nach ihr um, ging durch die Reihen der Umstehenden, ohne sie wiederzufinden. Sie musste schon weitergegangen sein, die Menschenmenge versperrte ihm die Sicht. Er begann zu laufen, zunächst nur einige Meter, sah sich dann wieder um, lief im Trab die Friedrichstraße nach Kreuzberg hinab, sah nach rechts und links, und untersuchte die Gesichter, ohne Marie oder jemand aus ihrer Gruppe zu erkennen. Je weiter er nach Kreuzberg hineinkam, umso mehr lichteten sich die Menschengruppen, bis der Strom der Grenzgänger in die U-Bahnstation Mehringplatz floss, ohne eine Spur von Marie freigegeben zu haben.

Fünfhundert Meter Luftlinie vom Checkpoint Charlie entfernt bummelten Marie, Natalia und Friedrich durch Kreuzberg. Am U-Bahnhof Mehringplatz, jetzt auf Westberliner Seite, waren Maries Eltern in die U-Bahn eingestiegen. Sie wollten in Richtung Kurfürstendamm, den Trubel dort erleben, vielleicht das Begrüßungsgeld abholen, wenn es möglich war. Marlene hatte zunächst Angst, mit der Westberliner U-Bahn schwarzzufahren, aber Friedrich versicherte ihr, so als würde er schon seit Jahren zwischen Ost und West hin- und herpendeln, dass sicherlich an diesem Tag niemand die Fahrkarten kontrollieren würde und zudem Schwarzfahrten von DDR-Bürgern heute ausnahmsweise akzeptiert seien.

Marie, Natalia und Friedrich wollten eine Runde durch Kreuzberg drehen. Der Künstlerkiez, der Prenzlauer Berg des Westens.

Im Gegensatz zur gestrigen Nacht, in der sie freudetaumelnd und euphorisiert nur die Feiern und das Gefühl der Freiheit genossen hatten, nahmen sie nun das Neue, die Unterscheide zum Westen wahr. Auf den Bürgersteigen schoben dicke Türkenfrauen mit Kopftüchern Kinderwagen vor sich her und starrten, mehr skeptisch als erstaunt, die vorbeifahrenden Wagen an. Mit Irokesenschnitt, in zerrissenen Jeans und ihren mit ‚No Future!' beschrifteten Jacken standen die Punks entlang der Straßen, die Hände in den Taschen und sahen der ostdeutschen Wagenkolonne hinterher. Die Schilder der Kreuzberger Szenekneipen sowie die dekorierten Schaufenster der Warenhäuser, der Sex-, der Copy-Shops und der Tattoo-Shops leuchteten die Besucher an. Als sie an den Cafés vorbeigingen, in denen fremdländisch aussehende Männer saßen und Tee tranken, dudelte arabische oder türkische Volksmusik monoton aus den Lautsprechern.

„Was wir dir bislang noch nicht erzählt haben", meinte Friedrich zu Marie, „wir haben heute Morgen beschlossen, die kleine Party am Abend etwas zu vergrößern. Wir veranstalten jetzt eine Ost-West-Party. Den anderen haben wir schon Bescheid gegeben."

„Heißt was?"

„Wir kommen alle mit je einem Westler. Den müssen wir uns heute organisieren."

Sie gingen an einem dieser Döner-Läden vorbei, die es hier wie Sand am Meer zu geben schien.

„Habt ihr eigentlich schon mal so einen Döner gegessen?", fragte Marie.

Michas Schritte waren schwer geworden, er keuchte von seinem Lauf durch den Kreuzberger Teil der Friedrichstraße. Die letzten Schritte dienten nur noch Auslaufen. Bis zur nächsten Straßenecke, so hatte er sich vorgenommen, dann würde er durchatmen und langsam zurück zum Checkpoint Charlie gehen. Dort, am Ende des Blocks, standen drei junge Leute, die gerade auf einen Dönerstand blickten und darüber redeten, ob sie sich den ersten Döner ihres Lebens kaufen sollten. Der Kerl hochaufgeschossen, mit blonden Haaren, daneben eine kleinere Frau, die seine Schwester hätte sein können, und zuletzt, mit kastanienbraunen Haaren…

„Marie?", sagte er erstaunt, so ruhig, als hätte er gerade eine alte Schulfreundin nach sechs Monaten wiedergesehen.

Sie sah ihn an, für einen Sekundenbruchteil spiegelte sich ihr synaptisches Rumoren in ihren Gesichtszügen wider.

„Ich hab mich nicht getäuscht", sagte er. „Du bist es!"

Marie sagte nichts, lächelte nur, erst verhalten, dann offen, öffnete die Arme und drückte ihn ganz fest, wie einen verloren geglaubten Freund.

„Wenn ihr euch so gut kennt, dann kannst du ihn gleich einladen", sagte Friedrich zu Marie. „Aber es wäre nicht schlecht, wenn du ihn uns vorher vorstellst. Er ist doch aus dem Westen, oder?"

„Ist das wichtig?", fragte Micha.

„Wir machen heute Abend eine Ost-West-Party im Prenzlauer Berg. Jeder von uns muss bis heute Abend einen Westler auftreiben und zur Party mitbringen. Dann trinken wir eine Menge guten russischen Wodka – ach ja, die Westler müssen das Essen mitbringen – und feiern, dass die Mauer nicht mehr da ist, oder wozu wir gerade so Lust haben. Wir drei suchen gerade unsere Westler. Marie?"

„Ja! Würde mich sehr freuen, wenn du heute Abend mein Westler wirst."

„Genau genommen bin ich ja schon länger dein Westler."

Fünf Stunden später verließ Micha die U-Bahn, folgte den gekachelten Gängen, betrat eine Rolltreppe, die wie ein veraltetes sowjetisches Modell ihre klappernden Geräusche in den Untergrund sendete, und wurde überirdisch vom neblig-kalten Novemberdunkel empfangen. Er musste innerlich lächeln, als er sich erinnerte, dass er hier drei Jahre zuvor das erste Mal auf Marie gestoßen war. Selbst hier am Alexanderplatz wirkte Ost-Berlin merkwürdig leer, fast geisterhaft. Den Blick nach unten gerichtet, die Mantelkrägen hochgeklappt, hetzten die wenigen Menschen an ihm vorbei. Der Verkehr quälte sich zäh, gelassen, mit einer unnatürlichen Ruhe über die Grunerstraße. Die meisten Menschen waren im Westen. Die Hauptstadt der DDR befand sich in einer beschwingten Leichenstarre.

Er ließ den Fernsehturm hinter sich, lief einige Meter in Richtung Neptunbrunnen und drehte dann nach rechts ab, Richtung Karl-Liebknecht-Straße. Im nebligen Halbdunkel des Platzes stand eine Gestalt mit strähnigen Haaren, die sich mit dem grauen Bart mischten, mit schäbigen verschlissenen Klamotten, in der Hand irgendeine Schnaps- oder Wodkaflasche mit kyrillischen Schriftzeichen. Er wankte auf ihn zu und sprach ihn an.

„Na? Biste aus dem Westen?"

„Natürlich. Die Ostler sind doch alle im Westen."

„Klar sind die alle im Westen. Nur ick bin da. Meen Name is' Walta, mit Err am Ende. Ick bin Witzeerzähla. Professioneller Witzeerzähla. Willste nen Witz hören?"

Micha beschleunigte seine Schritte, um Walter hinter sich zu lassen.

„Ick hab auch janz frische. Egon Krenz Witze, Wendewitze und sogar Walta Mompa Witze."

Er drehte sich nicht mehr zu Walter um. „Was ist das bloß für ein Land, in dem Penner die einzigen Menschen mit Geschäftssinn sind", murmelte er.

Als er das Restaurant mit den mit Plastikdosen gefüllten Jutesäcken betrat, zog er alle Blicke auf sich. Säcke und Plastikdosen hatten bereits eine ungewohnt legere Grenzkontrolle, eine U-Bahn-Fahrt und den kurzen Fußmarsch quer über den Alexanderplatz überstanden. Das Geld vom Zwangsumtausch, den die DDR mit deutscher Gründlichkeit noch bis Dezember fortführen würde, raschelte in seinen Taschen.

Das Restaurant war leerer als drei Jahre zuvor. Der Großteil der Werktätigen war auf einem Kurzbesuch im Westteil der Stadt. Zu seiner unbeschreiblichen Freude hatte aber dieselbe mürrische Kassiererin von damals Dienst, nur ihre Laune schien inzwischen den damaligen Nullpunkt noch unterschritten zu haben. In Hörweite motzte sie gerade einen westdeutschen Rentner an, der in seiner Geldbörse mit tattrigen Fingern vergeblich nach dem passenden Kleingeld für seine Bulette mit Bratkartoffeln kramte. Nachdem sie ihm dann endlich auf den 50-Ostmark-Schein herausgegeben hatte, den er ihr letztlich doch reichen musste, wandte sie sich Micha zu.

„Ein Dutzend Mal Schnitzel mit Bratkartoffeln und Senf, bitte."

„Een Dutzend Mal? Schnitzel mit Bratkartoffeln?"

„Ganz genau, gute Frau", flötete Micha

Sie ging zu den Warmhaltetheken und häufte Schnitzel und Kartoffeln auf einen Teller, stellte ihn ab und griff zum nächsten.

„Entschuldigung, ich würde das Essen gerne mitnehmen. Können Sie es mir einpacken?"

„Nee, zum Einpacken mach'wa nich. Wo komm'wa denn da hin! Ditt mussde schon so nehm'."

„Komisch, das hab ich irgendwie schon geahnt. Dann servieren Sie es eben auf einem Teller. Ich haben genügend Verpackungen mitgebracht."

Micha hievte den ersten Jutesack auf das Tablettband, holte eine Plastikdose heraus, begann, das Schnitzel vom ersten Teller in die Verpackung zu schaufeln, und packte dann weitere, in Franks Küche requirierte Dosen auf das Band. Die schlechtlaunige Bedienung drehte sich weg und klatschte eine Portion Bratkartoffeln auf Teller zwei.

Einige Minuten später lief er die weit ausladende Treppe nach oben und trug drei Jutesäcke mit zwölf lauwarmen Schnitzeln, jeweils gut durchgeschüttelt in der Kartoffelbeilage, vor sich her. Friedrich stand in der Tür, schnupperte erst einmal neugierig an einem Jutesack und bat ihn herein. Seine Eltern gingen an diesem Abend ihren beruflichen Pflichten im Ostberliner Orchester nach – er als Violinist, sie als Cellistin – und waren am späteren Abend bei befreundeten Musikern eingeladen.

Die Altbauwohnung, überraschend groß, stilvoll mit alten Instrumenten dekoriert, pulsierte von der bunten Gästemischung, bestehend aus der Ostberliner Studentenclique unseres Gastgebers Friedrich und den wahllos zusammengetriebenen Gästen aus dem Westen. Die Ostberliner hatten eine glückliche Hand bewiesen und alle möglichen und unmöglichen Verrückten herangeschafft. Sie hatten den Rahm des alltäglichen Wahnsinns abgeschöpft, der sich in diesen Tagen auf Berlins Straßen austobte.

Mit ihren nackten Füßen auf dem Holzfußboden drehte Eliana aus Kreuzberg Runde um Runde, verschüttete in jedem Teil der Wohnung einen Schluck von ihrem

Wodka und erzählte jedem, egal ob der es hören wollte oder nicht, dass sie diese Schwingungen bereits seit Wochen gespürt habe. Die kosmischen „Waibräsch'ns" seien bereits seit Langem in Unruhe gewesen, es habe passieren müssen.

Rechts und links der Tür zum Badezimmer saßen Sandrine, Philosophiestudentin an der Freien Uni im Westen, und André, Philosophiestudent an der Humboldt-Uni und guter Freund von Friedrich, und redeten in langen, von Fremdwörtern durchsetzten und für Außenstehende unverständlichen Diskursen über die Unterschiede in den kapitalistischen und kommunistischen Ansätzen der neueren Philosophie. André, erzählte Friedrich, hatte seine Aufgabe, einen Westler zu finden, gelöst, indem er quer durch Berlin in die am Stadtrand gelegene philosophische Fakultät der Freien Uni gefahren war und die erste Westberliner Philosophin angesprochen hatte, die ihm sympathisch erschien. Selbst bei großem Gedränge, als die Gäste zwischen elf und halb eins den gesamten Korridor füllten und in regelmäßigen Abständen über die ausgestreckten Beine des west-östlichen Diskurses stolperten, bewegten sich die beiden nicht von ihrem Platz. Gegen Mitternacht waren sie gemeinsam verschwunden und erschienen auch nicht mehr auf der Party. „Probieren geht über studieren", zuckte Friedrich mit den Schultern.

Später am Abend torkelte ein hoffnungslos betrunkener Typ durch die Wohnung herüber. Helmut war Student aus dem Ruhrgebiet und als Einziger nicht nach Berlin gekommen, weil er den Fall der Mauer mit eigenen Augen sehen wollte, sondern weil er seine Ex-Freundin Britta suchte. Neben ihm saß sein Freund, den er immer Mücke nannte, der aber eigentlich Mirko oder Marcio hieß und die von den Gastgebern bereitgestellten Flaschen besten russischen Wodkas im Minutentakt an den Hals führte.

Der bizarrste aller Gäste platzte um halb elf herein. Gottlieb Beh Mahner („Auf das Beh, also B-Punkt Mahner, legt er Wert", sagte Friedrich) musste Fünfzig sein, trug seinen langen, ergrauten Bart passend zu den langen grauen Haaren und hatte sich komplett in eine Volkspolizei-Uniform gekleidet. Die Ärmel trug er ein Stück zu kurz, die Hose hatte er mithilfe eines Gürtels an seiner Hüfte befestigen müssen und die Mütze rutsche ihm immer wieder über die mittels eines Hühnereis nach hinten gekämmten Haare in die Stirn. Er sei, so Friedrich, ein Freund seiner Eltern und irgendein Aktionskünstler hier aus Prenzlauer Berg, der sich für wahnsinnig avantgardistisch halte und immer auf solche Dinge käme.

„Paaasskontrolle! Paaasskontrolle!", rief Gottlieb Beh Mahner und ging durch die Wohnung um die Pässe der Westler zu kontrollieren. „Wieso sind Sie auf einer nicht genehmigten Veranstaltung?", fuhr er Micha an.

„Weil ich eingeladen wurde."

„Weil Se ein-je-la-den worden sind!" äffte er ihn nach. „Wat glaum'se denn, wer Se sind! Wenn hier jeder einfach so in unsere Deutschedemokratischerebbublick einreisen würde, nur weil ihn irgendein Student vom Prenzlauer Berg eingeladen hat! Das da" – er griff nach dem letzten, von Micha bereits angebissenen Schnitzel – „das muss ich kon-fis-zie-ren!". Micha schlug ihm auf die Finger und biss noch einmal in das Schnitzel, bevor er ihm den Rest entgegenstreckte.

Marie kam erst spät. Micha stand im Eingangsbereich als es klingelte. Friedrich griff, während er noch mit ihm redete, mit der linken Hand zur Türklinke und öffnete. Marie und Natalia standen in der Tür.

Friedrich drückte freudig Marie und küsste Natalia. Marie ging gleich auf Micha zu. Ihre Umarmung jagte Starkstrom durch seinen Körper. Es war das erste Mal, dass sie sich überhaupt an einer anderen Stelle als an den Händen berührten.

"Schön, dass du gekommen bist", sagte sie.

„Ich hätte nie gedacht, dass…", fing Micha an zu sagen, aber bevor er den Satz beenden konnte, war aus dem Gang hinter ihm direkt ein großer Kerl gekommen, der scheinbar Ritsch hieß und sie sofort in ein Gespräch verwickelte, während Micha sich darüber ärgerte, nicht schneller gewesen zu sein. Es hatte drei Jahre gedauert, Marie wieder zu treffen, und genau genommen widersprach allein die Tatsache, dass sie an diesem Abend zusammen standen, allen historischen und persönlichen Wahrscheinlichkeiten, so dass er sich damit vertröstete, nach all der Zeit jetzt noch eine halbe Stunde länger warten zu können. Friedrich und Natalia, die seine Laune trotz all seiner Unterdrückungsversuche genau in seinem Gesicht lesen konnten, schoben ihn plaudernd in die Küche ab. Natalia wirkte äußerlich wie Friedrichs kleine Schwester. Sie hatte die gleichen länglichen Gesichtszüge, den gleichen klaren, wachen Blick und das gleiche strohblonde Haar, welches ihr in Strähnen in die Stirn fiel. Friedrich wies darauf hin, dass es Zeit sei, endlich die Bowle zu probieren, da von dieser in einer halben Stunde vermutlich nichts mehr übrig sein würde.

Er führte Micha in der Wohnung herum. Im Gang vor dem Arbeitszimmer nahm Friedrich einem der Gäste eine antike Ukulele aus der Hand, mit der dieser, eine brennende Zigarette am Instrumentenkopf zwischen den Saiten eingeklemmt, zu spielen begonnen hatte, und sperrte sie zu anderen besonders wertvollen Instrumenten seiner

Eltern in den Kleiderschrank. Man wisse nie, was passiere, sagte er. Vor einigen Jahren habe sein Bruder eine große Party gegeben, bei der einige Instrumente seiner Eltern zu Kaminholz umgestaltet worden seien.

Sein Stolz war seine Plattensammlung, die sich über dem Fußboden entlang vom Türrahmen über eine Zimmerecke bis zum Schrank fast zwei Meter zog.

„Die meisten sind natürlich Ostpressungen", sagte er und nahm eine Beatles-Platte mit kyrillischen Schriftzeichen aus der Reihe, „aber es sind auch eine Menge originale Westplatten dabei. Habe ich dir eigentlich schon das bulgarische Stones-Album gezeigt..."

Friedrich wühlte in seinen Platten und zog Rarität um Rarität aus den Stapeln, zu der er jeweils, den Blick auf das Plattencover gerichtet, die Herkunftsgeschichte erzählte. Natalia saß auf dem Bett und lächelte ihn bewundernd-mitleidig an.

Durch die geöffnete Tür konnte Micha beobachten, wie Ritsch auf Marie einredete. Sie standen im Flur, nicht weit entfernt von Sandrine und André, die immer noch auf dem Boden neben der Toilette saßen. Marie starrte inzwischen mit einem dezent gelangweilten Gesichtsausdruck an ihrem Gegenüber vorbei auf die Leute im Gang. Sie fing Michas Blick auf und lächelte ein unnachahmlich herzliches Lächeln. Der Kerl neben ihr verschwand nach einer Bemerkung von ihr in der Küche. Marie kam zu Micha.

„Schnell, er holt mir gerade noch ein Glas Bowle."

Sie schloss die weit geöffnete Tür von Friedrichs Zimmer hinter sich und setzte sich zu Natalia auf das Bett.

„Hört Ritsch eigentlich irgendwann auf zu reden?", fragte sie Friedrich.

„Ich hab dich gleich gewarnt", sagte er.

„Gut, aber optisch hat Ritsch schon was."
„Verbal hat er offenbar nicht viel", warf Micha ein.
„Du kannst ja verbal mehr anbieten. Schriftlich hast du ja schon überzeugt", sagte Marie und schielte ihn grinsend an.
„Ich denke, wir werden Ritsch beschäftigen, wenn er noch ein Glas Bowle bekommen haben sollte", meinte Friedrich in ihre Unterhaltung hinein.
„Friedrich, so war das nicht gemeint", sagte Marie.
„Das mag sein, aber ich nehme mir heute Abend eben die Freiheit, die Dinge auch einmal falsch zu verstehen", gab er schmunzelnd zurück.
Bevor sie reagieren konnte, war Natalia schon aufgestanden, Friedrich hatte die ungarische Edition eines Queen-Albums in seine Sammlung zurückgestellt und war seiner Freundin auf den Flur gefolgt. Marie schaute Micha an, zuckte mit den Schultern.
„Du musst mir unbedingt erzählen, was du das letzte Jahr getrieben hast. Wieso hast du denn nicht mehr geschrieben?"
„Moment. *Du* hast aufgehört zu schreiben!"
„Stimmt nicht. ... ach egal, magst du mit auf den Balkon kommen?"
So standen sie, in den Winterjacken vergraben, draußen in der Novemberkühle. Ihre Blicke streiften über die Straßen des Prenzlauer Bergs, die alten Balkone und Fassaden, von denen der Putz bröckelte, in das trübe, von einem leichten Herbstnebel verhangene Licht der verstreuten Straßenlaternen, und sie standen in einer Vertrautheit nebeneinander, als ob bereits ein komplettes gemeinsames Leben hinter ihnen lag, als könnte der eine sagen, es sei damals alles so unglücklich gelaufen, aber in Wirklichkeit sei er in Gedanken immer bei ihr gewesen. Micha

starrte Marie an und schluckte, sie starrte mit sich weitenden Augen zurück.

Sie blieben mehr als eine Stunde auf dem Balkon, nur unterbrochen von Gästen, die sich vom luftgekühlten Getränkevorrat auf dem Balkon bedienten, sowie von Natalia, die in Anbetracht der Novemberkälte noch eine Decke, zwei Kissen und zwei Paar Handschuhe nach draußen brachte. Irgendwann wechselten sie für eine halbe Stunde zurück in die Wohnung, um sich an der Heizung aufzuwärmen, fanden sich dann aber – als hätten sie eine stillschweigende Verabredung – beide wieder auf dem Balkon ein.

Micha saß ich neben ihr, hörte ihr zu, blickte sie an und war hin und weg. Er wollte seinen Mut zusammennehmen, seinen Arm um Marie legen und seinen Mund zu ihren Lippen bewegen, nahm aber dann stattdessen lieber noch einen Zug aus der Wodkaflasche. Auch Marie holte sich die angesichts der Außentemperaturen dringend benötigte Wärme durch einen Schluck Wodka.

Irgendwann redeten sie, die Bierkästen aneinander gerückt, die Decke um sich gewickelt, Schulter an Schulter, Bein an Bein, restlos betrunken vor sich hin. Abrupt beendet wurde ihr Zusammensein, als Marie, die schon die letzten zehn Minuten auffällig ruhig gewesen war, aufsprang, sich über den Balkon legte, so als wolle sie nachschauen, ob sich nicht doch noch ein Stern am Himmel blicken ließ, spuckte und dann ein würgendes Geräusch von sich gab. Danach stieß sie sich vom Geländer ab, stürmte durch Friedrichs Zimmer und den Flur ins Bad und schloss sich ein. Schwerfällig, wie es seinem Zustand entsprach, lief Micha hinterher und stand vor der verschlossenen Badezimmertür. Er wandelte durch das Chaos der Party und fand Friedrich und Natalia in der

Küche, die restlichen Fruchtstücke aus der Bowle schaufelnd.

Friedrich meinte, während er die Reste eines eingelegten Birnenstreifens schlürfend in den Mund sog, Micha solle sich keine Gedanken machen. Marie sei einfach den ganzen Wodka nicht gewöhnt, werde aber schon früher oder später wieder auftauchen.

Natalia erzählte, dass Ritsch bereits gegangen sei und eine ihrer Kommilitoninnen, deren Name er sofort wieder vergaß, als Begleitung mitgenommen hätte.

Friedrich entriss währenddessen einem der Gäste eine Schalmei, die seine Eltern über der Garderobe angebracht hatten und für deren Wegnahme der Gast auf einen Stuhl geklettert sein musste. Natalia unterhielt ihn weiter und schenkte noch Wodka nach.

Micha erzählte ihr von seiner Heimat Hängerode, erzählte von dem Eisernen Vorhang, den weder Friedrich noch Natalia jemals gesehen hatten, gab ihr ein Bild, wie es gewesen war, am kapitalistischen Ende der Welt aufzuwachsen. Eine Studentin aus Natalias Wohnheim kam herein und sagte, dass sie Marie gerade ins Taxi gesetzt habe. Micha wollte etwas sagen, hatte einen Moment später aber schon vergessen, was. Er war sich lediglich bewusst, dass er noch dringend etwas von Marie gewollt hatte.

D er nächste Morgen. 11. November 1989. Die kurze Phase zwischen Schlaf und Erwachen wurde bereits von infernalen Kopfschmerzen begleitet. Micha schlug die Augen auf und sah auf seine Armbanduhr. 10 Uhr 42. Bei seinen ersten zaghaften Orientierungsversuchen machte er aus, dass er auf einem fremden Sofa in einer fremden Wohnung lag. Sein erster Versuch, sich an den genauen Ort seines Aufenthalts zu erinnern, schlug fehl. Wenige Minuten später kam ein entfernt bekanntes Gesicht ins Zimmer. Er erinnerte sich, Frank am vorherigen Nachmittag in einem Kreuzberger Dönerladen kennengelernt zu haben. Frank teilte ihm mit, dass er sich in seiner Wohnung befände. Eine erste Durchsuchung seiner Hosentaschen ergab, dass er nicht nur sämtliches Ost- sondern auch einen Großteil seines Westgeldes für den Heimweg ausgegeben hatte, an welchen er nur noch dunkle Erinnerungen hatte. Der wesentliche Teil beschränkte sich auf das Innere eines Taxis, in dem er sich an dem Zettel festgeklammert hatte, auf der Franks Adresse notiert war.

Die Adresse! Er war plötzlich hellwach. Neben den Resten seines Westgeldes und des Kassenbons des Schnellrestaurants am Alexanderplatz brachte der Inhalt seiner Hosentaschen weder eine Adresse von Marie noch von Friedrich zu Tage. Die Suche in der Jackentasche verlief ebenso erfolglos. Kein Zettel, keine Notiz, nichts. Es folgte die Erkenntnis, dass er vergessen hatte, nach Maries Adresse zu fragen.

Er lehnte sich nach hinten an die Wand. Frank hatte ihm zwischenzeitlich eine Tasse Tee gebracht. Bedächtig schlürfte er an dem heißen Getränk und versuchte, sich an Friedrichs Adresse zu erinnern. Als er die Tasse leer getrunken hatte, war ihm immer noch nicht mehr eingefallen, als dass die Party irgendwo im Stadtteil Prenzlauer Berg stattgefunden hatte.

Er blickte erneut auf die Uhr. Es war 11 Uhr 2, als er begann, sich schwarz zu ärgern.

Micha hatte nicht die geringste Ahnung, wie er Maries Adresse herausbekommen sollte. Die anderen hatten den vorigen Abend gemeinsam mit Frank in einer Kreuzberger Kneipe namens ‚Einfall' verbracht, hatten zusammen mit eingesessenen Kreuzbergern zunächst glücklich betrunkene Ostberliner beobachtet, sich dann fortgesetzt über deren Verhalten echauffiert, sich später tödlich gelangweilt und schließlich beschlossen, am darauf folgenden Tag zurück nach Marburg zu fahren. Am Nachmittag wollten sie starten. Spätestens um 15 Uhr, keine Minute länger. Henning war übellaunig und kompromisslos. Micha blieben nur gut drei Stunden.

Er kramte mit aller Macht in seinem Gedächtnis, verfolgte in Gedanken seinen Hinweg zur Party zurück – der Rückweg war nur noch rudimentär vorhanden und kein guter Wegweiser –, konnte sich lediglich daran erinnern, dass er an der U-Bahn-Station Schönhauser Allee ausgestiegen war und in irgendeiner der zahlreichen Seitenstraßen bei der Hausnummer 44 einen der Klingelknöpfe gedrückt hatten. Irgendein französisch-hugenottischer Nachname.

Der Straßenname blieb genauso tief in den Abgründen seines Gedächtnisses vergraben wie Maries Nachname oder die Adresse ihres Studentenwohnheims. Ihr Heimatort Eisenach war zwar nicht weit von seinem Heimatort Hängerode entfernt, aber er hatte all ihre Briefe inklusive der Eisenacher Adresse vernichtet. In Eisenach eine nur dem Vornamen nach bekannte Person auf den Zufall vertrauend zu suchen, hätte der sprichwörtlichen Suche der Nadel im Heuhaufen geglichen.

Wenn eine Chance bestand, sie zu finden, dann darin, zurück nach Ostberlin zu fahren und die Gegend rund um die Station Schönhauser Allee nach dem Haus von Friedrich abzusuchen. Er stellte die leere Teetasse weg; sein Kopf war nicht unbedingt klarer, aber zumindest hatte sich der Schwindel nach dem unmittelbaren Aufwachen etwas gelegt. Noch merklich unter den Nachwirkungen von gestern leidend wankte er aus der Wohnung. Es war 12 Uhr. Etwa 45 Minuten würde es dauern, die Sektorengrenze zu passieren und zur Schönhäuser Allee zu fahren. Bei einer Rückfahrt von 45 Minuten blieben ihm gerade noch 90 Minuten, um Friedrichs Haus wiederzufinden.

Schon die Hinfahrt war eine Quälerei. Sein Schädel pochte. In der U-Bahn zu stehen war unmöglich, so wacklig war er auf den Beinen. Aus dem U-Bahnhof Schönhäuser Allee kommend versuchte er, sich zu orientieren. War er gestern Abend nördlich gegangen? Oder nach Süden gelaufen? Die große Kreuzung hatte gestern Abend in beide Richtungen gleich ausgesehen. Er entschied sich für den Weg in nördlicher Richtung und erkannte nach etwa 100 Metern eine Wäscherei wieder, vor welcher er einem Passanten sein Feuerzeug geliehen hatte.

Hinter der Wäscherei – nach 100 oder 200 Metern – ging es nach links in eine Querstraße rein. Nur welche?

Er überquerte die Schönhäuser Allee und versuchte es in der Schivelbeinstraße. Der Straßenzug konnte es sein, oder doch nicht? Die Nummer 44 sah nicht so aus wie das Haus von Friedrich.

Am nächsten Block ging er nach rechts und dann wieder rechts, in die Paul-Robeson-Straße. Aber es wirkte nicht vertraut. Die Häuser hatten anders ausgesehen.

Zurück an der Schönhäuser Allee ging er nach links weiter, bis zur Bornholmer Straße, lief ein paar Meter die Straße entlang, aber hier war zu viel Verkehr. Friedrich wohnte in einer ruhigen Nebenstraße.

Er ging zurück zur Schönhäuser Allee. Es blieben, wenn man den Rückweg abzog, nicht mehr als 40 Minuten. Er überlegte. Die breite Bornholmer Straße hatte er nicht überquert, auf keinen Fall. Friedrich musste weiter südlich wohnen.

Noch einmal ging er einen Block zurück. Vielleicht war er ja doch nicht von der Schönhäuser Allee nach links in eine Seitenstraße hinein gegangen, sondern nach rechts. Micha probierte es aus, drehte noch ein paar Runden durch diese Straßen. Nichts kam ihm bekannt vor, keines der Häuser und keines der Geschäfte.

Flapp-flapp-flapp. Er saß schon auf dem Rücksitz des Kleinbusses. Henning saß am Steuer des Kleinbusses, hatte schon Potsdam passiert und Magdeburg war an den Autobahnschildern ausgeschlagen, doch Micha ging den Weg noch einmal vor seinem geistigen Auge durch. Die Paul-Robeson-Straße, jene Straße, die er als zweites von Westen zurück Richtung Schönhäuser Allee durchgelaufen hatte! Er erinnerte sich an einige der Häuser, nur war er am gestrigen Abend die Straße ja ursprünglich von der anderen Seite, von der Schönhäuser Allee kommend, entlang gelaufen. Wenn er sich den Weg aus der anderen Richtung vorstellte, kam ihm die Straße vertrauter vor. Aber es konnte nicht die Hausnummer 44 sein, das Klingelschild vor diesem Haus hatte er kontrolliert.

Lausier! Das war es. Friedrich hieß mit Nachnamen Lausier („Lausjeh, französisch ausgesprochen", wie er gesagt hatte.)

„Ihr müsst mich am nächsten Bahnhof herauslassen. Mir ist der Name eingefallen. Ich muss zurück nach Ostberlin."

„Ach so, am nächsten Bahnhof. Wenn's weiter nichts ist", meinte Henning.

„Gibt's denn überhaupt'n Bahnhof an der Transitstrecke?", fragte Jimi.

„Natürlich nicht", murrte Henning.

„Nehmt doch einfach die nächste Ausfahrt. Da war Magdeburg angeschrieben."

„Wir dürfen als Westdeutsche die Transitstrecke nicht einfach so verlassen!"

„Und wenn doch, dann was?"

„Keine Ahnung. Wir werden verhaftet oder so. Irgendwas halt."

„Die ostdeutschen Bullen haben heute andere Sachen zu tun."

„Verboten ist verboten!"

„Himmel, Henning, wie hörst du dich denn an! Dann lass mich halt an der nächsten Autobahnausfahrt auf dem Standstreifen raus. Ich komm schon nach Magdeburg, zur Not zu Fuß."

„Nun fahr schon die blöde Ausfahrt raus", mischte sich Phil ein. „Du hast Wackersdorf überstanden und die autonomen Mai-Demos, da wirst du ihn doch zu einem Zonenbahnhof bringen können."

Henning grummelte, fuhr aber dann doch auf die rechte Spur und setzte vor der Ausfahrt den Blinker. Sie fuhren durch Magdeburg, graue leere Straßen, gesäumt von einheitlichen Betonzeilen. Kein Vergleich mit Ostberlin.

Der Mann am Bahnschalter sah nicht auf, als Micha um eine Fahrkarte nach Ostberlin, einfache Fahrt, bat. Neben ihm lagen mehrere Blöcke, von denen er einen der größten nahm und eine Karte abriss.

„Geht's heute auch zum Mal-Kurz-Rübermachen?"

Micha sah ihn verwirrt an und wusste keine Antwort, bis der Mann am Schalter die Fahrkarte gleichgültig durch die Glasöffnung schob.

„Nächster Zug geht in einer halben Stunde. In Potsdam direkt am Gleis gegenüber umsteigen. Ankunft Berlin-Ostbahnhof um Neunzn Uhr Ölf."

„Der Zug fährt zweieinhalb Stunden?"

„Natürlich. Muss ja eenmal um Westberlin rum und hält ebend überall. Jetz' guck nich' so. Die Grenze is' gerad ma' zwee Tage uff. Da gibt's doch nicht sofort ne Direktverbindung über Westberlin! Macht übrigens Zehn Mark Fuffzich."

Jetzt erst fiel Micha ein, dass er gar keine Ostmark dabei hatte. Seinen Zwangsumtausch hatte er in Ostberlin komplett ausgegeben.

„Geht auch Westmark."

„Klar, geht auch."

„Wieviel kostet es dann?"

„Zehn Mark Fuffzich!"

„Moment, ich gebe Ihnen Westgeld! Das ist viel mehr wert."

„Weesde, Junge. Der Zug fährt so oder so. Ob mit dir oder ohne dir. Die Fahrtkarte kost' zehn Mark Fuffzich, egal ob in West oder Ost oder Süd oder Nord."

Micha holte aus seiner Tasche elf Westmark und legte sie auf den Tresen, der Mann am Schalter gab ihm fünfzig Pfennig Ost heraus und da er den Fahrschein noch nicht in der Hand hielt, verkniff sich Micha den Satz, der Rest sei Trinkgeld.

Der Zug kam, als die Sonne gerade untergegangen war. In einem alten Waggon, der nur auf den ersten Stationen in Richtung Potsdam mit ausreichend Fahrgästen besetzt war, ratterte er durch die herbstdunkle DDR nach Ostberlin. Am Ostbahnhof stieg er aus und aß eine Currywurst mit Pommes. Die Kräfte kamen wieder. Seinen Weg durch das U-Bahnsystem von Ostberlin fand er nun schon automatisch, er fühlte sich ein kleines bisschen wie ein Einheimischer.

In der Paul-Robeson-Straße kontrollierte er nochmal das Klingelschild von Haus 44, Friedrichs Nachname war nicht zu finden, obwohl er der Meinung war, dass er in dieses Haus gegangen war. Er kontrollierte die Häuser rechts und links daneben, dann die Häuser gegenüber. Nirgendwo fand er den Namen. Stück für Stück entfernte er sich und suchte die Klingelschilder der Straße ab. Bei Nummer 27, schräg gegenüber von Haus 44, wurde er fündig. „Lausier" stand dort. Der Hauseingang sah nicht unbedingt so aus, wie ihn Micha in Erinnerung hatte, aber bei der Straße und dem Nachnamen war er sich sicher. Auf sein Klingeln öffnete niemand. Er holte die Nachricht heraus, die er bereits im Zug geschrieben hatte, und warf sie in den Briefkasten.

Hallo Friedrich, noch einmal tausend Dank für die tolle Party! Ich würde gerne dich und Natalia und natürlich Marie gerne wiedersehen. Meine Adresse ist...

Die Kopfschmerzen und die Übelkeit am nächsten Morgen, der genau genommen ein früher Nachmittag war, erstickten jeden Gedanken daran, wieder zurück zu

Friedrich zu gehen und nach Micha zu fragen, im Ansatz. Aber auch wenn sie leidend auf ihrem Bett lag oder sich auf der kleinen Herdplatte einen Kräutertee machte, spürte sie neben dem ausgewachsenen Wende-Kater ein Kribbeln, wenn sie an den vorigen Abend und Micha dachte. Es war nur ein Funken, noch von ihrer körperlichen Pein verdeckt, aber es fühlte sich an, als hätte sie sich in Micha verliebt – oder besser: zumindest ein bisschen in ihn verguckt.

Aus dem Nebel ihres Bewusstseins manifestierte sich die Erkenntnis, ihn nicht nach seiner Adresse gefragt zu haben, und sie konnte sich nicht daran erinnern, dass sie ihm ihre gegeben hatte. Sie holte den Aktenordner hervor, in welchem sie Unterlagen aus Eisenach mit den amtlichen Dokumenten, ihren Zeugnissen und den wenigen persönlichen Erinnerungen aufbewahrte. Es fand sich keiner der alten Briefe darin, keine Adresse von Micha. Alles andere hatte sie in einem Akt der Generalbereinigung bei ihrem Auszug aus Eisenach weggeworfen.

Am nächsten Tag fragte sie Friedrich und Natalia nach Michas Adresse. Die beiden hatten nach der Party nichts mehr von ihm gehört, obwohl sie erwartet hätten, dass er am nächsten Tag vorbeikommen und Maries Adresse erfragen oder zumindest einen Brief einwerfen würde. Friedrich meinte lakonisch, so voll könne er nicht gewesen sein, das Haus nicht mehr zu finden.

Sie wartete einige Tage vergeblich darauf, dass noch ein Brief von Micha eintraf, sei es bei Friedrich in Berlin-Friedrichshain oder – falls er im Gegensatz zu ihr noch einige der Briefe aufbewahrte – zumindest bei ihren Eltern in Eisenach. Dann schlug ihre Erwartung langsam in Enttäuschung um. Vielleicht war das, was sie als Anfänge einer Liebe wahrgenommen hatte, für ihn nichts weiter als das Resultat einer gesamtdeutschen Euphorie, der Feiertrunkenheit dieser Tage, der persönlichen Trunkenheit des Abends. Vielleicht wollte das Schicksal, dass sie sich als Seelenverwandte umkreisten, ohne sich jemals näherzukommen.

Am Wochenende nach der Grenzöffnung hatte Till telefonisch über den Massenansturm der Ostler berichtet, der das kleine Hängerode am Ende der Welt plötzlich überfallen und zu deren Mittelpunkt gemacht hatte.

„Ihr ahnt ja nicht, was hier los ist!", hatte er vor Aufregung heiser durch den Apparat geschrien. „Ihr müsst unbedingt nächstes Wochenende dabei sein. Die ganze alte Clique muss hierherkommen."

Auf seine Einladung hin fuhren am Samstag, dem 17. November, Sammy, David und Micha in ihre Heimat, um sich selbst davon überzeugen zu können, wie der Wind der Geschichte durch den sonst so heimeligen Landstrich wehte.

Der Lindwurm, welcher Jahrzehnte hinter ihrem Dorf gelauert hatte, war zerstückelt, ein Stück des Zaunes war eingerissen, das Gelände an der Stelle des Durchbruchs begradigt. Der alte Feldweg, der von Westen aus in Richtung Todesstreifen geführt hatte, war von den Bäumen und Sträuchern befreit worden, die ihn in den letzten Jahrzehnten zugewuchert hatten.

Von Osten hatte man den Feldweg, der Hängerode und die umliegenden Dörfer einst, vor der Teilung, mit den thüringischen Nachbargemeinden verbunden hatte, mit Schotter verlängert und wieder an das alte westdeutsche Gegenstück angeschlossen. Mit Bedauern dachte Micha daran, dass sein Großvater das alles nicht mehr miterleben konnte.

Der Schotter spritzte auf, als sich Fahrzeuge aus dem Osten hoppelnd, mit den Stoßdämpfern quietschend, über die Grenze quälten, als die Autoinsassen neugierig, glücklich verheult oder in einigen Fällen bereits routiniert die hessischen Wälder betrachteten, die zwar nicht anders aussahen als jene auf der thüringischen Seite, aber auf die sie niemals von Nahem einen Blick hatten werfen dürfen. Die Schottersteine regneten an ihren Hosen nach unten, als David, Micha, Sammy und Till auf die Dächer der Karossen aus dem Osten trommelten, im steten Rhythmus der eintrudelnden Fahrzeuge den Jubel an- und abschwellen ließen, als die Fahrer es ihnen mit Hupkonzerten, die Beifahrer mit herausgestreckten Händen dankten, als einige Frauen aus Hängerode ihren Korb mit Zitrusfrüchten oder Pralinen unter die Fahrzeugfenster schoben und dankbare Abnehmer fanden.

Parallel zur neuen Straße gingen sie durch die Felder gingen zurück nach Hängerode. Auf jenem Pfad, der für Jahre nur von spielenden Kindern und von vereinzelten Spaziergängern genutzt worden war, bewegte sich ein steter Strom von Menschen im beständigen Austausch zwischen Dorf und neuem Grenzübergang. Micha musste melancholisch seufzen, als er an Marie dachte, die vielleicht jetzt irgendwo bei Eisenach in solch einem Auto saß und über die Grenze fuhr oder die vielleicht gerade wieder in Ostberlin eine neue Party bei Friedrich vorbereitete. Zwei Wochen waren nun vergangen, nachdem sie sich so überraschend wie glücklich wiedergesehen hatten, sich ineinander verliebt hatten. (Hatten sie das? Micha war sich bewusst, dass dieses Empfinden mehr Wunschdenken als Realität sein konnte. Seine Wahrnehmung war an diesem Abend sicherlich mehr als nur leicht getrübt gewesen.) Jedenfalls hatte ihn kein Brief von ihr erreicht, erst recht kein Anruf und auch keine Nachricht von Friedrich. Auch wenn die Post möglicherweise eine Woche brauchte – diese Verzögerung bedeutete entweder ein mangelndes Interesse von Maries Seite oder sie hatte, aus welchen Gründen auch immer, seine Adresse nicht erhalten.

Sammys Auto stand auf dem Hof seiner Eltern, direkt am Dorfeingang. Sie quetschten sich in den alten Fiat Panda. Auf der Rückbank sitzend zogen David und Micha die Beine an, um den vor ihnen Platzierten nicht durch den einer Gartenliege ähnelnden Autositz hindurch die Knie in den Rücken zu drücken.

Sammy fuhr los nach Eschwege, musste sich jedoch schon nach einem Kilometer an jener Stelle in die Zweitakt-Kolonne einreihen, wo der frühere Feldweg, der jetzt zum frisch eröffneten Grenzübergang führte, auf die Kreisstraße einmündete. In einer endlosen, nur im gehobenen Schritttempo vorwärts rollenden Autoschlange quälten sie sich Richtung Eschwege. Weit vor dem Stadtzentrum fädelte Sammy aus und parkte in einer Seitenstraße. Im Zentrum stauten sich aus allen Richtungen die ostdeutschen Kleinwagen, mischten sich dabei mit neugierigen Westlern aus Kassel und den umliegenden Kleinstädten sowie mit den Einheimischen, die mit einem solchen Ansturm nicht gerechnet hatten.

„Man sieht immer die Bilder, aber man glaubt es erst, wenn man es mit eigenen Augen sieht", sagte David. Er war heute aus Freiburg gekommen und kannte Bilder von der Grenzöffnung bisher nur aus dem Fernsehen.

Der Obermarkt kündigte sich durch die lange Schlange von ostdeutschen Tagesausflüglern an, die auf der Jagd nach ihrem Begrüßungsgeld vom Rathaus aus bis in die Marktgasse hinein anstanden. Durch die Gassen der Altstadt schob sich das bunte Gemisch aus ostdeutschen Ausflüglern, Einheimischen und westdeutschen Neugierigen. Vor den Geschäften hatten sich Menschenschlangen gebildet, in denen Westwaren reißenden Absatz fanden. Kneipen und Cafés hatten, dem kalten Novemberwetter und allen fehlenden Genehmigungen zum Trotz, ihre Stühle und Tische auf die Straße gestellt.

„Wer hätte gedacht, dass die Ostmark jemals von Bananen abgelöst wird?", bemerkte David als sie einen Gemüseladen passierten, vor dem sich eine Schlange gebildet hatte.

„Eine Bananenrepublik waren wir schon immer, bloß die Bananen haben uns gefehlt", sagte jemand hinter ihnen.

Neben dem langen Kerl in der Mitte, dem die blonden Strähnen in der Stirn hingen, stand rechts eine Frau, die wie seine kleine Schwester wirkte, und links, mit den unvergesslichen Augen, die kastanienbraunen Haaren zurückgebunden...

„Marie! Was macht ihr denn hier?"

„Wir bieten deinem Kumpel" – Friedrich zückte aus einer Papiertüte eine Banane und hielt sie David hin – „eine Banane an."

David nahm sie grinsend an, schälte sie und brach sie in zwei Teile, von denen er sich eines als ganzes Stück in den Mund stopfte, sodass es ihm die Backen aufblähte. Das andere Stück reichte er Friedrich.

„Es war gar nicht so leicht, euch zu finden", fuhr Friedrich fort. „Du hättest uns wenigstens deine Adresse hinterlassen können, aber Schreiben war dir wohl im Endstadium nicht mehr möglich."

„Ich war am Tag nach der Party noch bei dir und hab dir eine Nachricht eingeworfen! Friedrich Lausier, Paul-Robeson-Straße 27?"

„Ich wohne Nummer 44, schräg gegenüber. Lausier ist zwar richtig, aber auf unserem Briefkasten steht nur Lausorow, das ist der Künstlername meiner Eltern."

„Wie habt ihr mich gefunden?"

„Wir haben einfach alles zusammengetragen, was wir – vor allem Marie – von dir wussten. Das kleine Dorf Hängerode bei Eschwege und deinen Vor- und Nachnamen. Die drei Adressen in Hängerode mit deinem Nachnamen haben wir dann heute abgeklappert, bis wir auf deine Mutter gestoßen sind. Die hat uns verraten, dass ihr zu viert nach Eschwege gefahren seid. Ihr wart wohl gerade 10 Minuten weg. Und dass wir euch hier gefunden haben, war einfach Glück. Willst du uns nicht bekannt machen?"

Sie standen zusammen, mitten im Gedränge der Altstadt, schüttelten Hände, stellten sich vor, Name, Herkunftsort, Tätigkeit. Von hinten drückten die Massen.

„Unter den gegebenen Umständen schlage ich vor, dass wir uns zu mir in die Scheune vertagen", bemerkte Till.

„In eine Scheune?"

Tills Eltern hatten in Hängerode einen Bauernhof. Sie hatten Till und seinen Freunden bereits vor Jahren eine alte Scheune überlassen, welche diese gemeinsam mühselig in wochenlanger Arbeit ausgebaut, Linoleumboden verlegt, Holzwände geschliffen und zum Schluss einen alten Kanonenofen installiert hatten, bis sie schließlich mit der Scheune ihren eigenen Partyraum besaßen.

„Scheunen sehen bei uns anders aus als die Scheunen eurer LPGs."

„Kleiner?"

„Lauter!"

Sam und Friedrich ließen es sich nicht nehmen, die wenigen Kilometer zurück nach Hängerode die Autos zu tauschen. Sam drückte Friedrich seine Autoschlüssel in die Hand und komplimentierte Marie und Micha auf den Rücksitz des Trabbis. Friedrich und Natalia zwängten sich in den Fiat Panda, nachdem David und Till auf dem Rücksitz ihre Beine angezogen hatten.

„Auch nicht viel anders als mein Trabant. Stinkt nur nicht ganz so."

Sam und er ähnelten sich nicht nur in der Verehrung für die denkbar kleinste Version eines Fahrzeugs, sondern auch in ihrem Humor.

Vorab telefonisch informiert hatten Tills Eltern in der Scheune bereits ganze Arbeit geleistet, hatten den Kanonenofen beheizt und Verpflegung bereitgestellt. Till zündete zur Verstärkung der Party-Beleuchtung einige Kerzen an und holte einen Kasten Bier aus dem Keller seiner Eltern. Unterdessen saß Natalia bei David, der sich wie gebannt von ihr die Erlebnisse von den Montags-Demonstrationen erzählen ließ. Friedrich, Sam und Till standen über den großen Kisten mit Tills Plattensammlung und wühlten, nur unterbrochen von begeistertem Erstaunen, in den alten Scheiben. – Ist das die Queen-Single von 1978 im Original? – Wie, als kyrillische Pressung? Musst du mir mal zeigen! – Die amerikanische Single mit der B-Seite von... – Als Schellackplatte? Wusste gar nicht, dass... –

Auf dem Sofa in der Ecke, etwas abseits von den anderen, saß Marie.

„Nachdem du mir auf meine Nachricht nicht zurückgeschrieben hast, hätte ich nicht gedacht, dass ich dich noch einmal wiedersehen würde."

„Ich hätte nicht gedacht, dass du mich noch einmal wiedersehen wolltest. Ich vertrage einfach keinen Wodka." Sie schaute nach unten und spielte mit ihren Fingern.

„Friedrich und Natalia haben dir doch sicher erzählt, dass ich auch keinen vertrage. Zumindest habe ich an diesem Abend keinen vertragen. Umso schöner, dass ich dir trotzdem in Erinnerung geblieben bin."

„Umso schöner, dass ich dich wiedergefunden habe."

Sie versanken in der sich ausbreitenden Stille. Ihr Lächeln reduzierte die Welt auf diesen Moment.

„Manchmal kommt es mir so vor, als würde ich dich schon Ewigkeiten kennen", sagte Micha.

„Genau genommen kennst du mich ja auch schon Ewigkeiten. Wir waren die ganze Zeit nur wenige Kilometer voneinander entfernt."

„Wenige Kilometer und ein kleiner, unbedeutender Stacheldrahtzaun", schmunzelte er.

Sie redeten weiter, lagen auf dem alten Sofa, starrten an die Balken unter der alten Scheunendecke. Die Zeit beschleunigte sich. Minuten schienen zu vergehen, Stunden waren vergangen. Immer noch auf dem Sofa, immer noch zu zweit. David ging nach Hause, Friedrich und Natalia gingen mit ihm. Die anderen waren bereits weg. „Vergesst nicht abzuschließen", sagte David, als er den Schlüssel übergab. Stille, die nur vom gelegentlichen Knacken des Kanonenofens durchbrochen wurde.

Micha beugte sich vor, vorsichtig. Sie wich nicht zurück, schloss halb die Augen. Dann küssten sie sich.

Mit seiner Hand auf ihrem Rücken, ihrer zarten, samtenen Haut, mit dem Geruch ihrer Haare in der Nase und ihrem zierlichen Körper in seinen Armen, erwachte Micha. Er weigerte sich, die Augen zu öffnen, wollte noch länger mit diesem Gefühl auf dem Sofa verharren, ohne diese Illusion der Perfektion durch Erweiterung der

Wahrnehmung zu stören, um diesen Zustand zwischen Schlaf und Erwachen ewig festhalten zu können. Vorsichtig, darauf bedacht keine hektische Bewegung zu machen, die sie aus dem Schlaf reißen würde, schmiegte er sich noch einmal an sie.

Sie rekelte sich in seinen Armen, drehte sich zu ihm und als sie zärtlich durch sein Haar und über seine Wangen strich, überwand er sich, schlug die Augen auf, nahm aber nicht das durch die kleinen Fenster einfallende fahle Licht wahr, das den Raum nur spärlich beleuchtete, sondern sah in ihre Augen, sah ihr Lächeln.

An diesem Morgen fuhren Friedrich und Natalia allein zurück nach Berlin. Marie blieb. Sie verlängerte ihr Wochenende in Hängerode bis zum folgenden Montag, ließ sich am Montagmorgen von Micha mit dem Auto seiner Eltern nach Eisenach fahren, um von dort den Zug der Reichsbahn nach Berlin zu nehmen.

Micha drehte in Eisenach um, nahm aber weder die Fahrt nach Marburg noch die nächsten drei Tage wirklich wahr. Elektrisiert durch die Vorfreude auf das nächste Wochenende flogen die Vorlesungen an ihm vorüber. Seine Trance wich erst, als er am Donnerstagabend im Zug nach Berlin saß, kurz hinter Bebra die Grenzanlagen passierte und Marie nur noch wenige Zugstunden von ihm entfernt war.

Natalia hatte ihnen das gemeinsame Zimmer im Studentenwohnheim zur alleinigen Verfügung überlassen und war für drei Tage bei Friedrich untergekommen. Das Berlin der ersten Nach-Wende-Wochen pulsierte. Wie ein Sturm rauschte das Leben durch die Stadt. Sie ließen sich durch das Gewimmel treiben und ignorierten das graue Novemberwetter. In den Nächten saßen sie im Studentenwohnheim, lagen im Bett, und holten all die Dinge aus ihrer Erinnerung, die sie noch aus den Briefen voneinander wussten, tauschten ihren Gedanken aus, fabulierten über ein gemeinsames Leben. Alles war im vollkommenen Gleichgewicht.

Das folgende Wochenende kam Marie nach Marburg, gefolgt von einem weiteren Wochenende in Hängerode und wieder einem Wochenende in Berlin. Die Sehnsucht ließ die Werktage an ihnen vorüberziehen, während sich die gemeinsam verbrachten Tage an den Wochenenden verdichteten, so wie insgesamt die Zeit in diesen Monaten zu einem Konzentrat gerann.

Am 29. November stellte Helmut Kohl seinen ‚Zehn-Punkte-Plan zur Wiederherstellung der Einheit beider deutscher Staaten' vor, während Marie und Micha durch die Gassen der Marburger Oberstadt bummelten.

Kurz vor Weihnachten blieben sie das erste Mal gemeinsam über Nacht in Eisenach. Für Micha war es schon ein aufregendes Gefühl, sich der Stadt über die schmalen Straßen zu nähern, in dem Bewusstsein, jetzt endlich einmal den Ort und die Menschen kennenzulernen, die so häufig Gegenstand ihrer Briefe sowie der Ausgangs- und Kristallisationspunkt ihrer Wünsche und Sehnsüchte, Hoffnungen und Träume gewesen waren.

Auch wenn die Gebäude in einem miserablen Zustand waren, konnte er, wenn man die Stadt aus der Ferne betrachtete, die Schönheit entdecken, die hier schlummerte. Wie die kleine Schwester seines heimischen Marburgs klebte die Altstadt am Berg, überragt von der auf einem Hügelkamm etwas weiter nach Süden gerückten Wartburg, umrahmt von dem sich davor gruppierenden Ring der Altbauten des 19. und frühen 20. Jahrhunderts und von den weit in die umliegenden Täler ausladenden Neubaugebieten.

Obwohl das Wetter so kurz vor Weihnachten wenig dazu einlud, wimmelten die Altstadt und die steilen Fußwege zur Wartburg von westdeutschen Ausflüglern. Die Thüringer hatten sich schon auf ihre eigene Art auf den Touristenstrom eingestellt und in Windeseile die Kapazität der Buden mit Thüringer Rostbratwurst, die Verkaufsflächen der Souvenirläden am Marktplatz und die Zahl der Fremdenführer erhöht. Auf den großen Einfallstraßen kam unter dem Teer das alte Kopfsteinpflaster wieder quadratmetergroß zum Vorschein und schüttelte den ankommenden Besucher durch. Der Geruch von Kohleöfen und Zweitaktabgasen wurde vom Winterwetter in die engen Straßen und Gassen gedrückt und legte sich an die grauen, zerfallenden Altbauten.

Marie und Micha standen in der Nähe der Wartburg an einer halbhohen Steinmauer und blickten durch die kahlen Baumkronen auf die sich im Winterschlaf befindende Stadt. Ineinander verschlungen, beide keuchend, mit von der Kälte und dem Aufstieg zur Wartburg geröteten Gesichtern, hauchten sie Atemwolken in den Himmel und beobachteten, wie in der beginnenden Dämmerung das Licht der Laternen nach und nach die Straßen und Gassen ausfüllte.

„Da hinten war der Sportplatz, wo wir mit der Leichtathletik-Mannschaft trainiert haben."

Er versuchte der Richtung ihres Fingers zu folgen, mit dem sie über die Dächer der Stadt hinweg auf ein weit entferntes, grasgrünes Rund zeigte.

„Da hinten sind die Autowerke. In dem Viertel gleich daneben ist unser Haus. Da!"

Ihr Blick strich weiter über die Häuser und fixierte einen dritten Punkt.

„Da hinten war meine Schule."

Sie stoppte, atmete tief ein und lachte still, plötzlich völlig aus dem Thema geworfen und in sich selbst versunken.

„Was ich dafür geben würde, zu sehen, was mit Walter Lohr wird."

„Walter Lohr?"

„Mein Lehrer in Deutsch und Staatsbürgerkunde. Vielleicht – nein, ganz sicher – habe ich dir mal von ihm geschrieben. Einer von der schlimmsten Sorte. Die ganz alte Kaderschule. Einer von denen, die dir immer erzählen wollen, dass sie dir auf deinem Weg in das Erwachsenwerden helfen und dich begleiten wollen und die im Ernstfall aber genau das Gegenteil tun."

„Du hast ihn einmal erwähnt, aber nur wenig konkret. Steckt er bis heute so tief in deinem Kopf?"

„Die Erinnerungen legst du nicht einfach ab, wenn du die Schule verlässt. Einige schon, aber nicht diese. Nur ein Beispiel aus Deutsch – das mit Staatsbürgerkunde erzähle ich dir ein andermal: Wir haben bei ihm Georg Büchner durchgenommen. Walter Lohr hat immer die Bedeutung von Georg Büchner als großen Revolutionär und Kämpfer für die Freiheit hervorgehoben.

Die Klassenarbeit hat er über das Thema "Georg Büchners Kritik an den Verhältnissen im Kapitalismus des 19. Jahrhunderts" oder so ähnlich schreiben lassen. Meine Freundin Janine hat in einem Anfall von Mut oder schlechter Laune geschrieben, Georg Büchners Kritik richte sich nicht gegen den Kapitalismus im 19. Jahrhundert, sondern gegen Unterdrückung von Menschen allgemein, und wenn er in der DDR aufgewachsen wäre, würde er genauso verfolgt wie damals.

Eine Woche passierte erst einmal nichts. Wahrscheinlich hatte Lohr die Arbeiten erst einige Tage liegen lassen, bevor er mit der Korrektur begonnen hatte. Das große Erwachen kam später: Unsere Klassenlehrerin hat Janine in das Zimmer des Direktors geschickt, ohne ihr oder uns zu sagen, was los war. Natürlich war dies das beste Zeichen dafür, *dass* etwas los war.

Drin warteten dann schon der Direktor und Lohr mit der aufgeschlagenen Arbeit vor sich und hinter ihnen stand der FDJ-Leiter, der lauernd die Hände hinter dem Rücken verschränkt hatte. Über eine Stunde haben sie Janine festgenagelt und auf sie eingeredet, von wegen mangelnder Reife, mangelhafter Einstellung zur Republik, sie solle sich bewusst machen, was für ein Privileg es sei, Abitur zu machen und studieren zu gehen, anstatt mit den Werktätigen jeden Tag im Betrieb arbeiten zu müssen. Die haben keine Pause gemacht, bis sie sie dort hatten, wo sie wollten. Demoralisiert. Ganz unten.

Wirklich passiert ist dann aber am letzten Ende nichts. Gut, Janine durfte nicht Abitur machen, sondern musste erst mal eine Ausbildung anfangen, aber das war bei den meisten so. Es ging ihnen aber auch nicht darum. Sie wollten sie einfach demoralisieren, als Lehre für alle anderen."

Schwer atmete sie eine große Wolke gefrierenden Atems aus und schwieg für einen Moment.

„Oft hast du das Ganze bei uns nur mit viel Demut ertragen. Oder mit viel Humor. Wenn du nicht versucht hast, über die ganzen verklemmten Autoritäten zu lachen, die sie dir jeden Tag vorgesetzt haben, egal wo, hättest du verrückt oder depressiv werden können."

„Weißt du, was dieser Lehrer – Walter Lohr? – jetzt macht?"

„Noch ist er auf der Schule. Er unterrichtet sogar noch, wenn er nicht krankgeschrieben ist. Sagt zumindest meine Mutter, und die ist an der gleichen Schule. Aber ab dem nächsten Schuljahr wird Staatsbürgerkunde ohnehin abgeschafft. Wer weiß, vielleicht wird ja auch der Staat ganz abgeschafft. Aber der Lohr geht nicht ein, sagt meine Mutter. Die werden sich schon gegenseitig helfen."

Marie war in einem der Plattenbauten am Rande der Stadt aufgewachsen. In Provinz der DDR waren die Plattenbauten nicht so monströs wie in Berlin-Marzahn, Halle-Neustadt oder Rostock-Lichtenhagen, sondern glichen in ihrer vierstöckigen, kleineren Ausführung vielen westdeutschen Wohnblocks der Sechziger- und Siebzigerjahre.

Es war später Nachmittag, die Sonne war bereits untergegangen. Von der Stadtmitte kommend passierten sie die Blechlawine, die sich pünktlich zum Schichtwechsel von der Wartburg-Fabrik zu den Wohnquartieren der Arbeiter wälzte. Müde und grau sahen die Gesichter der Insassen aus, geschafft von einem langen Arbeitstag. In ihren Mienen stand die Erkenntnis, in einem sich auflösenden politischen System, einer zusammenbrechenden Ökonomie und einer den Bürgern davongaloppierenden Entwicklung einen kleinen Beitrag geleistet zu haben, ihren Staat noch ein bisschen länger am Leben erhalten zu haben, stand die Ungewissheit, ob der Arbeitsplatz am nächsten Tag noch genauso sicher und ob der Nachbar am Fließband nicht doch in den Westen, nach Wolfsburg, Ingolstadt oder Rüsselsheim, gegangen war.

Die Arbeiter fuhren nach Hause in ihre kleinen Wohnungen, die sie mit Kerzen und in die Fenster gestellten Adventskränzen begrüßten. Sie fuhren nach Hause in ein Heim, das zur letzten Bastion der Geborgenheit in einer sich selbst schwindlig rotierenden Welt geworden war und das mit den trotzig ins Fenster gestellten Kerzen signalisierte, dass man sich weder vom drückend düsteren Dezember noch von der gesamtpolitischen Situation seine Träume, seine Hoffnung und die neu gewonnene Freiheit nehmen lassen wollte.

Maries Mutter war bereits zu Hause. Sie stand in der Küche und kochte Tee. Als Marie die Wohnungstür hinter sich schloss, stand sie in der Küchentür und lächelte sie an.

„Hallo ihr beiden, ich habe schon auf euch gewartet."

Sie wirkte jung, fast jugendlich. Lediglich vereinzelte graue Haare und prägnante Krähenfüße um die Augen, die sie bei der schlechten Beleuchtung im Wohnungsflur etwas müde, etwas abgekämpft von 45 Jahren Leben aussehen ließen, machten dem Beobachter klar, dass sie nicht Maries ältere Schwester, sondern ihre Mutter war.

„Du wirst Micha sein, ja? Meine Tochter hat mir schon so viel von dir erzählt. Du siehst um Einiges älter aus als auf den Fotos, die du ihr damals geschickt hast. Aber zunächst mal willkommen."

„Hallo. Ich freue mich, Sie kennenzulernen."

„Ach, Junge. Sei doch nicht so förmlich. Ich bin die Marlene. Kommt erst mal herein. Ihr müsst doch einen riesigen Hunger haben."

Er kam noch nicht einmal dazu, die Jacke in der Diele auszuziehen, sondern wurde direkt von Marlene in die Küche gezerrt und ohne weitere Verzögerung zu Kaffee und Kuchen genötigt. Nicht nur das Äußere, auch den

Charakter hatte sie ihrer Tochter vererbt. Beide glichen sich in ihrer Herzlichkeit.

Wie bereits von Marie angekündigt, nahm Marlene die Tatsache zum Anknüpfungspunkt, dass ihre Mutter, also Maries Großmutter, ebenfalls aus Eschwege stammte. Die Großmutter habe aber, wie Maries Mutter süffisant lächelnd bemerkte, leider nach dem Krieg auf die falsche Seite des Eisernen Vorhang geheiratet.

Über zwei Stunden saßen sie am Küchentisch, zwei Stunden, in denen Marlene fortgesetzt versuchte, Micha Kuchenstücke aufzunötigen und ihm gleichzeitig alles über seine Heimat abnötigte, die Informationen fortwährend mit den Jugenderinnerungen ihrer Mutter abgleichend. Still und zufrieden saß Marie am Tisch und beschränkte sich nur darauf, die Fragen und Erzählungen ihre Mutter durch Einwürfe zu ergänzen und sie dann und wann darum zu bitten, den Kuchenteller nicht ungefragt und eigenmächtig so vollzuladen.

Erst später, gemessen an seinem eigentlichen Schichtwechsel viel zu spät, traf Maries Vater ein. Er schaute in die Küche herein, ließ ein kurzes „Hallo" von sich, ging zu seiner Tochter und umarmte diese kurz aber heftig, fuhr seiner Frau kurz mit der Hand über die Schulter und brummte dann zu Micha:

„Guten Abend, ich bin Maries Vater."

Beflügelt von Marlenes herzlichem Empfang lachte Micha ihn an und sagte: „Guten Abend, ich bin Michael Seifert, es freut mich sehr, dich kennen zu lernen."

„Ja, mich freut es auch, Herr Seifurt."

Er schüttelte geistesabwesend die Hand, drehte sich zum Kühlschrank um, nahm sich eine Flasche Bier heraus und verließ die Küche, ohne ein weiteres Wort gebrummt zu haben. Klack. Die Küchentür fiel hinter ihm zu.

„Was ist denn heute mit Papa los?"

„Ach, du weißt doch, wie er ist. Und dann beschäftigt ihn die Situation im Werk momentan viel zu sehr. Er ist nicht besonders gut gelaunt in den letzten Tagen." Marlene wandte sich nun an Micha. „Er ist ein herzensguter Mensch, er ist manchmal nur etwas brummig. Du darfst es nicht persönlich nehmen, er ist halt ein typischer märkischer Dickschädel."

Sie verbrachten eine weitere Stunde in der Küche. Marlene hatte gerade begonnen, einen kalten Braten zu den vorbereiteten Wurst- und Käsebrötchen zu stellen, als sich Micha für eine Verdauungszigarette aus der Küche verabschiedete.

Durch den Flur und das kleine Wohnzimmer ging er auf den Balkon, den einzigen Platz der ganzen Wohnung, der nicht mit Rauchverbot belegt war. Maries Vater stand draußen, reglos, das Gesicht von ihm abgewandt, und starrte auf die Straße. Micha öffnete die Balkontür, vorsichtig, leise, so als würde er ihn beim geringsten Geräusch der Wohnung verweisen. Er zog seine Jacke zu und stellte sich zu ihm. Herr Geseck blickte ihn kurz an, drehte sein Gesicht aber wieder in die Dunkelheit.

Micha holte seine Zigaretten heraus. Wortlos reichte Herr Geseck sein Feuerzeug.

Eine Wagenkolonne fuhr vorbei, zuerst einige große Luxuskarossen mit unbekanntem Design – es mochten ostdeutsche oder russische Fabrikate sein –, gefolgt von zwei großen Westwagen.

„Da sitzen sie drin", sagte plötzlich Maries Vater und starrte den Wagen hinterher. Es war abgesehen von der

kurzen Begrüßung das erste Wort, was von ihm hörte.
„Die alten Bosse aus dem Werk mit ihren neuen Freunden aus dem Westen. Wahrscheinlich gehen sie in ihr Luxushotel, die neue Zusammenarbeit begießen. Und wir beide stehen hier auf unserem Balkon in der Kälte."

Sie drehten ihre Köpfe der Kolonne hinterher und sahen, wie die Rücklichter immer kleiner wurden, bis die Wagen am Ende der Straße in Richtung Stadtzentrum abbogen.

„Was hältst du von der Situation hier bei uns?", brummte er zu Micha.

Verunsichert versuchte Micha dem politischen Kern der Frage auszuweichen.

„Na ja, wie soll ich das alles so finden? Mit Honecker und Krenz und den ganzen alten Männern konnte es doch wohl nicht mehr weitergehen."

„Natürlich konnte es nicht mehr so weiter gehen. Schon lange nicht mehr. Aber ich habe gemeint: Wie soll es denn *jetzt* weitergehen?"

„Mmh, mit den neuen Typen funktioniert doch auch nichts." Das Eis, auf dem er sich bewegte, erschien ihm brüchig, aber er hatte es bereits betreten und musste wohl oder übel weiter. „Aber die Alternative kann, denke ich, doch nicht sein, einfach kritiklos alles von uns zu übernehmen."

Herr Geseck ließ seine schwielige Hand auf Michas Schulter fallen und tätschelte sie.

„Nicht schlecht, Junge."

Er holte noch eine Zigarette aus seiner F6-Schachtel, steckte sie sich aber nicht sofort an, sondern drehte sie in der Hand.

„Manchmal glaube ich, die Leute sind alle so sehr mit Demonstrationen, Runden Tischen und Ausreisen beschäftigt, dass sie den Blick für die Realität verloren haben."

Er atmete aus, schob die Zigarette endlich in den Mund und steckte sie an.

„Heute Abend war ich auf einer Betriebsversammlung. Eigentlich war es keine Betriebsversammlung, sondern so eine Art Runder Tisch. Jahrelang haben wir Facharbeiter uns bei denen da oben beschwert, haben gesagt, das und das und das müssen wir besser machen, hier und dort hakt es, und, und, und. Jahrelang haben sie sich taub gestellt, diese hohen Herren, die die Partei als Leitung eingesetzt hat, und die grandiosen Genossen vom FDGB haben nichts gemacht, außer sich regelmäßig mit denen auf Betriebsfesten zu betrinken. Die steckten alle unter einer Decke, diese Bande. ‚Die Partei, die Partei hat immer recht‘, diese Schwachköpfe. Dann haben sie in den letzten paar Wochen plötzlich so getan, als würden sie sich tatsächlich dafür interessieren, was wir Männer aus der Praxis ihnen zu sagen haben.

Und dann! Jetzt haben sie uns schon wieder reingelegt. Heute Abend saßen sie da und erklärten mit einer Seelenruhe, dass die wirtschaftliche Situation desolat ist und der Betrieb dringend *Umstrukturierungen* braucht. Umstrukturierungen! Das ist doch klar, dass wir Umstrukturierungen brauchen, wenn alle naselang ein Facharbeiter in den Westen abhaut und wenn selbst die eigenen Bekannten sich eine gebrauchte Rostlaube aus dem Westen besorgen, anstatt unsere neuen Autos zu kaufen. Vor ein paar Monaten hätten sie uns die Autos noch aus der Hand gerissen, aber nun sind sie ja plötzlich nicht mehr gut genug!

Und der alte Arbeitsplatz ist auch nicht mehr gut genug! Nichts ist den Leuten hier mehr gut genug!"

Sich ständig in Erregung und Lautstärke steigernd hatte er die letzten Sätze in den Abendhimmel gebrüllt. Er nahm fahrig einen tiefen Zug aus seiner Zigarette und senkte seinen Ton wieder.

„Ich habe ihnen schon seit Jahren erzählt, was der Betrieb für Umstrukturierungen brauchen könnte, aber erst haben sie nicht auf mich gehört, und jetzt sind die plötzlich alle nur auf Schlagworte wie ‚Verschlankung' und ‚Ökonomisierung' versteift. Wir Facharbeiter hätten heute Abend genauso auf eine Wand einreden können.

Der Hammer kam dann zum Schluss: Die feinen Herren standen auf einmal auf und meinten, sie müssten jetzt zum Treffen mit den *Fachleuten* aus dem Westen, tue ihnen ja so leid, aber müsse sein. Erst da wurde mir klar, was hier für ein Spiel gespielt wird. Denen ist das Schicksal des Betriebs vollkommen egal. Genauso wie das Schicksal der Arbeiter und das der ganzen Familien, die dranhängen. Sie sind nicht aus dem Konferenzraum herausgegangen, nein, sie sind *geflüchtet*! Zu den Vertretern der westdeutschen Industrie, die unseren hohen Herren so selbstlos die Beratung angeboten haben!

Eben gerade das waren sie. Hier sind sie vorbeigefahren mit ihren Nobelkutschen und jetzt gehen sie noch zusammen trinken, damit es auch richtig *menschelt* und damit die aus dem Westen auch merken, wie unabkömmlich sie für den Betrieb ja angeblich sind.

Die sind einzig und allein daran interessiert, nach dem, was sie *Umstrukturierung* nennen, noch dort zu sitzen, wo sie auch jetzt sitzen. Die Nieten, die unseren Staat zugrunde gerichtet haben, wollen überleben. Du wirst sehen, Michael. Am Ende regieren uns genau dieselben, nur dass sie jetzt ein anderes Liedchen singen. Statt ‚Die Partei hat immer Recht' jetzt ‚Einigkeit und Recht und Freiheit', und dieses Lied studieren sie gerade ein."

Wütend schleuderte er den Zigarettenstummel vom Balkon auf die Straße.

„Vielleicht ist es mit denen ja so, wie man immer sagt", bemerkte Micha in sein wütendes Schnaufen hinein. „Scheiße schwimmt immer oben."

Er lachte befreit auf.

„Ja. Das ist ein Naturgesetz. Hat was mit der Schwerkraft zu tun, glaube ich. Komm", sagte er, „wir trinken drinnen erst mal ein Bier. Ach übrigens: Ich bin Eckart."

Er beugte sich ein Stück über das Geländer hinaus und klopfte an das Küchenfenster. Marie öffnete.

„Liebe Tochter, frag' doch bitte mal deine Mutter, ob Michael und ich nicht auch im Wohnzimmer essen können."

So saßen sie also statt in der Küche vor dem Fernseher und die Bilder der Dresdner Altstadt flimmerten in das Wohnzimmer. Kohl stand auf einer Bühne in der Dresdner Altstadt und redete, um ihn herum die jubelnden Massen, die Sprechchöre „Wir sind ein Volk". Das Bad in der Menge genießend, die Ovationen aufsaugend, ein Prophet, der seine Erfüllung gefunden hat, die Erfüllung, dem Volke Erlösung zu bringen, stand er in der Menge.

„In diesen Tagen kann einem manchmal richtig schwindlig werden", brummte Eckart. Micha nickte ihm zu.

„Mein Vater mag dich", sagte Marie, als sie an diesem Abend das Haus verließen. Sie hängte seitlich an ihn, umarmte und küsste ihn verführerisch an den Hals. „Das kommt bei ihm nicht bei jedem vor."

„Kann er denn auch anders?"

„René mochte er nicht. Niemals. Den hat er nur höflich behandelt, mehr nicht."

„War das dein Ex-Freund? Derjenige, der dir verboten hat, mir zu schreiben?

„Er hat mir damals nicht direkt verboten, dir zu schreiben. Er hat es sich gewünscht und ich habe es respektiert."

„Und das nanntet ihr damals Liebe?"

Marie war das erste Mal etwas beleidigt. Sie war der Ansicht, dass Micha schlichtweg keine Berechtigung hatte, mit dem wenigen, was er über sie in der damaligen Zeit wusste, sein Urteil zu fällen.

„Wenn du es wirklich wissen willst: Ja, ich habe ihn geliebt, aber nicht deshalb, weil er mich gebeten hat, den Briefkontakt zu dir einzustellen."

„Mochte dein Vater ihn nicht, weil er dir Dinge verboten hat?"

„Hör auf, mir meine Worte zu verdrehen!"

„Du könntest ruhig mal zugeben, damals einen Fehler gemacht zu haben."

„Kannst du nicht mal diesen Besserwessi lassen!" Sie schaute ihn wütend an. Micha hatte in einer Wunde gebohrt und seine Finger viel zu tief vergraben. „Es steht dir nicht zu, über mich und mein Leben in der DDR zu urteilen. Davon weißt du nichts, davon kannst du gar nichts wissen!"

„Dann fang halt das Thema nicht an", meinte er und zuckte mit den Schultern.

Zwischen ihnen brach für die nächsten Minuten ein Schweigen aus, in dem sich jeder im Recht fühlte und einen langsam verklingenden Zorn auf den anderen mit sich trug, bis Marie schließlich nach fünfhundert Metern

Michas Hand griff, diese drückte und sie sich beide mit einem Lächeln einander zuwandten, welches wortlos eine gegenseitige Entschuldigung ausdrückte.

Sie gingen durch die spärlich beleuchteten Straßen Eisenachs, vorbei an Wohnblocks und Konsum-Läden zu einer Art Kulturzentrum, inmitten der Plattenbausiedlung. Von außen machte nichts den Eindruck, als gäbe es so hier etwas wie Nachtleben. Ein blasses, beinahe verschämt wirkendes Neonschild kündigte eine ‚Speisegaststätte' in dem betongrauen Flachbau an. Als sie sich näherten, bemerkte Micha erst als er schon fast davor stand, dass ein zweites Schild eine andere Neonbotschaft bereithielt, aber mangels Funktionsbereitschaft mehrerer Neonröhren unbeleuchtet an der Wand prangte. Unter dem Schild lagen keinerlei Glasscherben, die darauf hingedeutet hätten, dass die Inschrift erst an diesem Abend kaputt gegangen war. ‚Diskopalast' stand wie zum Trotz auf dem dunklen Schild. Das war der Name der Diskothek, in die Marie heute mit ihm gehen wollte.

Sie zog die schwere Glastür auf. Musik schallte ihnen entgegen, dann erfasste sie ein Schwall warmer, stickiger und verrauchter Luft, hörten sie Stimmengewirr, begegneten einigen Jugendliche, die es sich im Gang vor den Toiletten gemütlich gemacht hatten, so gut dies auf dem Linoleumboden gehen mochte. Sie passierten die Gaststätte, in der noch einige Gäste saßen und an ihren Biergläsern nippten, stiegen über die im Gang hockenden Jugendlichen, passierten auf ihrer Rechten die Toiletten, die von Gaststätte und Diskothek gemeinsam genutzt wurden, knickten am Ende des Ganges nach rechts ab und blickten in eine Art großen Tanzsaal, vor dessen Eingang ein Tisch platziert war.

„Zwei Maak", sagte das Mädchen am Tisch.

Sie zahlten und traten ein.

Der Saal selber hatte den Charme der frühen Siebzigerjahre und augenscheinlich war seitdem nicht mehr renoviert worden. Das Linoleum hatte eine weiß-graue Marmorierung, war bereits beträchtlich abgelaufen, wurde allerdings in seiner Scheußlichkeit noch von der im Laufe der Jahre dunkelbraun gewordenen Holzvertäfelung übertroffen. Im Kontrast dazu hing eine stolze Diskokugel über der Tanzfläche und strahlte, von der Lichtorgel beleuchtet, ihr Licht in allen Farben in den Raum. Unter dem Pult des DJs stand sogar eine kleine Trockeneismaschine. Der Raum war bereits gut gefüllt, ein Dutzend Tänzer versuchte sich im Vorwärts-Rückwärts-Schritt zur Musik von Depeche Mode.

„Hier war ich bis vor einem guten Jahr noch fast einmal pro Woche. Es ist vielleicht nicht der schönste Laden und in Berlin gibt es viele, die moderner sind, aber es ist zuhause."

„Ja. Gefällt mir", sagte Micha zweifelnd.

Marie holte zwei Bier.

Der DJ spielte jetzt rockigere Musik. Marie begann zu tanzen. Micha kam dazu. Sie bewegten sich Schulter an Schulter auf der Tanzfläche. Niemand schien die sterile Atmosphäre des Gebäudes, die Holzvertäfelung, das tanzsaal-artige noch wahrzunehmen. Die Leute brauchten dies nicht. Nach 30 Minuten gingen sie von der Tanzfläche, verschwitzt, außer Atem, ausgetobt, glücklich. Sie stellten sich an einen der Stehtische, die man um die Tanzfläche herum in den Linoleumboden geschraubt hatte, tranken noch ein Bier und dann noch eins, scherzten, lachten, schmusten.

„Hallo Marie. Schön dich mal wieder hier zu sehen."

Die Stimme hinter ihnen klang hart und distanziert. Ohne sich ganz voneinander zu trennen, lösten sie die Umarmung und drehten sich um.

„Wie ich sehe, hast du einen von deinen Schnöseln aus Berlin mitgebracht."

Die Gestalt vor ihm überragte Micha um einen halben Kopf, seine breiten Schultern zierte eine grüne oder graue Fliegerjacke. In seinem Gesicht fielen die kantigen Wangenknochen und das kleine Kinn auf. Die Haare trug er sehr kurz. Militärschnitt.

„Hallo, René", sagte Marie in einem Ton, hinter dem sich ein mühsam unterdrücktes Seufzen formte. Mit sanftem Druck auf seine Hüfte gab sie Micha zu verstehen, dass sich besser wieder auf die andere Seite umzudrehen. Davon wenig beeindruckt wanderte René um den Tisch herum, stützte seine Ellenbogen auf die Holzplatte und griff nach Michas Bierflasche. René rutschte mit einem Ellenbogen ab, als er versuchte, das Bierglas vor sich hinzustellen. Mit der verzögerten Reaktion eines Betrunkenen sackte er mit dem Oberkörper nach unten, bevor er sich wieder stabilisierte. Michas kurz zuvor noch fast volle Flasche war in der Zwischenzeit vom Tisch gerollt und auf dem Linoleum zersprungen. Das Bier bildete eine Lache auf dem Boden. In Micha kochte die Wut, deren Ausbruch nur durch Maries fester werdendem Griff an seinem Unterarm verhindert wurde.

„Du bist dir also doch noch nicht zu schade, mal wieder in den alten Laden zu kommen."

„Ich war mir nie zu schade!"

„Soso. Warum bist du nur noch in deiner tollen neuen Stadt und traust dich ansonsten nur noch mit deinen tollen neuen Freunden aus Berlin hier herein?"

„Er ist nicht aus Berlin, er ist aus dem Westen."

„Ach!" Er stellte sich vor Micha und schaute ihm mit dem diabolischen Funkeln eines betrunkenen Irren von oben herab in die Augen. „Ein Westler! Das ist ja noch schöner. Erst kaufen sie unseren Staat, dann kaufen sie unsere Arbeitskräfte und dann kaufen sie auch noch unsere Frauen!"

Marie schob Micha in Richtung Theke.

„Oder ist dein Freund aus dem Westen etwa dein Poet von damals. Die Leiden des jungen Werther?"

„René, wir gehen ein Bier holen."

„Ach, das war sogar richtig? Komm Marie, das sehe ich doch an deinem Gesicht. Der junge Werther bringt mir doch sicher ein Bier mit!"

Als Micha über Renés ausgetrecktes Bein stolperte, machte einen Ausfallschritt nach vorne. Er riss sich von Marie los, wirbelte herum und brüllte René an.

„Du kannst erst ein Bier von mir haben, wenn du das erste getrunken hast, das du verschüttet hast. Und wenn du noch einmal..."

Wumm.

Wumm.

Den Weg nach draußen nahm Micha nur spärlich wahr. Marie stützte ihn, obwohl das Gehen weniger als das Sehen sein Problem war. Vor seinem linken Auge wirbelten Sterne und das rechte tränte. Ihren Freund unter dem einen und die Jacken unter dem anderen Arm geleitete Marie ihn nach draußen.

An der frischen Luft lehnte er sich zunächst gegen eine Mauer und wartete, dass sich die Sterne vor seinem Auge und das Zittern seiner Knie legten. Besorgt stand Marie vor ihm und strich ihm durch die Haare, als könnte sie das anschwellende Auge und die Schmerzen am Wangenknochen durch ihre Zärtlichkeit heilen.

„René, der Ex-Freund?"

„Ja, der Ex-Freund! Der Brieffreundschaftsverhinderer."

„Ich fange an, Eckart zu verstehen."

„Er war nicht immer so. Er konnte auch charmant und wirklich nett sein. Zumindest damals. Aber er hat sich in den letzten Jahren sehr verändert."

„Nicht, dass ich gleich Mitleid kriege!"

„Er empfindet immer noch etwas für mich und ist deshalb furchtbar eifersüchtig."

Die Lust auf den Abend war ihm vergangen, aber allein aus Prinzip wollte er noch einmal in diesen Laden gehen, wollte sich nicht so verabschieden, sondern zumindest mit erhobenem Haupt durch die Ausgangstür gehen.

„Gut, es geht mir besser. Also gehen wir wieder rein und lassen ihn rauswerfen."

„Ich denke, das ist keine gute Idee."

„Das ist die einzig richtige Idee."

„René kennt da drin neunzig Prozent der Leute, einschließlich des Personals. Du kennst außer mir niemanden. Also, wen werden sie wohl im Zweifel rauswerfen?"

„Er hat *mich* geschlagen und nicht *ich ihn*. Er hat *mein* Bier verschüttet und nicht *ich seines*. Er hat *uns* provoziert und nicht *wir ihn*!"

„Und *er* hat Freunde dort drinnen und *du nicht*! Komm, Micha, wir gehen besser nach Hause."

Sie hakte sich bei ihm ein, stellte sich auf die Zehenspitzen um sanft die Stelle über seinem anschwellenden Auge zu küssen und zog ihn in Richtung Bushaltestelle auf den Nachhauseweg.

Sie warteten gerade einmal zwei Minuten, als sich aus einer Nebenstraße ein Auto näherte. Der Zweitaktmotor knatterte laut in den Abendhimmel. Das Auto hielt vor der Bushaltestelle an. René kurbelte das Fenster herunter.

„Soll ich dich ein Stück mitnehmen, Marie?"

Marie ging zwei Schritte auf das Auto zu und beugte sich nach unten.

„Sag mal spinnst du? Was willst du damit bezwecken?"

„Was willst *du* damit bezwecken?", brüllte René sie aus dem geöffneten Autofenster an. „Mit diesem Studium und diesem Wessi? Ich verteidige immer noch jeden Tag unsere Republik, während alles andere zusammenbricht, und du bändelst mit so einem Aushilfspoeten an. Das ist Republikverrat! Überleg dir das mal!"

Marie war einen winzigen Moment sprachlos, schaute zu Micha, schaute wieder zu René, überlegte, was sie ihm antworten konnte. Dann holte sie mit der Faust aus und schlug mit aller Kraft auf die Motorhaube, die sich unter dem Schlag beeindruckend nach innen bog.

„Du Arsch! Du dummer Arsch. Jetzt hau sofort ab oder ich tret' dir deine Scheißkarre ein!", brüllte sie ihm durch das Fenster der Fahrertür ins Gesicht.

Micha hatte Marie noch nie so wütend erlebt und seinem Gesichtsausdruck nach zu urteilen, ging es René genauso. Er schluckte kurz, legte dann knirschend einen Gang ein und fuhr davon. Nach zehn Metern, er fuhr immer noch im ersten Gang, drehte er den Kopf in Richtung des offenen Fensters, brüllte „Scheiß Wessi" und streckte den linken Arm mit dem gezückten Mittelfinger in den Abendhimmel.

Am nächsten Morgen war Michas Auge dunkelblau gefärbt und stark geschwollen. Marie war umso liebenswürdiger und ihre Mutter umso fürsorglicher zu ihm, was bei Marlene besonders die Erhöhung der Essensportionen bedeutete. Es gab Würzfleisch. Das schmeckte zwar genau genommen furchtbar, aber Marlene hielt es für die Krönung ihrer Kochkunst und Micha wusste die Ehre zu schätzen, dass sie es seinetwegen zubereitete.

Marie und er verbrachten den Sonntag zusammen. Eckart nahm ihn zum Abschied noch einmal beiseite.

„Jetzt hast auch noch René kennengelernt."

„Ich hätte auf die Erfahrung gerne verzichtet."

„Ich weiß, ich weiß. Da du ihn jetzt kennst: Ich bin froh, dass sie mit dir zusammen ist." Er trat an Micha heran und herzte ihn. „Du bist uns jederzeit willkommen."

Vier Tage nach Weihnachten holte Micha seine Freundin in Eisenach ab, um mit ihr nach Hängerode zu fahren, wo die traditionelle Silvesterfeier der Freunde in Hängerode zum ersten Mal unter ostdeutscher Beteiligung stattfinden würde. Selbst sein Freund David war gekommen und hatte aus Freiburg, als Ergebnis wochenlanger Überzeugungsarbeit, seine neue Freundin Nadja mitgebracht.

Statt mit grell-kaltem Flutlicht der Grenzanlagen waren die Felder am Ostrand des Dorfes nun mit dem Licht von Fackeln und Kerzen erleuchtet, die ihren Schimmer in die sternenklare Nacht warfen. Die Bürgermeister von Hängerode und Seuderbach, dem am nächsten gelegenen Dorf im Thüringischen, hatten eine gemeinsame Feier an der neu geschaffenen Grenzstraße organisiert, entlang derer mehrere hundert Einheimische von beiden Seiten der Grenze mit Großzelt, Glühwein und Tanzkapelle der Kälte trotzten. Obwohl lediglich versprengte Fetzen der Blasmusik zu ihnen in der Partyscheune herauf drangen und die aufgestellten Lichter schwach erkennbar ihr leuchtendes Quadrat um das Festzelt zogen, war allein die Tatsache, dass an genau dieser vor zwölf Monaten noch toten Stelle eine gemeinsame Feier das neue Jahr einleitete, ein Grund, mit ehrfürchtigem Staunen zum Waldrand zu blicken.

„Dort, genau dort, wo jetzt die Lichter aufleuchten, ist bis vor Kurzem noch die Grenze verlaufen", erklärte David Nadja.

„Wie? Einfach über die Straße?"

„Nein, die Straße hat es noch nicht gegeben, oder zumindest gab es sie nicht mehr in den letzten vierzig Jahren."

„Und wie seid ihr dann nach drüben gekommen?"

„Theoretisch durch einen zwanzig Kilometer entfernten Übergang. Praktisch aber gar nicht." David blickte in die Runde. „Oder war von euch irgendwann mal jemand in der DDR? Außer auf unserer Klassenfahrt nach Berlin?"

Niemand antwortete.

„Ich war öfters drüben, aber nur gedanklich", sagte Micha schließlich. „In den Briefen an Marie."

„Sah es denn später so aus, wie du es dir vorgestellt hast?", fragte ihn seine Freundin.

„Die Stadt war in Wirklichkeit noch viel heruntergekommener. Dafür war die Frau noch hübscher als gedacht."

Um Mitternacht erstrahlte die Scheune in den Lichtkaskaden des gemeinsamen Feuerwerks der Gemeinden Hängerode und Seuderbach. Marie zog ihn eng an sich heran, das Lichtspiel im Himmel betrachtend, drückte ihn fest an sich. Er drehte sich zu ihr, küsste sie.

David und alle seine Freunde aus Hängerode mochten Marie, seine Mitbewohner blieben ihr gegenüber skeptisch. Es war an keiner konkreten Äußerung und keiner konkreten Geste festzumachen, es war lediglich eine Anhäufung kleiner Indizien. Die sublimierte Abneigung schwebte für mehrere Monate immer mit, ohne sich je zu realisieren. Die Sache eskalierte erst, als an einem Wochenende im Februar Jimis Freundin Swentje dazu kam.

Swentje hatte zwei herausstechende Eigenschaften, die sich auf unangenehme Weise gegenseitig verstärkten: Sie redete ohne Unterlass und sie glaubte dabei fest an die eigene Unfehlbarkeit. Sie bezeichnete sich selbst als *engagiert*, wobei sie - je nach Situation - das Wort *engagiert* mit den Präfixen *politisch*, *sozial*, *pazifistisch* und *ökologisch* kombinierte. Besonders gern erzählte sie neuen Bekannten von ihrer Arbeit in der Frauenbibliothek. Diese wurde vom Antidiskriminierungs-Ausschuss des AStA betrieben. Swentje bezeichnete die Bibliothek als „eine wundervolle Einrichtung, in der durch die Männergewalt unterdrückte Frauen Literatur finden können, die diesen Frauen einen Weg aus der Unterdrückung weist". Im Laufe der letzten Jahrzehnte seien Tausende von Büchern „zu allen Facetten der weiblichen Selbstbefreiung" angeschafft worden.

Micha versuchte, Swentjes Monologe möglichst zu meiden. Ihre Aussagen waren selten handfest und noch seltener wirklich sinnvoll. Sie darauf hinzuweisen war allerdings schlicht unmöglich, denn Swentje war davon überzeugt, immer Recht zu haben.

Swentje hatte von Jimi einen Schlüssel bekommen und sich mittlerweile abgewöhnt, ihr Kommen durch Klingeln anzukündigen. Als sie in die Küche kam, erwachte Jimi kurz aus seiner Starre, warf seiner Freundin ein schiefes Grinsen zu, rückte ihr einen Stuhl zurecht und verfiel wieder in seine vorherige Körperhaltung. Ihm entging die sichtlich übellaunige Mimik seiner Freundin, die sich hörbar neben ihm in den Sessel fallen ließ und ihrer Laune freien Lauf ließ.

„Ihr ahnt nicht, was gerade passiert ist."

Phil sah sie aus den Augenwinkeln an, ohne seinen Kopf zu drehen. „Du wirst es uns sicher sofort erzählen."

Was Swentje gerade passiert war, ließ sich mit wenigen Sätzen zusammenfassen. Sie war in ihrem Auto unterwegs und hatte dabei ihr Portmonee vergessen. Auf ihrem Weg war sie am Parkhaus vor dem Pilgrimstein in eine Verkehrskontrolle geraten, wobei sie ihre Ausweisdokumente benötigte. Der Polizeibeamte, von dem selbst nach ihrer eigenen Erzählung zu vermuten war, dass er eigentlich nichts weiter vorhatte, als diese Papiere zu kontrollieren, hatte den entscheidenden Fehler begangen, als er Swentje darauf hinwies, sie sei eigentlich dazu verpflichtet immer ihre Papiere bei sich zu führen.

Swentje hatte ihm in ihrer eigenen Art wohl zu verstehen gegeben, dass sie keine Papiere mit sich führen müsse, da sie schließlich nicht in einem Überwachungsstaat lebten und man sich außerdem trotz Uniform nicht so wichtig tun müsse.

Der Beamte hatte ihr dann – sehr wahrscheinlich in einem ziemlich muffigen Tonfall – vorgeschlagen, die Identitätsfeststellung auf dem Marburger Polizeirevier durchzuführen. Ein älterer Kollege musste geahnt haben, dass dies nur mit einer Menge unnötiger Aufregung verbunden gewesen wäre und hatte sie schließlich weiterfahren lassen mit der Auflage, doch am nächsten Montag die Papiere auf der Dienststelle nachzureichen. Das war schon alles. Während ihrer Ausführungen musterte Marie sie misstrauisch von der anderen Seite des Tisches und konnte die Bilder, die ihr von dem Einsatz der Volkspolizei im letzten Oktober im Kopf haften geblieben waren, nicht mit dem Bild in Einklang bringen, das Swentje von der hiesigen Polizei zeichnete, obwohl dies doch „schlimme Maßnahmen eines Unterdrückungssystems" sein sollten.

„Die Bullen wollten mich anfangs doch tatsächlich mitnehmen und einsperren! So richtig gestapomäßig! Wahrscheinlich säße ich jetzt beim Haftrichter."

Nur Micha bemerkte die kleine schelmische Falte, die sich in Maries Gesicht gebildet hatte.

„Faszinierend, das klingt ja, als wäre der Polizist im letzten Herbst bei der Volksarmee ausgebildet worden."

Sinn für Ironie gehörte nicht zu Swentjes Stärken.

„Genau", gab sie unsicher zurück. „Die sind völlig willkürlich, so wie bei euch. Nehmen Leute aus völlig nichtigem Grund mit, so wie mich. Fast zumindest. Nur dass sie eben Faschos sind, im Gegensatz zu denen bei euch. Ist der große Unterschied. Bei uns kann ja *jeder* zufällig Zielscheibe werden, nicht nur Systemfeinde."

„Hast du eigentlich eine Ahnung, was bei uns die Volkspolizisten unternommen haben gegen diejenigen, die du als *Systemfeinde* bezeichnest? Ich war damals so eine Art Systemfeind. Auf einer Demo gegen den Staat und gegen das alte, senile Politbüro. Sie haben uns gejagt und Leute aus der Demo rausgezogen, verprügelt, weggesperrt, verurteilt, und du erzählst hier etwas über Personenkontrolle wegen Führerschein verloren und Faschismus. Das wäre lächerlich, wenn es nicht so dämlich wäre."

„Eh, 's reicht." Jimi war aus seiner Trance erwacht. „Sie hat grad 'ne Menge Ärger mit den Scheißbullen gehabt. Lass' sie in Ruh!"

In der entstehenden Pause setzte Micha mit dem Versuch ein, das Gespräch auf ein anderes Thema zu lenken, aber außer den bereits erwähnten schlechten Eigenschaften besaß Swentje auch die Unfähigkeit, eine Angelegenheit auf sich beruhen zu lassen. Marie war in Gedanken immer noch bei der Demonstration in Ostberlin, bei den Ängsten, die sie damals zusammen mit Friedrich und Natalia erlebt hatte, sodass sie an diesem Nachmittag ausnahmsweise jene schlechte Eigenschaft mit Swentje teilte.

„Das find ich voll faschomäßig von dir, dass du die Bullen auch noch verteidigst", setzte Swentje wieder ein. „Du hast doch gar keine Ahnung, was hier abgeht. Zwanzig Jahre eingeschlossen, dann mal kurz rausgelassen und hier schon mitreden wollen."

„Wieso? Die Situation war ganz simpel: Sie hatten das Recht, deine Papiere zu sehen und du hast dich geweigert. Dann werden sie unfreundlich. Das willst du mit unserer Volkspolizei vergleichen?"

„Es ging denen doch gar nicht um den Führerschein. Die wollten mich bloß schikanieren. Das wollten die *schon immer.*"

„Oh, ich bin mir sicher, dass die Polizei in Marburg seit Jahren nichts anderes macht als, *dich persönlich,* also tatsächlich *nur dich,* zu schikanieren."

„Du hast ja gar keine Ahnung, was abgeht! Zum Beispiel letztes Jahr in Hamburg, da haben die uns eingekesselt und dann einen Anlass gesucht, uns alle niederzuknüppeln. Zwei Stunden haben sie uns eingekesselt. Und dann haben sie ihre Knüppel herausgeholt und alles kurz und klein gehauen. Ohne jede Ausnahme. Die ganze Nacht haben sie uns eingelocht, was ihnen offensichtlich Spaß machte! Das sind alles *verkappte Nazis.*"

„Nein, ich war letztes Jahr nicht in Hamburg und, nein, ich habe bislang noch nie eure Polizei kennengelernt, aber ich kann mir vorstellen, dass es unter den Bullen jemand gibt, der in deiner komfortablen Position ist, irgendetwas Beliebiges studieren zu können, bis ihm Papa den Geldhahn zudreht. Denkst du nie daran, dass die Polizisten vielleicht eine Familie zu Hause haben und keinerlei Lust verspüren, von ihren Angehörigen im Krankenhaus besucht zu werden, nachdem sie von euch mit Steinen bombardiert wurden?"

„Ich kann mir gut vorstellen, dass all die Typen, die Bullen werden wollen, heiß darauf sind, mit dem Schlagstock zu hantieren. Und ich kann mir vorstellen, dass bei dem heutigen Sozialsystem niemand mehr gezwungen ist, so einen Bullenjob anzunehmen."

„Bei uns bekam man Abitur oder Studienplatz verweigert, dann wurde man eben Facharbeiter oder auch mal Volkspolizist. Und wenn man dann vielleicht das Abitur nachgeholt und einen Studienplatz bekommen hat, hat man versucht, nicht so arrogant auf die Leute herab zu schauen, die nicht das gleiche Privileg hatten. Wer sollte dann deiner Ansicht nach die Aufgaben der Polizei wahrnehmen? *Du* vielleicht und deine *Genossen*? Ihr wärt wohl wahrhaftig unparteiische Ordnungshüter. So wie bei uns die VoPos. Immer gegen jeden, der den Sozialismus in Frage stellt. Einfach drauf, so wäre es doch!"

„Ich würde zumindest nicht unschuldige Demonstranten zusammenschlagen und ich würde nicht zusehen, wenn Faschos Asylanten jagen!"

„Oh nein, aber du würdest wahrscheinlich zuerst die Todesstrafe für ‚Faschos' wieder einführen und im zweiten Schritt all diejenigen verhaften lassen, die mal als Polizeibeamte eine Demonstration begleitet haben. Natürlich nur die Westpolizisten, die VoPos haben ja in deinen Augen gute Arbeit geleistet."

„Maann, Marie. Wassoll'n das!", versuchte Jimi seiner Freundin beizuspringen. „Sei nich'so zynisch!"

„Wer ist hier zynisch? Ich? Oder vielleicht deine Freundin, die allen Polizisten eine menschenverachtende Ethik unterstellt?"

Swentje brach in einer Mischung aus Hysterie, Frustration und Wut in Tränen aus und warf sich an Jimis Seite, der den Kopf schüttelte. Henning stand auf, lehnte sich über den Tisch nach vorn und rief, in der Lautstärke nur knapp unter einem Schreien: „Es ist schon eine echte Frechheit, dass du hier bei uns jedes zweite Wochenende zu Besuch kommst, von nichts, aber auch gar nichts bei uns im Westen eine Ahnung hast und dann mal eben im Vorübergehen Swentje beleidigst. So können wir nicht mit dir hier zusammenleben."

Micha stand auf und zog Marie, die vor Aufregung und Wut zitternd auf dem Küchenstuhl saß, nach oben, griff im Flur ihre Jacken und Mützen von der Garderobe und zog die Tür hinter ihnen zu. Plötzlich war alles still, von Maries schwerem Atem abgesehen. „Gehen wir am besten eine Stunde spazieren."

„Warum hast du dich denn so über sie aufgeregt?"

„Gib mir einen Grund, sich *nicht* über das Zeug aufzuregen, das sie erzählt hat."

Sie hatten eine Flasche Wein gekauft und saßen trotz der spätwinterlich-kalten Temperaturen, die Mäntel fest um sich geschlungen, an der Lahn. Vor ihnen toste das Wasser ein Wehr herab, formte sich zu wilden Strudeln, bis es nach einigen Metern zwei frei liegende Sandbänke erreichte und wieder ruhig durch die Flussauen floss.

„Natürlich redet sie eine Menge Blödsinn, aber du musst dich doch nicht davon provozieren lassen? Hör einfach weg."

„Sie wollte ernsthaft eure Polizei, die eine Fahrzeugkontrolle vornimmt, mit unserer VoPo vergleichen, die die Demos in Ostberlin zusammengeprügelt hat."

„Ja, aber an die Demos in Ostberlin hat sie doch nicht konkret gedacht."

„Umso schlimmer. Dann hat sie etwas Blödes gesagt, über das sie nicht ansatzweise nachgedacht hat."

„Das kommt öfters vor, wenn Leute etwas Blödes sagen."

Am Flusswehr waren zwei Jugendliche damit beschäftigt, faustgerechte Steine aus dem Sand zu klauben. Die Blicke aufmerksam zu Boden gerichtet, streiften sie am Ufer entlang und ließen hin und wieder einen Fund in den mitgebrachten Sack fallen. Marie beobachtete sie.

„Sind das eure Nachwuchskommunisten, die Steine für die nächste Demo sammeln?"

„Ich weiß, du magst meine Mitbewohner nicht. Aber du solltest es morgen noch einmal mit ihnen versuchen."

„Ich verspüre keine Lust, deine Mitbewohner ein zweites Mal zu sehen."

„Es sind meine Freunde."

„Meinst du? Wenn ja, um welchen Preis?"

„Nur weil du nicht mit ihnen zurechtkommst, heißt das noch lange nicht, dass ich jetzt mit ihnen brechen muss."

„Nur weil du eine Handvoll Schwachköpfe vergötterst, heißt das noch lange nicht, dass ich dir jetzt nicht meine Meinung über sie sagen darf."

Die Jugendlichen hatten mittlerweile ihren Beutel mit Steinen gefüllt und sich auf die Höhe des Wehres begeben. Oberhalb des Wehres, etwa in der Mitte des Flusses, paddelte eine Gruppe Enten herum, die sich hauptsächlich von den Brotkrumen ernährte, welche ihnen bevorzugt Rentner von der Weidenhäuser Brücke zuwarfen. Auch an diesem Samstag waren einige Personen versammelt, eine Mutter mit zwei kleinen Kindern, von denen sie eines in die Höhe des Brückengeländers heben musste, und drei ältere Frauen, welche die hart gewordenen Brotreste dieser Woche in die Lahn streuten. Die Enten tauchten im Wasser nach den Krumen.

Die beiden Jugendlichen holten Steine aus ihrem Vorratsbeutel und bewarfen damit die Vögel. Der erste Wurf der beiden ging daneben. Von den neben ihnen im Wasser einschlagenden Geschossen erschreckt flatterten die Enten auf, ließen sich aber dann von den noch im Wasser schwimmenden Brotkrumen dazu verführen, sich wieder im Wasser niederzulassen. Die Rentnerinnen auf der Brücke beschwerten sich lautstark. Davon unbeeindruckt schleuderten die beiden Jugendlichen zwei weitere Steine auf die Enten. Ein Tier schnatterte laut auf, als es in Wasserhöhe getroffen wurde. Die Vögel flatterten aus dem Wasser, unterquerten die Brücke und ließen sich auf der anderen Seite nieder. Die alten Damen schickten sich an, die Straßenseite zu wechseln. Eine der Rentnerinnen brüllte mit ihrer brüchigen Stimme herunter, dass die beiden „sofort aber" damit aufhören sollten, „die armen Vögel" zu bewerfen. Schließlich seien auch die Vögel „liebenswerte Geschöpfe Gottes". Die Angesprochenen, noch immer von ihrem Treffer berauscht, reagierten darauf mit höhnischem Lachen.

„Wie wäre es, wenn du einfach bei ihnen auszieht und zu mir nach Berlin kommst."

„Ein etwas ungewöhnlicher Vorschlag angesichts der Gesamtsituation."

„Ich liebe dich und möchte mit dir zusammenwohnen. Was ist daran so ungewöhnlich?"

Micha musste kurz ausatmen. Er konnte sich nicht überwinden, einfach ihrem Vorschlag zuzustimmen.

Die Enten saßen immer noch jenseits der Weidenhäuser Brücke, wohin sie sich nach dem letzten Steinwurf geflüchtet hatten, und schnappten nach den Brotkrumen, die ihnen jetzt vom anderen Brückengeländer zugeworfen wurden. Einer der beiden Jugendlichen war mittlerweile hinter die Brücke gelaufen. Der zweite lauerte mit Steinen an ihrem alten Standort. Mit boshafter Begeisterung, begleitet vom Protestgeschrei der alten Damen auf der Brücke, verscheuchte der erste die Enten von ihrem Platz. Sie quakten wütend, flogen wieder zur anderen Seite der Brücke, wurden dort aber sofort wieder vom zweiten unter Beschuss genommen. Zwischen den beiden Steinewerfern hin und her gehetzt, erhob sich die ganze Gruppe und flatterte über das Wehr, über die Kronen der Trauerweiden und weiter durch die Flussauen nach Süden, bis sie aus ihrem Blick entschwunden waren.

„Ich liebe dich auch", setzte Micha wieder ein, „aber ich kann doch nicht, weil du jetzt irgendeinen Streit mit meinen Mitbewohnern hattest, mein ganzes Leben aufgeben. Was erwartet mich denn, außer dir?"

„Die verscheuchten Enten sind immer so wunderschön satt geworden von dem vielen alten Brot, das ihnen die Leute zugeworfen haben. Die hatten auch keine Ahnung, was sie erwartet, aber jetzt sitzen sie anderswo und stellen vielleicht fest, dass irgend so ein anderes Grünzeug viel besser schmeckt. Und falls nicht, dann mussten sie einmal die Perspektive wechseln. Das ist zumindest ein Anfang."

Noch nicht einmal einen Kilometer von den beiden entfernt, in der Wohngemeinschaft Bei St. Jost, war das Strafgericht zusammengetreten. Alle Rollen waren besetzt. Das Opfer der Beleidigung, der nicht nur ehrenabschneidenden, sondern auch fürchterlich dummen und einfältigen Art der Täterin, mokierte sich noch immer über das ihr angetane Unrecht. Als Gerichtspublikum war nur der Freund des Opfers anwesend, der zwischenzeitlich mitleidig zum Opfer sah und im Übrigen, besonders wenn die Bestrafung gefordert wurde, zustimmend nickte und hin und wieder mit dem Oberkörper vor und zurück wippte.

Vor Kopf saß der Staatsanwalt, der die einzelnen deliktischen Handlungen noch einmal zusammenfasste und sodann in einem nicht endenden Redeschwall messerscharf die Verwerflichkeit der Tat sezierte.

Der Richter saß auf der gegenüberliegenden Seite des Küchentisches, nahm alles auf, um dann aphoristisch den Konsens als Urteil zu verkünden.

Die Verteidigerin war erst nach der Tatbegehung erschienen und hatte sich lediglich als Pflichtverteidigerin, aber nicht aus Überzeugung von der Unschuld auf die Seite der mutmaßlichen Täterin geschlagen, weil eben alle anderen gegen sie waren und niemand den allgemeinen Gedanken des fairen Umgangs miteinander verteidigte.

„Vielleicht solltest du das alles nicht so persönlich nehmen", meinte Christiane. „Vermutlich hat Marie einfach etwas in den falschen Hals bekommen. Sie kommt aus dem Osten, da kann man halt mal ein paar Dinge anders sehen."

„Swentje setzt sich doch auch nicht in eine WG in Eisenach und fängt an, Maries Mitbewohner zu beleidigen, nur weil sie aus dem Westen kommt und nicht versteht, worüber die Leute dort reden. Marie hat sie beleidigt und sich immer mehr hineingesteigert."

„Wie auch immer, das hatten wir ja schon." Phil machte eine kurze Kunstpause, bis Henning verstummt war und ihm alle zuhörten. „Und bezüglich Marie sind wir uns ja alle einig, ist ja auch nichts Neues mehr, auch wenn Christiane ja noch ein gewisses Mitleid hat. Mir geht es vor allem um Micha. Ich mag ihn, trotz seiner Freundin, und ihr seht das, glaube ich, auch so."

Alle am Tisch nickten.

„Sie hat einen negativen Einfluss auf ihn und er gibt sich dem einfach hin. Micha fängt an, sich zu seinem Nachteil zu verändern."

„Das ist ja eine zwangsläufige Entwicklung", meinte Henning. „Er verbringt jedes Wochenende mit Leuten, die vielleicht auf dem Papier halbwegs intelligent sein dürften, die aber alles an gesellschaftlicher Entwicklung, an Bewusstseinsprozessen und einem politischen Durchdenken der Machtstrukturen verpasst haben. Entpolitisierte Konsumzombies! Das färbt doch irgendwann ab. Habt ihr mal gehört, was für ein wirres Zeug er in den letzten Wochen geredet hat? Dieses ganze Verständnisgeheule!"

„Das Problem ist, dass er das ganz anders sieht. Habt ihr mal gesehen, wie er gerade mit ihr aus der Wohnung gegangen ist? Der hat geglaubt, *wir* seien schuld und nicht seine Freundin."

„Man muss ihm halt die Augen öffnen, wie seine Freundin wirklich ist", sagte Swentje.

„Nur: Wie?"

„Wir müssen Micha den wahren Charakter seiner Freundin zeigen und zwar nicht nur mit Erklärungen und Erläuterungen, sondern mit zwingenden Fakten, die ihm sofort ins Auge springen. Entweder aus ihrer Gegenwart oder ihrer Vergangenheit."

Christiane runzelte die Stirn. „Wie und wo willst du denn bitteschön ihre Gegenwart oder Vergangenheit anbohren?"

Henning lehnte sich im Stuhl zurück. „Es wird sich eine Gelegenheit ergeben, früher oder später. Wir müssen nur warten und den richtigen Augenblick abpassen."

Um der Stimmung in der WG zu entgehen, verbrachten sie die kommenden Wochen in Berlin und Hängerode statt in Marburg und Eisenach. Maries Wohnheim hatte keinen Telefonanschluss, sodass Telefonate nur über Ostberliner Telefonzellen oder Anschlüsse von Maries Bekannten möglich waren und sie auch dann immer darauf hoffen mussten, eine der raren Verbindungen von Ost nach West zu bekommen.

Der Winter ging in rasendem Tempo vorüber und der Frühling zauberte das erste zarte Grün an die Eisenbahnstrecke Marburg-Ostberlin. Ende März waren Wahlen zur ersten frei gewählten Volkskammer. Sie hatten dieses Wochenende in Eisenach verbracht und hatten ihre Fahrt nach Marburg und Ostberlin noch um zwei Stunden nach hinten verschoben, weil Eckart darauf bestanden hatte, den Wahlausgang mit ihnen zu sehen.

„Die ‚Allianz für Deutschland' hat haushoch gewonnen", sagte er. „Sie haben fast die absolute Mehrheit bekommen. Schaut euch das an. Zusammen fast 48 Prozent, die SED hat nur 17 Prozent bekommen."

„Die heißen jetzt doch PDS", sagte Marie zu ihrem Vater.

„Da kann ich mich nicht so schnell daran gewöhnen. Bei uns hier in Eisenach sind es zumindest noch dieselben Köpfe, auch wenn sie sich einen neuen Namen gegeben haben."

Micha setzte sich auf das Sofa und ließ die Bilder auf sich einwirken. Maries Mutter holte ihre Brille aus der Tasche und zog die Augenbrauen hoch.

„Eckart, heißt das, jetzt kommt die Wiedervereinigung?"

„Natürlich. So schnell, dass uns noch ganz schwindelig werden wird."

„Na ja", sagte Marlene nachdenklich. „Vielleicht ist das wohl das Beste."

„Die Frage ist nur…", Eckart holte sich eine Zigarette aus der Schachtel und reichte Micha als Einladung die geöffnete Packung, „…die Frage ist nur, ob die neuen uns jetzt fair verkaufen werden oder ob sie uns verschachern."

Kurze Zeit später standen sie auf dem Balkon und rauchten. Marie kam auf den Balkon und umarmte Micha von hinten. Eckart drückte schmunzelnd seine Zigarette aus, blinzelte ihnen kurz zu und ließ sie draußen allein.

„Wenn es demnächst eine Wiedervereinigung gibt, dann sind doch auch die Studienabschlüsse gleich. Dann könntest du doch einfach nach Berlin wechseln."

„Vielleicht sollten wir erst mal die Wiedervereinigung abwarten. Bis dahin ist ja noch ein bisschen Zeit."

Als Eckart gerade den Balkon verlassen hatte, klingelte es an der Wohnungstür. Als er öffnete, stand René vor ihm.

„Was willst du denn hier?"

„Hast du die Wahlergebnisse gesehen?"

„Bist du gekommen, um meine Tochter zu sehen, oder um mit mir über die Wahlergebnisse zu reden?"

„Eckart, die haben ja die ganzen Westparteien gewählt! Es wird eine Koalition unter Ausschluss der linken und rechten Kräfte, die die wahren Interessen der ostdeutschen Bürger repräsentieren, geben. Gerade dich habe ich immer als engagierten Staatsbürger erlebt, das kann dir doch nicht egal sein!"

Eckart sah sein gegenüber abschätzig an. „Willst du jetzt mit Marie sprechen oder nicht?"

„Natürlich will ich mit ihr sprechen. Ist sie da?"

„Mitsamt ihrem neuen Freund, den ich im Gegensatz zu dir sehr schätze. Also: Sie ist nicht zu sprechen. Schönen Abend!"

Während René, noch in der Türschwelle stehend, seinen Satz mit „Vielleicht kann sie ja trotzdem…" begann, warf Eckart die Haustür schwungvoll zu, welche mit einem Knall direkt vor René ins Schloss fiel. Nach einer Schrecksekunde pochte René mit einer sich rasch zu einem Hämmern steigernden Intensität an die Tür, worauf der noch im Wohnungsflur ausharrende Eckart gewartet hatte und die Tür ebenso abrupt wieder aufriss.

„Was willst du?", fauchte er ihn an und ging einen Schritt auf ihn zu, bis er direkt an der Türschwelle stand. René blieb stehen und starrte Eckart wie bei einem Duell direkt in die Augen. Er war wesentlich größer als Maries Vater und zudem gegenüber dem mit einem leichten Bauch versehenen und wesentlich älteren Eckart viel durchtrainierter.

„Ich-Will-Meine-Freundin-Sehen!"

„Meine-Tochter-Ist-*Nicht*-Deine-Freundin. Nicht jetzt und nicht morgen und in Zukunft schon gar nicht – und jetzt raus, lass dich hier nie wieder blicken, sonst gibt's ein Unglück."

René erstarrte für einen Moment, musterte Eckart mit funkelnden Augen, löste aber schließlich den Blick und verschwand über die Treppe nach unten.

Wenig später brachte Eckart die beiden zum Bahnhof. Auf der Fahrt redeten sie über René und sein Verhalten. Marie hielt René nur für ziemlich überdreht, Eckart hingegen meinte, dass er in den letzten Monaten Verhaltensauffälligkeiten entwickelt habe, die er als gefährlich einstufe. Er gab Marie mit, ihren alten Freundinnen aus Eisenach zu verbieten, ihm ihre neue Adresse in Berlin oder auch Michas Adresse in Marburg herauszugeben. Sie hielt die Vorstellungen ihres Vaters für Hirngespinste, ließ ihn aber reden.

Beschäftigt von ihrer Diskussion und des folgenden Abschieds bemerkten sie nicht, wie ihnen in gebührendem Abstand ein Fahrzeug zum Bahnhof folgte, wie sich im Dunkel des Märzabends in einiger Entfernung eine Gestalt am Ende des Bahnsteiges herumdrückte, die schließlich, als Micha als letzter in seinen Zug in Richtung Bebra gestiegen war, das Halbdunkel verließ und auf dem Abfahrtsplan studierte, wann und wo der Zug in Richtung Westen halten würde. Dann notierte sich die Gestalt die Ankunftszeit in Marburg, ging zurück zu ihrem Auto, stieg ein und fuhr stadtauswärts Richtung Autobahn.

Micha war gespannt, wie seine Mitbewohner auf den Ausgang der Wahl reagieren würden. Wie viele der westdeutschen Linken hatten sie der sich zuerst leise anbahnenden, sich dann aber immer mehr beschleunigenden Wiedervereinigung skeptisch bis ablehnend gegenübergestanden, bis sich im Winter zunächst die Hoffnung genährt hatte, dass ein Sieg der SPD und der Bürgerrechtsgruppen das Selbstverständnis der Ostdeutschen auf eine ganz neue Basis stellen könne. Im Dezember noch stellten die Meinungsforschungsinstitute große Sympathiewerte für die neu gegründeten linken Parteien fest, dann kam der Meinungsumschwung.

„Im Sommer hat der Kohl die Ossis schon heim ins Reich geholt."

Henning saß am Küchentisch und hatte sich gerade in Stimmung geredet. Es hatte in Strömen geregnet, als Micha mit dem Zug in Marburg angekommen war. Auf dem

Heimweg hatte er daher nicht bemerkt, wie ihm ein kleines Fahrzeug der Marke Trabant in großem Abstand gefolgt war.

„‚Red' doch nicht immer so abfällig."

„Das haben sie sich verdient. Fast 50 Prozent für Helmut Kohls Marionetten. Das verstehen die unter ihrer neu gewonnenen Mündigkeit! Einen Dreck wissen die. Und wir dürfen uns dann in ein paar Monaten mit ihnen herumschlagen."

Es war sinnlos, an diesem Abend mit ihm zu diskutieren.

Henning wurde in seinem Monolog vom Klingeln der Haustür unterbrochen. Es war bereits 23 Uhr, sodass Jimi nach Betätigung des Türöffners zur Wohnungstür hinaustrat und im Treppenhaus nachsah, wer nach oben kam. In der Küche hörten sie eine kurze Diskussion, dann kam ein hochgewachsener Kerl mit einem militärischen Stoppelschnitt und Jeansjacke in die Küche, hinter welchem Jimi mit fragendem Blick in den Raum schlurfte.

„Er sagt, er kennt Micha aus dem Osten."

„Das ist jetzt nicht wahr! Wie kommst du denn hierher?"

„Ich war zufällig in der Gegend. Also hab ich gedacht, ich nutze die Gelegenheit, dich mal kennenzulernen."

Phil sprach Micha an. „Wenn du uns Bescheid gibst, dann ist er sofort draußen."

Micha überlegte einen Moment und dachte nach, ob es besser sei, René sofort rauszuwerfen oder sich jetzt einmal und dann nie wieder auf eine fruchtlose Diskussion einzulassen. „Nein, ist schon in Ordnung. Das ist Maries Ex-Freund René, ein bisschen anhänglich, aber aktuell friedlich."

„Ist das ein Echter von drüben?", fragte Henning in einer Mischung aus Spott und Neugier. „Hast du dich heute auch gefreut, dass Helmut Kohl euch nun heim ins Reich holt?"

Ohne zu fragen, setzte sich René an den Küchentisch. „Die Bemerkung ist mir etwas zu lapidar angesichts der Ausgangslage, dass sie bei uns Leute gewählt haben, die sich wahllos dem Kapitalismus an den Hals werfen."

„Du hast sie gar nicht gewählt?"

„Ich habe die Leute gewählt, die die wahren Interessen meiner Heimat vertreten. Das sind nicht die Vertreter der bürgerlich-kapitalistischen Blockparteien."

„Das heißt, du bist für einen eigenständigen Weg der DDR?"

„Ich bin für einen Weg, der uns Ostdeutschen die Möglichkeit lässt, selbst über unser Schicksal zu bestimmen. Das kann eine kommunistische oder eine nationale Lösung sein, auf keinen Fall aber ein durchkapitalisierter Marionettenstaat Amerikas."

„Das ist auch meine Meinung."

„Ich dachte, ihr seid alle nur vom Geld getrieben."

„Nein, nicht alle. Wir sind da so ein Stamm Gallier, der immer noch dem Kapitalismus trotzt", meinte Henning und stellte René ein Bier hin, mit welchem die beiden anstießen.

Micha, der eigentlich nur auf einen verbalen Angriff, eine Aggression oder dumme Bemerkung wartete, beobachtete die beiden mit Erstaunen.

„Bist du jetzt die ganze Strecke von Eisenach nach Marburg gefahren – mal ganz abgesehen davon, wie du meine Adresse herausbekommen hast –, um mit meinen Mitbewohnern den Ausgang der Volkskammerwahl zu diskutieren?"

„Ich will mich vergewissern, ob sie wirklich so gut mit dir zusammenpasst, wie Marie und ich damals."

„Optisch zunächst mal – und gefühlt auf alle Fälle auch – passt sie eigentlich besser zu dir als zu Micha", meinte Phil vom anderen Ende des Küchentisches.

„Was ist denn mit dir los? *Ich* bin euer Freund. *Er* kommt hier ohne Voranmeldung vor Mitternacht herein und dann legt ihr ihm dann plötzlich meine Freundin ans Herz? Auf welcher Seite steht ihr?"

„Jetzt nimm das doch nicht so persönlich. Er hat ja nur danach gefragt, wer besser zu ihr passt…"

„Er hat gar nichts gefragt!"

„…und da habe ich ihm halt unsere Einschätzung gegeben." Er dreht sich zu René. „Das soll jetzt nicht heißen, dass sie irgendwie unattraktiv ist, aber Marie ist schon irgendwie speziell. Auf alle Fälle anders als wir. Da komme ich manchmal nicht mehr mit. Ich glaube, dass sie da einen viel besseren Draht zu dir hat."

René nickte eifrig. „Das hab ich ihr ja auch immer gesagt. Sie hat sich halt von so vielen Dingen in den letzten Monaten verwirren lassen. Diese Wiedervereinigung, die kann einen ja schon schwindlig machen."

„Beim Thema Wiedervereinigung sind wir im Übrigen vorhin stehen geblieben", schaltete sich Henning wieder ein.

Staunend beobachtete Micha, wie sich zwischen René und seinen Mitbewohnern eine angeregte Unterhaltung über die aktuelle politische Situation in der DDR entwickelte, aus der eine aufgeregte Interessiertheit sprach. Er warf noch ein, dass jener René am Tisch mit der Person identisch sei, die ihn vor einigen Wochen in Eisenach grundlos vermöbelt habe. Seine Mitbewohner winkten nur ab und setzten das Gespräch fort.

Micha griff sich eine Flasche Bier aus dem Kühlschrank, ging in sein Zimmer und legte sich im Halbdunkel ins Bett. Zwischendurch ging er noch zu seiner Zimmertür und schloss ab. Schließlich schob er noch den Schreibtisch vor die sich nach innen öffnende Zimmertür. Erst dann fand er Schlaf.

Währenddessen saßen in der Küche Henning und Phil mit René zusammen und redeten, zunächst über die Gegenwart und dann über die Vergangenheit. Über René und Marie. Über Maries Brieffreundschaft mit Micha. Über eine ganz besondere Idee, welche eine Zusammenarbeit zwischen Ost und West erforderte, und die René begeistert aufgriff. Als er ging, versprach er, sobald als möglich zu schreiben.

Die Diplomatie zwischen Ost und West intensivierte sich, als die Regierungsbildung in der DDR abgeschlossen war. Spätestens als im Mai der Frühsommer mit aller Macht durchbrach und das gesamte Land verfrüht unter eine Hitzewelle legte. Als die Unterhändler nicht mehr von Bonn nach Ostberlin und umgekehrt eilten, sondern sich gleich für mehrere Wochen in der Hauptstadt des anderen Staates ansiedelten, begann die Wiedervereinigung schon solche konkrete Form anzunehmen, dass über einen Termin noch vor Weihnachten diskutiert wurde.

Marie und Micha hatten in den vergangenen Wochen weiterhin Marburg gemieden und die Wochenenden meistens in Berlin verbracht. Maries Ex-Freund hatte sich weder in Eisenach noch in Marburg wieder sehen lassen. Wenn Micha an den Studientagen in der WG war, bedachten ihn seine Mitbewohner mit freundlicher Aufmerksamkeit, fast schon Fürsorge, sodass die Kombination aus Marburger Wochentagen und Berliner Wochenenden für Micha außerordentlich komfortabel war.

Einzig die Streitereien in der WG zwischen Phil und Christiane hatten in der letzten Zeit nicht nur an Häufigkeit, sondern auch an Lautstärke ständig zugenommen. Von den wechselnden Frauen, die morgens von Phils Zimmer an den Küchentisch der WG wanderten, dort größtenteils schweigend ihren Kaffee oder – viel häufiger – ihren Tee verzehrten und sich dann unter letzter Andeutung eines Kusses bei Phil verabschiedeten, wusste sie nichts, schien es aber zu ahnen.

Auch wenn es sich für Micha als Freund von Phil verbat, diesen bei seiner Freundin zu denunzieren, störte ihn angesichts seiner Sympathie für Christiane dessen Unaufrichtigkeit. An einem Frühsommertag hatte er auf der Rückfahrt von Ostberlin den Entschluss gefasst, Phil mit der Situation zu konfrontieren, einen Entschluss, den er am Abend des gleichen Tages in die Tat umsetzte, als er mit Phil allein auf dem Balkon saß.

Entgegen seiner Erwartung wehrte sein Mitbewohner das Gespräch nicht ab, sondern ließ sich darauf ein, hörte zu, räumte sogar Fehler ein. Nach einer Weile nickte er nachdenklich und führte aus: „Ohne Frage, es ist nicht gut, jemanden anzulügen, der einen liebt. Würdest du mit so jemandem zusammen sein wollen?"

„Sprichst du gerade von dir selbst oder jemand anderem?"

„Von mir selbst, von jemand anderem. Was spielt das schon für eine Rolle? Entscheidend ist doch der Vertrauensbruch. Ich wollte dir schon länger etwas zeigen."

Phil stand auf und ging durch die Balkontür in sein Zimmer, dann kam er mit zwei gefalteten Blättern wieder. Als er sie vor ihm hinlegte und Micha sie entfaltete, erkannte er Maries Schrift. Vor ihm lag die Kopie eines Briefes von Marie an René, geschrieben auf dem gleichen Briefpapier, das sie damals auch für die Briefe an ihn benutzt hatte. Mittlerweile benutzte sie ein anderes. Sie hatten sich angewöhnt, jeweils demjenigen, der nach dem Wochenende wieder zurück in seine Heimatstadt fuhr, einen Brief auf den Weg mitzugeben. Marie hatte ihn damit vor einigen Wochen überrascht, als Reminiszenz an ihre erste, nur auf Briefe gestützte Beziehung, und er hatte diese Idee begeistert aufgegriffen. Der Brief, welcher der Kopie zugrunde lag, musste dem Briefpapier zufolge also schon vor einigen Monaten oder sogar Jahren geschrieben sein, aber er trug ein Datum vom April dieses Jahres. Das Datum war in ihrer Handschrift verfasst und der Brief war nicht an ihn gerichtet, sondern an denjenigen, über den sie ihm gegenüber bislang nur als ihren „Ex-Freund" gesprochen hatte.

Lieber René, stand dort in ihrer Schrift.

ich schreibe dir diesen Brief, damit du nicht mehr zweifelst, ob ich mehr für Micha empfinde oder für dich. Du bist mein Freund, der einzige, den ich habe und den ich liebe. Der andere – Micha – bedeutet mir nichts.

Micha verharrte regungslos auf seinem Stuhl und las den gesamten Brief, einmal, zweimal. Lautlos saß Phil die ganze Zeit über neben ihm.

„Ich wollte es dir schon die ganze letzte Woche sagen, ich wusste nur nicht, ob ich dich so enttäuschen sollte. Aber als Freund habe ich entschieden, dass du es wissen musst. Sie ist nicht diejenige, als die sie sich dir gegenüber ausgibt."

Micha drehte den Brief in der Hand. Er weigerte sich zu glauben, dass Marie dies geschrieben haben sollte, aber sowohl die Schrift als auch der Stil sprachen eindeutig dafür. Nur das Briefpapier passte nicht, genauso wenig wie das Bild, das er von ihr hatte. Seine Freundin Marie würde so etwas nie machen und er war sich auch sicher, ihr anmerken zu können, wenn sie mit ihm ein Doppelspiel trieb, aber dieser Brief schien sein Bauchgefühl zu widerlegen.

„Von wem hast du das? René? Er hat das doch alles zusammen kopiert, sodass es echt aussieht, aber in Wirklichkeit sind es Versatzstücke aus Briefen, die sie ihm vor Jahren geschrieben hat!"

„Die Antwort auf die erste Frage: Ja, von René, auf die zweite Frage: Nein, ich habe das Original gesehen. Ich habe es selbst in der Hand gehabt und die Kopie gemacht. Er hat uns noch eine ganze Menge mehr erzählt, als er vor einigen Wochen hier war. Ich weiß, auf den ersten Blick ist er nicht unbedingt der Typ, mit dem man gerne ein Bier trinken möchte, aber er hat erstaunliche Geschichten über diejenige erzählt, die du für deine Freundin hältst. Wusstest du, dass sie noch zusammen waren, als ihr euch im November nach der Maueröffnung getroffen habt?"

„Das ist nicht wahr! Sie hat schon Monate vorher Schluss gemacht, nur wollte er das nie wahrhaben!"

„Das ist die Version, die sich dich glauben lassen will. In Wirklichkeit fand sie es einfach toll, so einen Westler kennenzulernen. Westgeld, Westausstrahlung und dazu noch ziemlich hübsch, wer würde da nicht schwach werden. Was sie dir aber nicht erzählt hat, ist, dass sie nebenbei immer noch mit René zusammen war. Ihm hingegen hat sie erzählt, sie würde sich die Wochenenden mal hin und wieder von ihrem blöden Wessi aushalten lassen."

„Das ist eine Lüge, so etwas würde sie nie machen. Dafür ist sie viel zu ehrlich, zu lieb."

„So? Wer hat denn die ersten Wochenenden gezahlt?"

„Ich natürlich. Das ist doch selbstverständlich, wenn du verliebt bist. Außerdem hatte ich Westmark und sie nur Ost."

„Ich frage nur."

„René ist blind vor Eifersucht, völlig durchgeknallt, ohne dass es nur ansatzweise einen Grund gäbe. Der würde alles erzählen, nur um sie wiederzubekommen."

Phil stand auf und hob in einer lässigen Abwehrhaltung die angewinkelten Arme mit den geöffneten Handflächen an. „Ich habe dir nur die Aussage und die zugehörigen Fakten präsentiert, die sich aus dem Brief ergeben. Ich bin dein Freund und will dir weder etwas ein- noch etwas ausreden. Was du aus dem Ganzen machst, ist deine Sache."

Micha blieb allein zurück auf dem Balkon und grübelte. Den Brief hatte Phil wieder mitgenommen, aber er konnte sich an jedes Wort, jede Silbe, jedes Komma erinnern, ein Bild, dass er nicht mehr aus dem Gedächtnis bekam, und er fragte sich, welches Bild von Marie nun zutraf, sein persönliches, oder das, was sich aus dem Brief und Phils Aussagen ergab. Die Grübelei verfolgte ihn über den gesamten Abend in den Schlaf hinein.

Nach einer durchwachten Nacht beschloss er, an die liebenswerte, ehrliche, aufrichtige Marie zu glauben, die er kannte, und den Brief als Fälschung ihres Ex-Freundes einzuordnen. Den Gedanken an die Kopie des vermeintlichen Briefes verschloss er in sich, so wie er sich jeden Gedanken an René verbot. Er war sich noch nicht sicher, ob er Marie auf den vermeintlichen Brief und all die Vorwürfe ansprechen würde, aber dies würde sich bis zum kommenden Wochenende ergeben.

Als er am Freitag darauf im Zug nach Ostberlin saß, bleckte der Brief immer wieder aus seinen Erinnerungen hervor, schob sich in sein Bewusstsein, auch wenn er ihm keinen Raum geben wollte. So beschloss er, noch bevor er über die Staatsgrenze der noch existenten DDR fuhr, Marie gegenüber kein Wort zu verlieren.

Als Marie an diesem Wochenende ihre Frage wiederholte, ob er denn nicht zum Herbstsemester, dem möglicherweise, wahrscheinlich, ersten gesamtdeutschen Semester, nach Ostberlin ziehen wolle, wollte Micha für einen Sekundenbruchteil bejahen, doch die Kopie des Briefes, die akustische Erinnerung an die Aussagen Phils, blockierten den Reflex einer positiven Antwort. Sie sollten doch nichts überstürzen.

Er war sich nicht sicher, ob Marie Enttäuschung echt oder gespielt war.

An jenem Abend, nachdem er mit Micha geredet hatte und dieser grübelnd in seinem Zimmer saß, schrieb Phil einen kurzen Brief nach Ostdeutschland, in dem er René mitteilte, dass der erste Teil ihres Planes aufgegangen sei. Er solle jetzt in den kommenden Wochen die weitere Entwicklung abwarten und den Dingen seinen Lauf lassen. Zu gegebener Zeit, wenn die Zeit für den nächsten Schritt reif sei, werde er ihn informieren.

Marie war an diesem Samstag mit dem Zug nach Eisenach gefahren, um das Auto ihrer Eltern zu holen, das diese ihr für das Wochenende ausgeliehen hatte. Auf dem Weg vom Bahnhof zur Wohnung ihrer Eltern war sie zufällig auf René gestoßen, der sich ihr in den Weg gestellt und versucht hatte, sie in ein Gespräch zu verwickeln. Sie war sein Auflauern, die aufgezwungenen Gespräche, oder vielmehr das Ausfragen, wie es denn um ihre Beziehung mit ihrem Wessi – er erwähnte sogar schon nicht mehr Michas Namen – bestellt sei, unendlich leid. An diesem Tag hatte sie ihm entgegen geschmettert, es ginge ihn nicht im Entferntesten etwas an.

Innerlich hatte sie aber die gesamte Fahrt darüber gegrübelt, dass sie etwas an Michas Verhalten der vergangenen Wochen irritierte. Immer, wenn sie ihn darauf angesprochen hatte, dass sie zusammenziehen sollten, hatte er sie abgeblockt, mal freundlich, mal fadenscheinig, zum Schluss schon fast genervt. Es tauchte dann eine Art an ihm auf, die sie zuvor nicht gekannt hatte, und obwohl sie es nicht wollte, verglich sie alles mit der dramatischen Wesensveränderung, die René in der Zeit durchlaufen hatte, als sie zusammen waren.

Die Begegnung mit René hatte darin geendet, dass er sie auf der Straße vor dem Haus ihrer Eltern angebrüllt und sie bis zur Wohnungstür verfolgt hatte. Eckart hatte ihr bereits die Wohnungstür geöffnete, als sie die letzte Stufe ihm Treppenhaus genommen hatte. Dem hinterher eilenden René präsentierte er breit grinsend die große gusseiserne Pfanne, die er für diesen Zweck dem Küchenschrank entnommen hatte, sodass sich René lautlos wieder auf den Rückweg begeben hatte. „Wenn er das nächste Mal vor der Tür steht, treib' ich ihm das Ding durch das Nasenbein", hatte er gesagt. Sogar Marlene hatte zustimmend genickt.

Ihrem Freund hatte sie diese Begegnung verschwiegen. Ohne es an etwas festmachen zu können, hatte sie das Gefühl, dass alles, was René betraf, in Micha diese merkwürdige, abblockende Reaktion hervorrief, die sie von ihm bis vor wenigen Wochen noch nicht gekannt hatte. Es war auffällig, wie viel er an den Werktagen wieder mit seinen Mitbewohnern unternahm. An den Wochenenden erzählte er ihr davon. Sie konnte nicht nachvollziehen, was er an ihnen fand. Ihr gegenüber legten sie eine Art an den Tag, bei der die Feindseligkeiten stets hinter der dünnen Schicht Höflichkeit hervorzubrechen schienen, aber Micha zuliebe war sie wieder einmal für ein Wochenende nach Marburg gefahren.

Seine Mitbewohner hatten vorgeschlagen, auf diese Uni-Party zu gehen. Ihr wäre es lieber gewesen, mit Micha einen Abend in Ruhe verbringen zu können, aber ihm zuliebe hatte sie zugesagt. Bereits am frühen Abend waren die Räume der Marburger Uni-Party gut gefüllt. In großen Knäueln, aneinander gepresst und ineinander gehakt, schoben sich die Menschen über das abgezäunte Gelände um das Uni-Hauptgebäude, vorbei an den im Spalier aufgestellten Fress- und Saufbuden, hinein in den geöffneten Keller, aus dem die Popmusik schallte, in einer langen Schlange die Treppe hinauf in den ersten Stock, wo die Rockbands spielten, oder weiter in den zweiten Stock, wo das Blinken der Lichtanlage sich in den verschwitzten Scheiben widerspiegelte und die mächtigen Bässe der Diskomusik das Glas rhythmisch nach außen wölbten. Die Uni-Party hatte sich als Massenveranstaltung herausgestellt, die nicht nur Studenten oder Universitätsbedienstete, sondern auch zahlreiche Einheimische in die Stadtmitte zog. Die Veranstaltung war eng, hektisch, unübersichtlich und man konnte sich sicher sein, die Hälfte des Abends auf der Suche nach verschollen gegangenen Freunden zu sein. Es war also eine Party, die man sich unter normalen Umständen hätte ersparen können.

Die Gruppe saß gelangweilt auf dem letzten freien Rasenstück in der Nähe des Begrenzungszaunes und betrachtete schlecht gelaunt die sich einige Meter vor ihnen vorüberschiebenden Massen. Phil betonte wiederholt, allen vorher gesagt zu haben, was für eine affige Veranstaltung sie hier erwarte. Jimi und Swentje rauchten gerade wieder einen neuen Joint, die Reste der letztjährigen Ernte. Henning hielt Micha einen Vortrag über die neokolonialen Sozialstrukturen der kapitalistisch gewordenen Nationen Afrikas – das hatte er gerade in einem Wahlseminar durchgenommen –, während Marie die ganze Zeit über neben ihm saß, das Gesicht abgewandt, die Leute betrachtend.

Zwischenzeitlich unterhielt sich Marie mit Michas früherem Mitbewohner Ruben, den dieser auf der Uni-Party das erste Mal seit Monaten wiedergetroffen hatte. Zunächst hatte Ruben wie immer vom Studienleben geredet, bis Micha ihm schließlich Marie vorstellte. Er setzte sich zu ihr, fragte sie aus über Herkunft, Werdegang, Ansichten, ihre Einschätzung der momentanen politischen Lage, Vorlieben und Abneigungen, Erfahrungen zur Wendezeit, während der Schulzeit, während des Studiums an der Humboldt-Universität sowie über Zukunftsansichten, -aussichten und -erwartungen. Er war der erste in Marburg, der sich so intensiv für sie interessierte.

Die beiden unterhielten sich lange. Gelangweilt von der Party machten sich Michas Mitbewohner bereits um halb elf auf den Nachhauseweg, bedeuteten den beiden aber, dass sie in die WG vorgehen würden und keine Notwendigkeit bestünde, gleichzeitig mit ihnen aufzubrechen. Marie war es recht, hatte sie doch keine Lust, für eine gezwungen formulierte Einladung der Mitbewohner zu irgendeiner sich anschließenden WG-Feier ebenso gezwungen höflich eine Ausrede dafür zu finden, mit Micha alleine zu bleiben. Eine halbe Stunde später gingen auch sie. Es war erst 23 Uhr. Auf dem kurzen Fußweg nach Hause diskutierten sie darüber, was sie mit dem angebrochenen Abend noch unternehmen könnten. Ohne die Mitbewohner, wie Marie anmerkte.

Als sie im Halbdunkeln der Straßenlaterne zur Eingangstür gingen, wurden sie vor der regungslosen, nur an den Umrissen erkennbaren Gestalt überrascht, die im Schatten des Türrahmens stand.

„Du bist mir in Eisenach noch eine Antwort schuldig geblieben", sagte die Stimme mit einem metallischen Scheppern. „Läuft immer noch was mit Micha?"

„René, was machst du denn hier?", fragte Marie.

Er machte zwei Schritte auf sie zu, streckte den Kopf zu Micha vor und sagte: „Ah, da ist er ja, dein Wessi!", dann drehte er sich zu ihr. „Ich schaue mir mal an, wie's ihm so geht, hier im Westen. Vielleicht geht's ja gut, oder vielleicht sogar sehr gut, während sie mir meinen Antrag auf Offizierslaufbahn abgelehnt haben. Hast du ihm denn endlich die Wahrheit über uns beide erzählt?"

„Was redest du eigentlich?", fragte Marie.

„Hast du ihm gesagt, was du immer noch für mich fühlst?"

„Ich hab' einen neuen Freund, egal ob Wessi oder nicht, und dich geht's überhaupt nichts an, was ich jetzt mache!"

„Das sagst du *jetzt*, aber wir beide wissen, dass es anders ist!"

Marie ging einen Schritt zurück. „Glaubst du das, was du da erzählst? Halluzinierst du dir deine Welt schön? Mit uns ist es aus, vorbei, schon seit Langem. Also verschwinde."

René machte einen Ausfallschritt auf sie zu, während er mit dem Arm ausholte. Seine Hand hatte er flach ausgestreckt. Micha war in zwei Schritten hinter René, fiel ihm in den Arm, mit dem er gerade zum Schwung ansetzte, umklammerte mit seinem anderen Arm seinen Brustkorb und zog ihn über das ausgestreckte Bein nach hinten. Noch im Fallen stieß René einen Wutschrei aus, Micha ließ sich mit den Knien auf seinen Brustkorb fallen, während Marie an den beiden vorbei hechtete, die Tür aufschloss und ins Treppenhaus flüchtete. Er ließ ihn los, rannte die wenigen Schritte hinterher und schloss die Haustür ab.

Im Obergeschoss standen alle an den Fenstern der WG, die zur Straße hinführten. René stand vor dem Haus auf der Straße, fuchtelte drohend in der Luft herum, fluchte und schrie unablässig.

„Der ist ja völlig irre", meinte Jimi.

„Das ist Maries Ex-Freund. Derjenige, den ihr neulich zum Plaudern hereingelassen habt", meinte Micha. „Der ist in der Tat nicht ganz normal."

„Micha, du kennst ihn doch gar nicht", protestierte Marie vorsichtig.

„Er hat mir vor ein paar Wochen ein blaues Auge gehauen! Da kann ich doch wohl behaupten, ihn zu kennen."

Jimi beobachtete weiter aus dem Fenster, wie René draußen vor dem Haus wütete.

„Maaann, jetzt rastet er total aus."

Sie gingen wieder an die Fenster und sahen, wie René aus einer Hecke eine alte Zaunlatte mit der Länge von etwa einem Meter hervorzog und zu den vor ihrem Haus parkenden Autos ging. In seinen Augen stand der blanke Wahn. Er hob die Latte an und zielte auf den Wartburg von Maries Eltern. Dann ließ er die Latte kurz wieder sinken, schaute auf das dahinter parkende Auto – ein BWM 3er – und hieb mit einer ausholenden Bewegung auf die Windschutzscheibe ein. Sie hörten ein Knirschen. Die Scheibe wurde milchig, einige kleinere Scherben sprangen heraus. René stellte sich unter ihrem Fenster auf, schmetterte die Holzlatte mit Gewalt auf den Gehweg, während er einen Urschrei dazu ausstieß, schaute direkt in ihr Fenster zur Straße und zeigte den Mittelfinger. Dann sprintete er los in Richtung der Tankstelle an der Schnellstraße und wurde schnell vom Dunkel der Nacht verschluckt.

Im Weggehen schob er die linke Hand in die Hosentasche und überprüfte, ob sich Phils Brief noch darin befand. Den brauchte er noch. Schließlich hatte ihm Phil auch Maries neue Adresse in Ostberlin zukommen lassen.

Wenige Meter entfernt stand Phil neben den anderen und kniff die Lippen zu zusammen. Dies war alles ganz anders abgelaufen, als er geplant hatte, von Renés Gewalttätigkeiten angefangen bis zu seinem Abgang. Die hörbare Stille im Raum wurde jäh unterbrochen, als Phil zerknirscht sagte: „Das war der BMW meiner Mutter!"

Micha, der den Dialog zwischen René und Marie nicht vergessen konnte, nahm von all dem kaum Notiz. Vor seinem inneren Auge erschien wieder jener Brief geschoben, den Phil ihm gezeigt hatte, und dieses Mal ließ sich das Bild nicht so einfach verjagen.

Der nächste Morgen begann mit dem Geräusch klappernden Geschirrs und einer laut bollernden Kaffeemaschine in der Küche. Noch schlaftrunken schlich Micha mit seinem Handtuch über der Schulter ins Bad und ließ die erwachende Marie im Bett zurück. Während er die Badezimmertür hinter sich zu- und sein T-Shirt auszog, hörte er, wie Marie zum Frühstück in die Küche ging. Er drehte die Dusche auf und wartete darauf, dass sich das warme Wasser seinen Weg durch die alten Rohre suchte.

Marie fand sich derweil in einer merkwürdigen Stimmung wieder. Henning schenkte Kaffee aus. Die vorher lebhaften Gespräche ebbten ab und verstummten. Marie holte sich eine Tasse aus dem Schrank und setzte sich an den Küchentisch.

„Kannst du mir auch einen Kaffee eingießen?"

Henning schob ihr mit der linken Hand die Kanne hinüber, ohne sie dabei anzusehen. Phil beugte sich weit vor und biss in sein Brötchen. Seine Haare baumelten fast auf den Teller. Marie griff sich eines der Brötchen und schnitt es auf. Das kratzende Geräusch durchschnitt die Stille, die ihr immer unangenehmer wurde.

„Is' was?", fragte sie.

Phil legte sein Frühstücksbrötchen auf den Teller und sah sie an.

„Wir überlegen gerade, wer mir den Schaden am Auto meiner Mutter ersetzt."

„Ich kann euch die Adresse von René geben."

„Du meinst, meine Mutter wird jemand mal eben über die Staatsgrenze hinweg verklagen und dann noch den Gerichtsvollzieher – oder was immer ihr da drüben habt – in Eisenach beauftragen?"

Marie zuckte unsicher mit den Schultern und schaute in die Runde. Ihr Blick wurde nicht erwidert.

„Wie wäre es denn, wenn du dich am Schaden beteiligst? Schließlich war es dein Ex-Freund."

„Was habe ich denn damit zu tun?"

„Wäre dein Ex-Freund vielleicht ohne dich nach Marburg gekommen und hätte das Auto meiner Mutter klein gehauen? Eben! Also wäre es nur fair, wenn du einen Teil des Schadens wiedergutmachst."

„Ihr habt ihn das letzte Mal zu euch eingeladen, nicht ich. Ich kann doch nichts dafür, wenn sich mein Ex-Freund daneben benimmt."

Henning ließ sein Messer laut auf den Tisch fallen, atmete genervt aus und richtete seinen Blick auf Marie. Seine Denkerfalte zuckte unruhig.

„Das ist das Problem, das ist genau das Problem! Es geht doch nicht darum, dass du für irgendwas persönlich verantwortlich bist. Es geht um Solidarität, um gegenseitige Hilfe. Das ist etwas, was dir völlig abgeht. Hast du irgendwann mal versucht, dich bei uns zu integrieren?"

Marie schaute ihn verblüfft und ungläubig an und sagte gar nichts.

„Das mit dem Auto ist ja nur ein Beispiel. Nimm nur mal gestern Abend die Uni-Party. Da warst du dir zu fein, um mit uns zu reden und hast lieber mit diesem Verbindungsschnösel geschwätzt. Heute Morgen sind wir dir wieder gut genug, den Kaffee einzuschenken, die Brötchen zu holen und dich beim Frühstück zu unterhalten."

„Ist *das* euer Problem?"

„Weißt du", sagte Henning und starrte nach oben. „Du bist bei uns Gast. Das kümmert dich aber scheinbar nicht im Geringsten. Dein abgedrehter Ex kommt einfach mal so nach Marburg, bedroht nicht nur Micha und dich, sondern uns gleich mit, und demoliert zum Schluss noch das Auto von Phils Mutter. Das ist dir egal. Stattdessen hast du mit diesem Juppie-Schnösel über diesen ganzen DDR-Kram geredet und uns ignoriert."

„Ich hätte mich gerne mit euch unterhalten. Aber wenn ihr den gesamten Abend so tut, als würde euch das, was ich sage, nicht interessieren..."

„Was soll uns denn auch daran interessieren? Ich kann dieses ‚Wir sind ein Volk', dieses ewige ‚Helmut, Helmut' und dieses ewige ‚West-Mark' und so weiter einfach nicht mehr hören. Es geht Phil und mich nichts an, deshalb *interessiert* es uns auch nicht. Die einzigen, die es interessiert, sind deine Leute in der Ostzone. Als einziges Lebensziel nur noch Einkaufen mit Westmark. Das kotzt mich an."

Henning beugte sich nach vorne und verschlang den letzten Rest seines Brötchens.

„Ihr seid... Idioten." Marie fluchte innerlich, dass ihr spontan keine bessere Beleidigung einfiel.

Phil verschränkte die Hände hinter dem Nacken, kippelte mit dem Stuhl nach hinten und grinste sie an. Das unsichtbare Band, das sich seit Minuten um Maries Hals gelegt hatte, zog sich nun vollends zu. Sie lief aus dem Raum.

Micha drehte die Dusche ab und griff nach seinem Handtuch. Zwei Minuten später kam er in die Küche. Phil und Henning saßen rauchend über ihren Kaffeetassen. Am Kopfende des Tisches stand ein dritter, nicht ausgetrunkener Kaffee.

„Was ist denn bei euch los? Ist Marie nicht hier?"

„Deine Freundin ist auf deinem Zimmer und hat heute außergewöhnlich schlechte Laune", sagte Phil.

„Sie ist geradezu ungenießbar", ergänzte Henning.

Wenig später an diesem Samstagvormittag lagen Marie und Micha an der Lahn, hatten eine Decke vor sich ausgebreitet und die Utensilien ihres zweiten Frühstücks darauf verteilt. Die Morgensonne schien mild auf das Ufer und verdunstete den letzten Tau im Gras. Marie stellte ihren Blechbecher auf die Decke und kuschelte sich an ihn.

„Natürlich war es indiskutabel von den beiden", sagte Micha. „Ich werde mit ihnen reden, wenn du weg bist. Aber zu mir sind sie anders. Freunde. Sie hatten heute einen schlechten Tag. Und genau genommen ist das ja auch nicht sonderlich überraschend, wenn dein Ex-Freund bei uns nachts vor der Tür steht und das Auto von Phils Mutter demoliert. Das heute Morgen war nicht nett, das macht sie aber auch nicht gleich zu Unmenschen."

„Wenn sie wirklich deine Freunde wären, würde sie auch deine Freundin akzeptieren."

„Wenn es zwischen euch nicht hinhaut, dann treffen wir uns von jetzt an eben am Wochenende nur noch in Berlin."

„Da du es gerade ansprichst: Im Oktober kommt die Wiedervereinigung. Sowohl an der Humboldt-Uni als auch an der Freien Uni werden sie dann dein Studium anbieten. Du drückst dich seit Wochen um eine Antwort, ob du nicht nach Berlin kommst."

„Das ist für dich alles so einfach gesagt: Komm nach Berlin! Also, mal angenommen, ich komme. Und dann?

Dann hocken wir in Berlin in einer kleinen Wohnung zusammen, ich kenne keinen Menschen dort außer dir, meine Freunde hier in Marburg sind weit weg und wir gehen uns auf die Nerven. Dann wirfst du mich raus, für dich geht das Leben in Berlin einfach weiter, und ich kann sehen, wie ich ganz alleine zurechtkomme."

„Ich möchte mit dir zusammenziehen, weil ich dich liebe. Was redest du da plötzlich davon, ich werde dich einfach rauswerfen? Wieso vertraust du mir nicht mehr?"

„Reden wir über René. Bist du noch mit ihm zusammen?"

Sie sah ihn verständnislos, geschockt an.

„Wenn nicht, wieso hat er dich dann gestern Abend aufgefordert, mir die Wahrheit zu sagen? Was ist die Wahrheit?"

„Ich bin seit eineinhalb Jahren nicht mehr mit ihm zusammen, das weißt du. Das ist die Wahrheit!"

„Ich habe einen Brief gesehen, von dir im April dieses Jahres geschrieben. An ihn über euch. Und über mich, dass du nämlich nur ihn liebst und mich nicht!"

Ihre Augen füllten sich mit Tränen, die schließlich aus den Augen traten und über die Wangen nach unten liefen. Sie schüttelte verständnislos und erschüttert den Kopf, unfähig zu begreifen, warum er solche Gedanken überhaupt entwickelte, warum er diese Vorwürfe so lange mit sich herumgetragen hatte, ohne sie mit ihr zu teilen.

„Du bist der erste, den ich morgens sehen möchte und der einzige, der mich vor dem Einschlafen küssen soll. Nur deshalb möchte ich, dass du nach Berlin kommst. Ich habe immer gedacht, wir wären uns so nahe, dass ich das nicht erklären muss und dass es auch für dich nie einen Moment Zweifel an uns beiden geben könnte. Warum?"

Micha wurde weich und begann zu erzählen. Von der Begegnung mit René in der WG, von der Kopie des Briefes, die ihm Phil gezeigt hatte und dem Datum, dem Inhalt, den er fast wörtlich rekapitulieren konnte, bis hin zu der Begegnung mit René am gestrigen Abend und der angeblichen Wahrheit, welche dieser Marie gegenüber so nebulös eingefordert hatte. Sie hörte zu, nickte nur ab und an und schüttelte zweimal den Kopf, als sie kaum glauben konnte, was er ihr über die Kopie des Briefes berichtete. Dann begann sie zu reden, erzählte ihm von dem Brief, den sie René damals geschrieben hatte, nachdem sie den Briefkontakt zu ihm abgebrochen hatte, berichtete ihm, das Briefpapier schon seit über einem Jahr nicht mehr zu verwenden, und beschwor ihm nochmals, René seit über einem Jahr nur noch als ebenso krankhaft wie grundlos eifersüchtigen Ex-Freund erlebt zu haben, der in ihr höchstens noch Mitleid, vielleicht mittlerweile sogar Angst, errege. Während er ihr zugehört hatte, waren Angst und Wut, die der Verdacht in ihm geschürt hatte, gewichen und ein schlechtes Gewissen hatte sich still und heimlich gebildet. Das Bild des Briefes hatte er immer noch vor Augen, aber nun meinte er, unterhalb des handschriftlichen Datums einen Kopierrand entdecken zu können. Am Ende nahm er sie in den Arm. Sie erwiderte diese Geste.

Marie glaubte, dass sich nun mit ihrem Streit auch die Frage erledigen würde, ob er zu ihr nach Berlin zöge.
Micha war froh, dass er einem falschen Verdacht aufgesessen war. Die letzten Wochen hatten ihn aber mit dem Gefühl zurückgelassen, dass ihre Beziehung noch nicht gefestigt genug war. Für ihn lag Berlin noch weiter weg als das nächste Semester.

Das Cafe Trauma wurde meistens einfach nur Trauma genannt. Es war ein alternativer Kulturladen, in dem an diesem Samstagabend altbackene bis alternative Gitarrenmusik gespielt wurde, zu der vorwiegend alte bis alternative Studenten tanzten. Das Trauma war nicht unbedingt ein Trendsetter in Sachen Nachtleben, aber das Bier war billig und die Musik meistens tanzbar. Zudem war das, was man in einer Stadt wie Marburg als Nachtleben bezeichnete, zu übersichtlich, als dass man das Trauma an einem Samstagabend hätte ignorieren können.

Sie gingen durch den Innenhof, bogen um die Hausecke und stellten sich in die Schlange vor der Kasse. Direkt an die Eingangstür hatte man zwei mit einer klebrigen Schmutzschicht bedeckte Sperrholztische gestellt, die als Kassentheke dienten. Micha legte zweimal zwei Mark Eintritt auf den Tisch, die eine Frau mit hennaroten Haaren in einen ausrangierten Schuhkarton wischte.

Das Trauma war bereits gut gefüllt. Es gab keine Garderobe. Wer früh genug kam, konnte seine Jacke über die Heizung hängen, deren weißer Anstrich vom Zigarettenqualm vergilbt war. Alle, die später kamen, behielten entweder die Jacke an oder warfen sie auf einen großen Haufen in der Ecke, in der der Gang zu den Toiletten abzweigte. Marie, die trotz der lauen Sommernacht darauf bestanden hatte, eine dünne Jacke mitzunehmen, fand an diesem Abend ausnahmsweise noch einen Platz an der Heizung. Sie durchquerten den Eingangsraum, in dem kleinere Grüppchen unter den mit Krepppapier abgehängten Neonlampen ihr Flaschenbier tranken.

Im Tanzraum hatte man eine lange Theke aus Sperrholzplatten zusammengezimmert und so von der eigentlichen Tanzfläche abgetrennt. Den DJ hatte man am

Ende der Theke platziert. Die meisten Leute standen noch gelangweilt um die Tanzfläche herum und nuckelten an ihrem Flaschenbier. Etwas anderes wurde – abgesehen von Afri-Cola und Mineralwasser – ohnehin nicht ausgeschenkt.

Marie wühlte sich gleich nach links an die Theke durch und bestellte zwei Bier, Micha reihte sich am Rande der Tanzfläche in den Halbkreis der Gäste ein, die abwartend die wenigen Tänzer beobachteten. Im Moment spielte der DJ ein Wave-Stück, zu dem die Tänzer monoton mit Ausfallschritten nach vorne und hinten zum stampfenden Rhythmus federten.

An den Tänzern vorbei blickte er auf die andere Seite des Halbkreises und sah dort seine Mitbewohner stehen. Üblicherweise luden sie ihn immer dazu ein, mit ihnen zu kommen. An diesem Abend hatten sie noch nicht einmal erwähnt, dass sie ins Trauma gingen. Phil sah ihn an, lief im Zick-Zack-Kurs durch das Vor-und-Zurück der Wave-Tänzer und stellte sich zu ihm.

„Du sollst nicht glauben, wir hätten dich vergessen. Wir haben dran gedacht, dich zu fragen, aber mit deiner Ossi-Tussi ist das ja immer ein Problem. Nächste Woche können wir hier wieder gemeinsam hingehen."

„Sie ist meine Freundin und das solltest du respektieren."

„Das respektieren wir, so gut es geht. Aber wir versuchen auch, dich als Freund vor einem Fehler zu bewahren."

Marie kehrte mit zwei Bier zurück. Phil schielte mit den Augen nach ihr, ohne dabei den Kopf zu verdrehen, stieß mit ihm an und verschwand in der Menge.

Der DJ legte die Pixies auf. Mit zwei Dutzend anderen strömte Marie auf die Tanzfläche, versuchte dabei, Micha am Handgelenk mit sich zu ziehen, löste aber ihren Griff, als er sich weigerte zu tanzen.

Nachdem sie sich zunächst versichert hatte, dass Phil wieder an die entgegengesetzte Seite des Kreises gegangen war, tauchte Christiane aus der Menge auf und stellte sich neben Micha. Zur Begrüßung versuchte sie, das Gesicht zu einer Art Lächeln zu verziehen, das aber in den Mundwinkeln stecken blieb und sich nicht zu den Augen hinaufarbeitete. Sie sah nicht gut aus.

„Christiane? Ist was?"

Ihre dünnen, markant sinkenden Augenbrauen zuckten willkürlich nach unten und oben. Ihre ohnehin schmalen Augen hatte sie zu Schlitzen verkniffen. Im Grunde genommen war es müßig, zu fragen. Die Beziehung, die es offiziell gar nicht gab, hatte ihr dramatisches Ende gefunden, als Christiane vor einer Woche morgens ungefragt in der WG aufgetaucht war. Phil hatte sich aus nachvollziehbarem Grund Überraschungsbesuche verbeten. Trotzdem hatte sich Christiane an diesem Morgen entschlossen, mit einer zum Sektfrühstück vollgepackten Einkaufstüte in die WG zu kommen, hatte die nicht abgeschlossene Wohnungstür geöffnet und war in sein Zimmer gegangen. Die Überraschung entsprach nicht dem, was sie geplant hatte. Später hatte Micha die Reste der geplatzten und ausgelaufenen Sektflasche aus den Ritzen des Holzbodens aufgewischt, während Phil und Christiane sich anbrüllten und Phils Bekanntschaft der letzten Nacht sich unbeachtet von allen hektisch ankleidete.

Nachdem sich Phils Übernachtungsgast wortlos davon geschlichen, nachdem Jimi, von dem morgendlichen Tumult überwältigt, bereits eine Zigarette gerollt, nachdem Micha den vom Sekt klebrigen Fußboden geputzt und die Scherben weggeworfen, nachdem Phil und Christiane sich über eine Viertelstunde angeschrien hatten, war Christiane hinausgelaufen und auch nicht wiedergekommen. Die offiziell nicht existierende Beziehung war damit offiziell beendet.

„Nein, eigentlich ist nichts." Christianes Augenbrauen zuckten noch einmal heftig, dann quollen Tränen aus ihren Augen. „Mit Phil ist überhaupt nichts."

Sie trat an Micha heran und umarmte ihn. Ein wohliges Gefühl durchfloss ihn, in dessen Windschatten das schlechte Gewissen Einzug hielt. Er schaute zu Marie, die mit dem Rücken zu ihnen auf der Tanzfläche in der Menge tobte. Mit seinen Armen fuhr er an Christianes Rücken nach oben und drückte ihren Kopf fest an seine Schulter. Er spürte, wie ihre Tränen durch sein Shirt die Haut benetzten, spürte ihren warmen Atem durch den Stoff an sein Schlüsselbein dringen. Sie löste sich.

„Ist bei euch wenigstens noch alles in Ordnung?", fragte sie, sich die Tränen aus den geröteten Augen wischend, während sie Marie beim Tanzen zusahen.

„Na ja, sie ist nicht immer einfach."

„Was soll ich denn sagen, Micha! Glaubst du, Männer wären unkomplizierter als Frauen?"

Marie tanzte, glücklich und sich selbst genug, zur Musik.

„Pass gut auf sie auf", sagte Christiane und nahm ihre Bierflasche vom Boden. „Ich hab sie gern. Fast so gern wie dich."

Sie beugte sich vor, küsste ihn auf die Wange, drehte sich um und verschwand in der Menge.

Wie viele andere schätzten Marie und Micha das Trauma auch deshalb, weil es keiner der üblichen Anmachläden war, sondern im Gegenteil eine eher entspannte Atmosphäre vorherrschte. Die meisten Leute erschienen bereits in Gruppen oder kannten sich untereinander. Betrunkene Vorstadtaufreißer kamen nicht ins Trauma, da schon das Angrapschen eines Hinterns angesichts der geballten Marburger Frauenbewegung als Schwerverbrechen galt. Genau deshalb machte sich Marie auf der Tanzfläche keine Gedanken.

Sie tanzte wild zwischen den anderen. Die Tanzfläche des kleinen Ladens war mehr als gut gefüllt. Die Tänzer standen eng zusammen, hatten gerade noch genug Platz, um sich bewegen zu können. In der Mitte hatte sich ein Schwarzer aufgebaut, der die ihn umgebenden Frauen um mindestens einen halben Kopf überragte. Mit seiner Kleidung, seinem schlabbernden Muskel-Shirt mit der Aufschrift ‚L.A. - Getto Kid', seiner überdimensionalen Goldkette setzte er sich schon äußerlich stark vom Stammpublikum ab. Auch mit dem dezent-konservativen bis folkloristischen Aussehen der afrikanischen Austauschstudenten hatte er nichts gemein. Er war an diesem Abend offensichtlich das erste Mal gekommen, wirkte dabei außerordentlich deplatziert, ohne dass er dies nur im Geringsten registrierte. Sein Gesichtsausdruck, seine trüben, leicht verdrehten Augen, seine ungelenken Bewegungen deuteten auf einen Drogenrausch hin.

Versuchsweise wiegte er sich zu der Musik im Takt und wendete seinen Hüftschwung der vor ihm stehenden Studentin zu, tanzte näher heran, bis die immer weiter zurückweichende Studentin an ihren Hintermann stieß und sich in den Randbereich der Tanzfläche verzog. Auf der Suche nach einem neuen Objekt wandte er sich Marie zu. Ganz in sich versunken bemerkte sie zunächst nicht, wie ihr Gegenüber sich wild mit Hüften und Goldkette schlenkernd annäherte. Erst als er den üblichen Abstand von einer halben Armlänge unterschritten hatte und ihr von oben auf die Brüste starrte, sah sie nach oben und nahm ihn selbst, seine Tanzbewegungen und seine Blicke wahr, erschrak und verfiel kurzzeitig in einen Nichtwahrnehmungsreflex, tanzte also weiter, als habe sie ihn nicht gesehen.

Durch ihr Aushalten ermuntert rückte er noch näher zu ihr heran. Sie bildete sich ein, seinen Atem zu spüren, drehte sich aus ihrer Starre erwachend um 180 Grad, wandte ihm also den Rücken zu, entschied sich dann aber, ihm schon allein aus Prinzip nicht die Tanzfläche zu überlassen, sondern weiter zu tanzen. Böses ahnend drängte Micha sich in Richtung der Tanzfläche. Der Schwarze rückte noch ein Stück näher, legte seine Hände an ihre Schultern, kreiste mit seinem Becken in ihrem Lendenbereich und lies seine Hände dann sofort nach vorne auf ihre Brüste rutschen. Marie stieß einen Schrei aus, hieb mit ihren Händen nach den seinen, machte einen Ausfallschritt, um sich loszureißen und drehte sich wutentbrannt um. Mit drei Schritten war Micha bei ihr. Ihr Gegenüber hatte sich schon wieder umgedreht und einer anderen Tänzerin zugewendet.

„Was bildet sich der Kerl ein? Wer denkt er, dass er ist?"
Sie saßen draußen im Innenhof, direkt vor dem Eingang. Die Glasfronten der Finanzbehörde, die den verwinkelten Bau einkreisten, reflektierten die letzten Reste der Dämmerung.

Die überraschende Situation hatte Marie zunächst gelähmt. Dann hatte ihr Gerechtigkeitssinn ihren Zorn entfacht.

„Ich weiß, es war unverschämt. Aber lass uns nicht von solch einem Typ den Abend verderben."

„Mich ärgern am meisten die ganzen Leute, die um uns herumgestanden und zugesehen haben. Deine Freunde reden immer von ‚Gleichberechtigung' und von ‚Eintreten für die Frauen'. Wo waren sie denn, wenn sie ausnahmsweise einmal für mich hätten eintreten können?"

Sie gingen wieder hinein und gaben die Flaschen an der Theke ab. Der DJ legte New Model Army auf. Marie konnte wieder lächeln, zog Micha auf die Tanzfläche und sie tanzten wild, dem anderen das Gesicht zugewandt, sich unablässig in die Augen schauend.

Der Schwarze hatte sich zuvor im Hintergrund aufgehalten. Jetzt wurde er von der vollen Tanzfläche wieder angelockt. In Wiederholung seines vorherigen Verhaltens begann er wahllos, die weiblichen Gäste anzutanzen. Die erste Frau drängte er einige Meter rückwärts, verscheuchte dann die zweite von der Tanzfläche und brachte die dritte dazu, sich unpassend zu dem schnellen Takt an ihren Freund zu schmiegen.

Nach diesem erfolglosen Versuch wandte er sich wieder in die Mitte der Tanzfläche, wo Marie mit dem Rücken zu ihm lachte, tanzte, schwitzte, glücklich war und seine Belästigungen schon fast wieder vergessen hatte. Nicht nur Michas bösen Blick, sondern auch die Tatsache ignorierend, dass Maries Freund ihr direkt gegenüber tanzte, näherte er sich langsam an. Trübe und flackernd kreisten seine Augen arrhythmisch über ihrem Rücken. Micha überlegte, sich an sie heran zu drücken oder sie gänzlich von der Tanzfläche wegzuziehen. Er hob die Hände in Richtung ihrer Schultern, brach die Bewegung ab, führte sie in einem Halbkreis schwungvoll auf ihren Po und vergrub dort beide zufrieden. Überrascht sprang Marie zur

Seite, Micha machte einen Schritt nach vorn und hieb reflexartig nach seinen Händen.

Er zuckte mit den Armen zurück, sah ihn mit wirrem Blick an. Verletzter Stolz blitzte auf. Er blähte seine Brust auf, hob den Kopf in den Nacken, blickte ihn verächtlich an, schwang die Arme nach vorne und schubste ihn kraftvoll von sich weg. Keiner der Umstehenden griff ein. Marie rettete ihn vor weiteren Übergriffen, indem sie Micha von der Tanzfläche zog.

Sie saßen wieder draußen.

„Was für ein Typ!", fluchte er.

„Kannst du jetzt verstehen, warum ich nicht in diese Stadt ziehen will? Noch nicht einmal in Ruhe tanzen kann man."

„Was hat das denn wieder mit der Stadt zu tun? Solche Leute triffst du genauso in Berlin."

„Aber da schmeißt man sie wenigstens raus, wenn sie sich so verhalten!"

„Ach du meinst also, dass das hier nicht möglich ist? Komm mal mit, der ist ganz schnell draußen!"

„Hier fliegt kein Schwarzer raus! Das Trauma ist für alle da", antwortete der Kerl an der Kasse.

Das Trauma hatte keinen Türsteher. Die beiden an der Kasse, ein bulliger Dauerstudent Ende Zwanzig und eine Frau mit rot gefärbten Haaren und einem gebatikten Shirt, waren ‚ehrenamtlich' tätig. Sie kannten den Großteil des Publikums, hätten also jede beliebige Person mit Hilfe ihrer Freunde und Bekannten hinaus befördern können.

„Es ist doch egal, ob es ein Schwarzer ist oder nicht. Er hat meine Freundin – und nicht nur die – angefasst und verdirbt allen weiblichen Gästen die Lust zu Tanzen."

„Für mich spielt es keine Rolle, ob er schwarz ist oder nicht, aber vielleicht nicht für dich und deinen Penisneid. Wir schmeißen hier keinen Schwarzen raus, nur weil sich ein Weißer in seiner arischen Ehre gekränkt sieht!"

„Nicht ihn hat er angefasst, sondern mich", schaltete sich Marie in die Diskussion ein.

Die Frau mit den roten Haaren betrachtete sie abschätzig, wog ihren Akzent und fragte: „Du kommst aus dem Osten?"

„Und wenn?"

„Bei euch im Osten habt ihr wahrscheinlich nicht gelernt, mit verschiedenen Kulturen zusammen zu leben. Das kann euch niemand vorwerfen, ihr hattet ja keine Gelegenheit dazu. Aber wenn ihr bei uns im Westen seid, dann müsst ihr schon ein Mindestmaß an Toleranz mitbringen."

Zu ihrem Nebenmann gewandt sagte die Rothaarige: „Die hätten sich in der DDR ein paar Jahre früher um diese ganze rechte Szene kümmern müssen."

Ihr Nebenmann nickte. Marie rannte zum dritten Mal heraus. Sie saß draußen auf der Treppe und ließ ihren Tränen freien Lauf. Michas Versuch der Umarmung wehrte sie ab.

„Die Leute hier hassen mich. Genau das meine ich!" Sie schluchzte. „Hier werde ich immer die Dumme bleiben, egal was ich tue."

Jetzt legte sie ihre verheulten Augen auf seine Schulter. Er schloss sie in seine Arme und küsste zärtlich ihre Haare.

„Das war gemein, ich weiß. Und hier waren wir ganz bestimmt das letzte Mal. Aber deshalb ist doch nicht die ganze Stadt gegen dich."

„Du kommst doch jetzt nach Berlin? Im Oktober geht das Wintersemester los."

„Wir sollten nichts überstürzen. Vielleicht findet sich in den nächsten Monaten noch eine Lösung."

Sie nahm ihren Kopf von seiner Schulter, löste sich rüde aus der Umarmung und ging – beinahe lief sie – aus dem Innenhof Richtung Straße.

„Ich hab genug, Micha. Wir hatten doch heute Morgen drüber geredet und nur ein paar Stunden später weichst du wieder aus. Bis die Einschreibefrist vorbei ist", rief sie schluchzend hinter sich her. „Ich will heute Abend eine Entscheidung. Entweder du kommst mit nach Berlin, oder...".

„Das ist nicht fair! Wir haben heute Morgen überhaupt nicht mehr von Berlin gesprochen und jetzt kommst du und stellst es so dar, als hätte ich dir schon alles zugesagt."

Er folgte ihr. Sie hatte bereits einige Meter Vorsprung und lief immer noch im maximalen Schritttempo, sodass er erst einige Schritte spurten musste, um wieder mit ihr auf die gleiche Höhe zu kommen.

„Marie, bitte! Unser Streit von heute Vormittag reicht doch schon aus. Morgen früh können wir in aller Ruhe miteinander reden, aber heute Abend kannst du mich nicht zu irgendeiner Entscheidung zwingen."

Ihre Schritte verlangsamten sich nicht, sondern hackten unaufhörlich ihr wütendes Stakkato auf den Asphalt, klopften den Rhythmus der nackten Wut auf das Café Trauma, auf Marburg und auf ihren Freund in die Nacht hinaus. Erst als sie die Schranke passiert hatten, die den Gebäudekomplex von der Robert-Koch-Straße trennte, als eine Gestalt aus dem Dunkeln in das Licht einer Straßenlaterne trat, als dahinter noch zwei Gestalten sichtbar wurden und der süßliche Geruch von Cannabis in ihre Nasen strich, stoppten Maries Schritte.

„Völlig richtig. Du solltest dich auf keinen Fall von ihr erpressen lassen", sagte Phil.

„Ihr habt mir heute noch als einzige gefehlt", fauchte Marie seine Mitbewohner an.

„Wie ich gehört habe, hast du dich im Trauma über einen Schwarzen mokiert. So etwas spricht sich hier schnell herum. Ein bisschen weniger Borniertheit stände dir gut zu Gesicht."

Alle aus dem Zorn geborene Stärke fiel von ihr ab. Maries Mundwinkel zuckten, sie wandte ihr Gesicht nach unten, schob den vor ihr stehenden Phil zur Seite und ging, lief, rannte schließlich an Henning und Jimi vorbei. Micha folgte ihr, stand, als sie sich umdrehte, in der Mitte zwischen ihr und seinen Freunden.

„Kommst du mit mir, Micha?"

„Wenn du jetzt mit ihr mitgehst, dann hat sie dich endgültig im Griff", rief Henning.

„Denk daran. *Wir* sind deine Freunde", rief Phil hinterher.

„Jetzt halt doch endlich mal deine Klappe", blaffte Micha ihn an.

Im Dunkel unter den Bäumen an der Lahn stand Marie und schniefte. Sie wartete auf seine Reaktion, warte auf ihren Freund, der sich wie auf dem warmen Asphalt festgenagelt fühlte, zu keiner Reaktion fähig.

„Micha!" sagte sie fast flehend und doch mit einem ungewohnt harten Unterton in der Stimme. „So kann es nicht weitergehen. Du musst dich endlich entscheiden. Jetzt."

„Marie, ich weiß du hast einen schlimmen Abend hinter dir, aber lass' uns zusammen nach Hause gehen und über alles reden. Ich kann mich doch nicht zwischen dir und meinen Freuden entscheiden."

„Hast du dir schon einmal überlegt, ob das wirklich deine Freunde sind, so wie sie mich heute Abend behandelt haben?"

„Nun warte doch, wir können über alles..."

„...reden, ich weiß", rief sie im Wegrennen hinter sich her.

Plötzlich stand Phil hinter ihm.

„Sei froh, dass sie weg ist. Die wäre auf Dauer ohnehin nichts für dich gewesen."

„Was fällt euch eigentlich ein, meine Freundin so zu beleidigen? Musstet ihr unbedingt noch einen draufsetzen?"

„Wir wollten dich nur vor einem Fehler bewahren."

„Vor Fehlern, ja? Hast du mir deshalb einen mies zusammenkopierten Brief von ihr unter die Nase gehalten? Hört endlich auf, euch in meine Angelegenheiten zu mischen!"

Er lief ihr hinterher. Vom Trauma zu seiner Wohnung brauchte man in normalem Schritttempo fünfzehn, in ihrer Geschwindigkeit etwa zehn Minuten. Er ließ ihr den Vorsprung. In den zehn Minuten würde sich ihre Wut so weit abschwächen, dass zumindest wieder vernünftig mit ihr zu reden war. Sie hatte keinen Haustürschlüssel. Er erwartete also, sie vor dem Haus zu finden.

Als Micha über die Autobahnbrücke ging und den ersten Blick auf die Straße und ihren Hauseingang warf, war keine Marie zu sehen. Weder in ihrer Wohnung noch im Treppenhaus brannte Licht. Er ging durch die verwilderte Grünfläche hinter dem Haus, die früher einmal den Garten dargestellt hatte, fand keine Spur von ihr. Er schloss die Tür auf, fand niemand im Treppenhaus, erst Recht niemand in der Wohnung und fing erstmals an, sich Sorgen zu machen. Dann trat er wieder auf die Straße und überlegte, den Weg noch einmal zurückzugehen, um zu überprüfen, ob sie nicht vielleicht mit vorzeitiger Milde oder erneuerter Wut auf einer Parallelstraße zurück zum Café Trauma gegangen war, wusste aber plötzlich, was ihn so beunruhigte.

Ihr Auto fehlte.

Sie hatte den Wartburg ihrer Eltern, eine hier in Marburg nicht zu übersehende Automarke, vor dem Haus geparkt. Jetzt klaffte dort eine Parklücke. Er rannte durch die Straße, fand keinen Wartburg, lief zurück zum Haus und öffnete von einer Intuition getrieben den Briefkasten. Er enthielt einen kleinen, von einer Straßenkarte abgerissenen Zettel, der notdürftig mit Kugelschreiber bekritzelt war:

Du wirst dich nie entscheiden. Es war eine schöne Zeit mit dir. Marie

Micha setzte sich auf den Bürgersteig, genau an der Stelle, wo bis vor zehn Minuten noch Maries Auto gestanden haben musste. Während er langsam, wie betäubt, zum Trauma zurückging, dämmerte ihm, was gerade passiert war.

Als er wieder im Trauma ankam, waren Phil, Henning und Jimi schon gegangen. Auf eine andere Party am Pilgrimstein, wie Christiane sagte.

„Ich weiß, sie sind momentan unausstehlich", sagte Christiane. „Wenn du wüsstest, was Phil in den letzten Wochen für Launen an mir ausgelassen hat. Mit deiner Freundin ist das wohl heute Abend auch schiefgelaufen."

In diesem Moment fühlte er tief aus seinem Inneren den Kummer nach oben drücken, den er nur mühevoll unterdrücken konnte.

„Sie ist nicht immer einfach. Aber sie beruhigt sich wieder." Gerne hätte er selbst geglaubt, was er gerade erzählte. „Es ist manchmal ganz schön schwer mit euch Frauen."

„Wenn du dir Phil anschaust, ist es oft auch mit euch Männern ganz schön schwer. Aber das hatten wir heute Abend schon mal." Sie saß neben ihm und lächelte, fuhr mit den Fingern durch sein Haar. „Sie wird sich schon wieder beruhigen. Soll ich uns noch was zu trinken holen?"

Mit den beiden Bierflaschen in der Hand saßen sie im Innenhof vor dem Trauma und redeten. Zuerst über Phil und über Marie. Dann erfanden sie immer neue Theorien über die Kommunikationsprobleme von Männern und Frauen, bis sich ihre Laune entscheidend gebessert hatte. Zusammen gingen sie hinein, um etwas zu trinken zu holen, und wieder hinaus, um weiterzureden. Sie rückten zusammen, als die aufkommende Kühle der Nacht unter ihre Kleidung kroch. Schulter an Schulter, Arm in Arm saßen sie da, als um zwei Uhr das Trauma schloss, wanderten dann Seite an Seite durch die Sommernacht zur Tankstelle an der Stadtautobahn, wo Christiane eine Flasche Wein am Nachtschalter kaufte.

„Die Nacht ist noch viel zu jung", sagte sie.

Michas Mitbewohner waren noch nicht von ihrer Party zurückgekehrt. Christiane zündete Kerzen an und verteilte sie im Raum, während er eine Platte von Simon & Garfunkel aussuchte und die Musikanlage weit aufdrehte.

Sie lagen nebeneinander auf dem Fußboden, starrten an die Decke, hörten Musik und reichten sich die Weinflasche hin und her, hatten Mühe in dieser Körperhaltung daraus zu trinken und lachten jedes Mal, wenn der Wein durch den Mundwinkel auf den Boden rann.

Die Flasche war geleert, die A-Seite abgelaufen, als Christiane aufstand und ins Bad ging. Micha wendete die Platte, blies einige Kerzen aus, die bis auf einen Stummel herunter gebrannt waren, und bewegte sich gleichfalls Richtung Bad. Sie trafen sich in der Türschwelle, keiner wich dem anderen aus und so standen sie da und sahen dem anderen in die Augen.

Christiane lächelte ihn an, fasste mit ihren Händen in seinen Nacken und zog seinen Kopf heran.

Sie küssten sich.

Mit ihren Händen fuhr Christiane seinen Nacken herunter, glitt über seinen Rücken, küsste ihn weiter, wanderte mit ihrem Mund seine Wange entlang bis zum seinem Hals und biss hinein, griff den unteren Rand seines T-Shirts und zog es über seinen Kopf. Noch auf der Türschwelle ließ sie das T-Shirt fallen.

Er umarmte sie und zog sie einen Meter in den Raum hinein auf sein Bett zu und schloss die Tür hinter sich. Dann zog er ihr Top aus, ließ es fallen und schob sie einen weiteren Schritt in Richtung Bett. Seine Hände, die vor Nervosität abwartend ihre Hüfte gestreichelt hatten, glitten nach oben an die harten Nippel ihrer Brüste.

Sie küssten sich nochmal.

Mit dem Geräusch, als ob jemand das Treppenhaus hinaufging, dem Geräusch, als ob jemand zunächst an der Wohnungstür klopfte und dann die angelehnte Tür aufstieß, dem Geräusch, als ob jemand mit leisen, unsicheren Schritten die Diele betrat und langsam die Türklinke herunterdrückte, so wachte Micha auf. Noch bevor sie die Tür geöffnet hatte, noch bevor sie durch den sich öffnenden Türspalt zu sprechen begann, wusste Micha, dass Marie zurückgekommen war.

Die Sonne schien ins Zimmer, es war neun Uhr. Vor ihm, friedlich schlafend, ihr Gesicht der Tür und Micha den Rücken zu gewandt, lag Christiane nackt im Bett, wegen der Sommerhitze nur spärlich bedeckt. Er drehte sein Gesicht aus ihren Haaren und zog seine linke Hand zurück, die vor ihren Brüsten baumelte.

Noch während Marie die Tür aufmachte, noch bevor sie eintrat und die kompromittierende Szene sich ihrem Auge erschloss, während sie also die wenigen Schritte durch den Flur zu seinem Zimmer lief, fing sie an mit ihm zu reden.

„Micha, ich habe noch einmal über das Ganze geschlafen und es tut mir...".

Sie richtete ihren Blick auf Micha, auf die vor ihm liegende Christiane, stockte im Satz und stand angewurzelt, ihrer eigenen Statue gleich, im Raum. Obwohl sie selbst vollständig bekleidet war, wirkte sie in diesem Moment noch nackter als Christiane und Micha. Christiane war aufgewacht, blinzelte und erkannte Michas Freundin, sah aber keinen Anlass, ihre Blöße zu bedecken, sondern richtete sich in Erwartung der Dinge, die kommen würden, auf.

Marie stand immer noch im Raum, starrte Micha an, starrte wieder zu Christiane, starrte auf die Spur der Kleidungsstücke, die sich von der Zimmertür zum Bett zog und in deren Mittelteil Christianes BH direkt vor ihren Füßen lag. Ihre Augen wurden feucht, ihre Augenlider zuckten wahllos und ohne ein weiteres Wort löste sie das Standbild auf. Sie drehte sich auf dem Absatz herum, ließ die Zimmertür offen stehen und ging zur Wohnungstür.

Mit dem Geräusch, als ob jemand die Wohnungstür hinter sich in Schloss knallte, mit dem Geräusch von schnellen Schritten im Treppenhaus und der sich schließenden Haustür, dem Geräusch von unterdrückten Tränen, die sich in einem Weinkrampf entluden, dem Geräusch eines startenden Zweitaktmotors und eines wegfahrenden Autos, so endete Michas Wachtraum.

„Ich glaube, du hast ein Problem", sagte Christiane.

Das Geräusch einer Zimmertür, die sich öffnete, das Geräusch, wie der Bewohner dieses Zimmers sich tapsend seiner Tür näherte. Phil schaute herein, starrte auf Christianes nackte Brüste, starrte Micha an, starrte auf die Spur der Kleider, die sich von der Tür zu dessen Bett zog und an dessen Ende Christianes Top sich vor seinen nackten Füßen ausbreitete.

„Du hast auch ein Problem", sagte Micha.

„Wieso beschwerst du dich eigentlich?", wurde Phil von Christiane unterbrochen, nachdem sie vor aller Augen ihre Sachen zusammengesammelt und angezogen hatte. „*Du* hast doch immer überall erzählt, wir seien nicht zusammen. Dann sei einmal ein Mann und trage die Konsequenzen. Und jetzt raus hier! Das ist Michas Zimmer!"

Ohne auf seine weiteren Wutausbrüche zu reagieren, drängte sie Phil nach draußen und schloss die Tür ab.

„Das war schon lange fällig. Ich denke, jetzt hat er's kapiert", sagte sie.

„Heißt das, du hast das alles wegen ihm getan?"

Sie kam zu Micha, stellte sich vor ihn und versuchte, ihn zu küssen. Er wich zurück.

„Ich liebe ihn. Dich - ich mag dich wirklich. Es tut mir leid wegen der Schwierigkeiten, die du mit Phil deswegen hast – und natürlich wegen der Schwierigkeiten mit deiner Freundin."

„Momentan ist sie eher meine Ex-Freundin."

Er schloss die Zimmertür wieder auf, vor der Phil wartete, nachdem er inzwischen auch die beiden verbleibenden Mitbewohner geweckt und vor der Tür versammelt hatte.

„Das hätte ich nun wirklich nicht von dir gedacht." entrüstete sich Jimi.

„Was hättest du nicht gedacht? Sind die beiden zusammen oder nicht? Nein? Dann kann ich wohl machen, was ich will, und es geht dich und Henning und auch Phil einen Dreck an!"

Micha war der Ansicht, im Gegensatz zu Christiane nicht nur *ein* Problem zu haben, sondern eine ganze Problemsammlung. Christiane musste sich nur mit Phil beschäftigen. Micha musste schnellstens zu Marie, entweder nach Eisenach oder sogar nach Berlin, um zu retten, was noch zu retten war. Es war schwierig, die wenigen Sachen, die er für ein bis zwei Tage brauchte, zusammenzusuchen, während Phil und Christiane sich eine Szene lieferten und Phil seine Wut nebenbei auch an ihm auszuließ. Nach der schnellen Dusche zwang er sich wieder in die alten Klamotten. Ein Frühstück in der Küche war wegen den in der Zwischenzeit genau dorthin verlagerten Eifersuchtsszenen unmöglich.

„Hau bloß ab, du Kameradenschwein!" rief Phil ihm hinterher.

Ein Auto zu organisieren erwies sich so spontan als unmöglich, also saß Micha schließlich um 12 Uhr am Marburger Hauptbahnhof, aß ein Baguette vom Bahnhofskiosk zum Frühstück und wartete auf den Zug.

Ohne eine Idee, was er Marie sagen, wie er die eigentlich nicht erklärungsbedürftige und erklärungsfähige Situation erklären könnte, rief er vom Bahnhof in Kassel bei Marie in Eisenach an. Seit vier Wochen hatten ihre Eltern Telefon bekommen. Ihr Vater hob ab.

„Hallo, hier Geseck?"
„Hier ist Micha."
Schweigen.
„Hallo Eckart? Hier ist Micha aus Marburg."
„Ich weiß, wer du bist. Aber ich weiß nicht, was du mit meiner Tochter gemacht hast."
„Ist sie zu sprechen?"
„Nein, sie hat nur völlig verheult unser Auto abgeliefert und ist sofort in den Zug nach Berlin gestiegen. Micha, ich mag dich gerne. Aber was zum Teufel du auch immer gemacht hast, bring das in Ordnung!"

Der nächste Zug von Kassel nach Berlin ging erst eine Stunde später. Der ICE war völlig überlaufen. Es war Sonntag, der 1. Juli 1990. Tausende Menschen aus Westdeutschland, hunderte davon in seinem Zug, fuhren nach Berlin. In der DDR wurde DDR-Mark in D-Mark umgetauscht. Ostdeutschland war im Konsumrausch. Micha durchkroch ein bitteres Lachen, als er daran dachte, dass heute Abend Henning und Phil vor dem Fernseher sitzen und sich in allen Vorurteilen bestätigt sehen würden.

Er stand im stickigen Gang des ICEs, aufgrund der kurzen Nacht todmüde, noch aufgeputscht von seinem schlechten Gewissens, musste immer wieder den durchgehenden Mitreisenden Platz machen. Er fühlte sich hundeelend.

Es war bereits gegen 18 Uhr, als der Zug am Bahnhof-Zoo hielt und die schwitzende, gestresste Masse in das Berliner Konsumtreiben entließ. Er ging über den Breitscheidplatz an der Gedächtniskirche vorbei zum Kurfüstendamm. Die Julisonne schien von Westen durch das Berliner Häusermeer. Geblendet kniff er die Augen zusammen. Neben ihm schaltete die Ampel auf Grün. Laut klappernd, eine nach Zweitaktabgasen stinkende Wolke zurücklassend, fuhren die zahlreichen Trabant- und Wartburg-Modelle an. Micha ging weiter in Richtung KaDeWe. Die Schlange vor dem Kaufhaus wuchs immer noch an, erstreckte sich über zwanzig Meter am Ku'damm entlang, und er wünschte sich in diesem Moment, auch einer von jenen in der Schlange zu sein, die sich geistig mit nichts anderem beschäftigten, als mit dem gerade umgetauschten Geld lang gehegte Wünsche zu erfüllen.

Gegen 20 Uhr stand er vor Maries WG am Prenzlauer Berg. Im Mai hatte sie die Enge des Wohnheimzimmers hinter sich gelassen und war zusammen mit Friedrich und Natalia in eine große, aber ziemlich heruntergekommene Altbauwohnung gezogen. Sein Puls raste, die Haut schwitzte, Kopfschmerzen pochten und konnten das schlechte Gewissen nicht übertönen. Micha sammelte seine Worte und bereitete eine Entschuldigung vor, die größte, tiefste, emotionalste Entschuldigung, die er jemals in seinem Leben formuliert hatte. Eine Nachbarin ließ ihn in das Treppenhaus.

Er klopfte an ihrer Wohnungstür. Niemand, weder Natalia, noch Friedrich noch Marie, war zu Hause. Micha setzte sich ins Treppenhaus und wartete. Eine Stunde, zwei Stunden. Es wurde zehn Uhr abends. Wahrscheinlich saß Marie in einer Kneipe und beschwerte sich bei ihren Mitbewohnern über ihren Ex-Freund Micha und höchstwahrscheinlich beschwerte sie sich sogar zu Recht. Er fühlte sich hundsmiserabel.

Erstmalig an diesem Tag befiel ihn die Frage, was er machen würde, wenn Marie heute Abend nicht mehr zurückkäme, beziehungsweise wenn sie zwar zurückkäme, ihm aber die kalte Schulter zeigte und ihn vor der Tür stehen ließe? Wo würde er schlafen? Bei Frank, Hennings Freund aus Kreuzberg, hatte sich die Sache höchstwahrscheinlich mit einem Anruf aus Marburg erledigt. Sonst kannte er niemanden in Berlin, von Friedrich und Natalia abgesehen. Notfalls musste er sich eben ein Hotel suchen, aber sein Geldbeutel gab fast nichts mehr her und am Tag der Währungsunion waren praktisch alle Hotels ausgebucht.

Ihm schien, dass die Probleme sich gerade untereinander befruchteten und schließlich ungefragt reproduzierten. Ein großes Bier würde seine Gedanken beruhigen – und vielleicht waren ja auch Marie, Natalia und Friedrich in einer der angrenzenden Kneipen zu treffen.

Das erste Bier schmeckte gut, das zweite besser.

Weder in der ersten noch in der zweiten Kneipe traf er Marie oder einen ihrer Mitbewohner. Also beschloss er, einfach weiterzusuchen. Er würde in dieser Straße anfangen und dann einen konzentrischen Kreis um die Wohnung in Prenzlauer Berg legen.

Auch in der dritten Kneipe fand er sie nicht, trank aber neben dem Bier noch einen Wodka. Das Leben wurde wieder erträglich. Der Barkeeper, der sich hier noch ganz altmodisch ‚Wirt' nannte, gab ihm ein paar Adressen im

Kiez und auch in Westberlin, die häufig von Studenten frequentiert wurden. Auf einer zerfledderten Karte, die ihm der Wirt schenkte, markierte er die Kneipen und verband sie, ausgehend von seinem Standort, mit Linien, die ungefähr einen Kreis beschrieben.

Es war wieder Ordnung in seinem Leben, ein echter Plan, der vor ihm lag. Bevor er sich aufmachte, bestellte er noch ein Bier bei dem netten Barkeeper. Und einen Wodka konnte ihm der Wirt auch gleich noch servieren.

David! Das wäre eigentlich ein Moment, mal wieder mit seinem Freund David zu telefonieren.

Der Barkeeper (der Wirt!) stellte ein Bier und einen Kurzen vor ihm hin. Er setze das kleine Glas an.

Wodka!

Welcher Idiot hat das denn bestellt, dachte er noch und hatte David wieder vergessen.

„Hallo, hier Nadja", sagte Nadja.

„Hallo Nadja. Wieso bist du eigentlich nicht zu Hause, sondern David. Nein, ich meine: bei Da... Wieso bist du bei David zuhause?"

„Micha?"

„Ja, genau."

„Weißt du, wie spät es ist?"

„Nein, is' mir auch egal. Kann ich ma' David sprechen, es is' dringend!"

„Du bist ja komplett betrunken."

„Kann ich deshalb David nich' sprechen?"

Es raschelte im Hintergrund, dann ging David an den Apparat.

„Micha?"

„Ja, immer noch!"

„Wo steckst du?"

„In Berlin in irgendeiner klein' Kneipe in der Nähe des Ku'damms."

„Mit Marie oder wegen Marie?"

„Wegen. Also - wenn's nur das wäre!"

„Erzähl."

So erzählte Micha die ganze Geschichte, während sich wankend die Kneipengänger auf ihrem Weg zur Toilette an ihm vorbeidrängten, während er zweimal einen Schritt zur Seite gehen musste, um den Zigarettenautomaten freizugeben, während ein Pärchen sich vor dem Eingang zur Herren- und Damentoilette betrunken befummelte, während er immer wieder an seiner Bierflasche nippte und in der Zwischenzeit aus allen Jacken- und Hosentaschen verschollenes Kleingeld zu Tage förderte, um die nun bereits über zwanzig Minuten dauernde Verbindung mit Freiburg nicht zu unterbrechen.

„Du hast ein ziemliches Problem", sagte David, als er geendet hatte. „Aber als erstes solltest du dir vielleicht einmal klar machen, was du eigentlich willst. Deine Freundin – oder Ex-Freundin – in Berlin, oder diese bornierten Typen in Marburg."

„Ich will Marie, aber ich will mich nich' einfach in ihre Hand begeben. Und will meine Freunde in Marburg nich' aufgeben und außerdem sind sie nich' borniert."

„Sie *sind* borniert. Das eben war bloß eine rhetorische Frage. Zumindest hast du dich heute nicht wegen ihnen, sondern wegen deiner Ex-Freundin betrunken."

Es entstand eine Pause. David ließ die Erkenntnis wirken.

„Gut!" setzte David wieder ein. „Wenn du das endlich verstanden hast, dann kommen wir zu Schritt zwei. Welche Konsequenzen folgen aus dieser Erkenntnis, oder anders gesagt: Wie wird Marie von deiner Ex-Freundin wieder zu deiner Freundin?"

„Is' das jetz' auch eine rhetorische Frage?"

„Wenn du möchtest: Ja. Aber ich will, dass *du* dir diese Antwort selbst gibst."

Micha setzte die Bierflasche ein letztes Mal an und ließ den warmen, abgestandenen Rest die Kehle herunterrinnen, presste sich mit dem Rücken an den Zigarettenautomaten, um einen Toilettenbesucher durchzulassen und überlegte.

„Es müsste was Besonderes sein, etwas, das ihr zeigt, was sie mir bedeutet."

„Ein guter Einstieg wäre zunächst einmal, sich auf allen Vieren für diese Sache mit Christiane zu entschuldigen."

„Ja, das auch. David, kann ich dich gleich nochma' anrufen? Ich hol' mir noch Kleingeld und'n Bier von der Theke und überleg' mir in der Zwischenzeit was."

„Du kannst mich gerne gleich noch einmal anrufen, aber ich bezweifele, ob ein weiteres Bier noch sehr gut für dich wäre!"

„Aber's hilf' beim Denken."

„Es tut was?"

„'s hilf' mir beim Denken", sagte er, legte auf, stellte die leere Flasche zu drei anderen auf den Zigarettenautomaten und bahnte sich stark schwankend den Weg zur Theke.

Er erwachte von einem Schuh auf seiner Schulter, der seinen Körper kräftig, aber nicht grob im Gras hin und her schüttelte und seinen traumlosen, komatösen Schlaf unsanft unterbrach. Er schlug die Augen auf, sah geblendet von der morgendlichen Sonne im Hintergrund den Berufsverkehr auf dem Boulevard Unter den Linden und verfolgte den Fuß an seiner Schulter über das dazugehörige Bein bis zu seinem über ihm stehenden Besitzer, der mit einem großen Schlüsselbund in der Hand klapperte.

„Juten Morgen, junger Herr. Wir ham sieben Uhr und ick muss jetzt die Universität aufschließen. Ick denke, Se sollten deshalb diesen Rasen verlassen und sich 'nen anderen Schlafplatz suchen."

„Aber ich bin doch hier richtig an der Humboldt-Universität?"

„Na, gucken Se mal hinter sich. Wat glau'm Se wat ditt is?"

„Ich bin gekommen, um mich heute einzuschreiben. Das Studentensekretariat ist doch hier, oder?"

„Ja, ditt is' schon hier, aba ditt macht erst in eener Stunde auf. Außerdem", er musterte ihn, „brauchen Se een Abiturzeugnis um sich hier einzuschreiben. Ditt is' nämlich 'ne Universität."

„Sehe ich etwa so aus, als hätte ich kein Abitur?"

„Na ja, ick will Ihnen nich' zu nahe treten, junger Mann, aber ham Se heute schon mal in den Spiejel jeschaut? Na, nu kucken Se nich' so. Komm Se mal mit rein, ick schließ Ihnen ma' ditt Klo uff."

Er ging die Treppen herauf und öffnete das Eingangsportal. Micha erhob sich, wankte, als das Blut plötzlich vom Kopf in die Beine schoss und sich ein ziehender Schmerz in seinem Schädel breitmachte.

In der Herrentoilette blickte ihn aus dem Spiegel ein fremder Mensch an. Die in ihre Höhlen zurückgezogenen Augen wurden umrahmt von tiefen Augenringen, in Nachahmung einer komplizierten Vektorgrafik standen die Haare in alle Richtungen, den linken Backenknochen zierte eine Schürfwunde, die im Randbereich langsam in ein Hämatomblau überging.

Er erinnerte sich dumpf. Irgendwo zwischen Brandenburger Tor und Humboldt-Universität hatte sich ihm ein an eine Laterne gekettetes Fahrrad in den Weg geworfen und ihn zu Fall gebracht. Die Jeansjacke trug als Andenken seiner Begegnung mit dem Rad noch Reste des Hundekots am Ärmel, den er auf dem Boulevard gefunden hatte. Nicht durch den Sturz, aber durch die Übernachtung auf dem Rasen vor der Universität gezeichnet, war seine Hose mit grünen Streifen markiert.

Er zog die Jacke aus und warf sie auf die Trennwand, wusch seine Arme, hielt den Kopf unter Wasser, was die Kopfschmerzen kurz aufwallen ließ, seifte sich Hände, Arme, Haare und Gesicht mit dem nach künstlichen Parfümstoffen riechenden Flüssigreiniger ein, rieb sich mit einem Dutzend Trockentüchern ab, die den vorher noch leeren Papierkorb wieder halb füllten, und hielt dann seine nassen Haare unter den Händetrockner. Die dadurch entstehende Fönfrisur rieb er mit angefeuchteten Händen wieder in eine einigermaßen zivile Form.

Draußen schloss man gerade die Cafeteria auf. Er erbettelte sich einen verfrühten Einlass und kaufte eine Packung Kaugummis, um den Geschmack und den Geruch eines zerkauten Stinktierfells aus seinem Mund zu bekommen.

„Warte mal", sagte ihm die dicke Kassiererin mit einem mütterlichen Blick. Sie ging in den Personalraum und holte ihm einen Plastikbecher dampfenden Kaffee, in den sie auf seinen Wunsch noch einen Löffel Zucker einfüllte.

„Du siehst so aus, als ob du den gebrauchen könntest."

Er saß im Gang vor dem Studentensekretariat, bemühte sich um möglichst wenig Bewegung, nippte am Kaffeebecher und wartete.

Zwanzig Minuten später schreckte er aus dem Schlaf hoch, als die Tür geöffnet wurde.

„Guten Morgen. Wollten Sie zu uns?"

„Ja, ich denke schon."

Er folgte ihr in ein Großraumbüro, in dem die verschiedenen Plätze mit alten Stellwänden abgetrennt waren. Ihre Kollegen schienen erst soeben zum Leben erweckt und schwatzten im Hintergrund. Der einzige Nichtbedienstete im Raum war er.

„So, worum geht's denn?"

„Ich wollte mich einschreiben."

„Für das nächste Semester? Da beginnt die Einschreibefrist aber erst in einigen Wochen."

„Das heißt, es ist nicht möglich?"

„Wenn Sie mich so fragen: Nein! Also: Ja, nicht möglich!"

„Hm, und wenn ich mich eben nur ummelden will."

„Wo sind Sie denn jetzt eingeschrieben?"

„In Marburg, für Literaturwissenschaft und Geschichte."

„Oh, Marburg. Wo liegt das eigentlich? Ist im Westen, oder? Ob das so einfach geht?"

„Natürlich geht das. Ab dem Oktober haben Sie doch *auch* bundesdeutsches Recht und eine bundesdeutsche Studienordnung."

„Jetzt werden Sie nicht unverschämt. Natürlich haben wir das."

„Na also, dann dürfte das doch kein Problem sein."
„Haben Sie denn die Exmatrikulation Ihrer alten Uni mit?"
„Wieso? Ich muss doch erst einen Platz bei Ihnen in Berlin haben."
„Also hören Sie mal, Sie können doch nicht einfach kommen und... da könnte ja jeder einfach."
„Aber es ist sehr, sehr wichtig, dass ich mich hier einschreiben kann. Lebenswichtig, sozusagen."
„Tut mir leid. Sie können ja auch wiederkommen, wenn Sie alle Formalien erfüllen."
„Nein. Nein, nein, nein! Ich kann nicht später wiederkommen, ich muss mich heute – *heute!* – einschreiben." Er begann vor Aufregung den Schreibtisch mit seiner Faust zu bearbeiten. „Nicht morgen" – Wumms – „Nicht übermorgen" – Wumms – „Sondern *heu-te*" – wumms-wumms – „Genau heute muss ich mich einschreiben."

Sie wich ein Stück von ihrer Schreibtischkante zurück, als rechnete sie damit, dass sie einen gefährlichen Neurotiker vor sich hatte, dessen Stimmung jederzeit in einen Amoklauf überkippen konnte.

„Also so erreichen Sie hier überhaupt nichts."
„Das ist mir *egal*. Ich sitze jetzt hier so lang, bis Sie mich eingeschrieben haben. Zur Not bis morgen früh."

Micha verzog sich auf eine Wartebank auf der anderen Seite des Raumes, setzte sich im Schneidersitz auf das Holz und versuchte, sie unablässig mit bösen Blicken zu strafen. Sein Schädel brummte vom Schreien und ihm war speiübel, aber er wollte sich keine Schwäche erlauben.

Die ersten Studenten tröpfelten nach und nach ein. Probleme mit den Studentenausweisen, Fragen zur Im- oder Exmatrikulation, Anrufe zum Einschreibevorgang nach der nahen Wiedervereinigung beschäftigten sein Gegenüber an diesem Vormittag nur unzulänglich, sodass sie immer wieder aus dem Augenwinkel zu ihm hinüber spähte und von ihm mit bösen Blicken gestraft wurde.

Sie holte sich Akten aus dem hinter ihr stehenden Schrank, tat so, als ob sie diese durchsehe, holte sich zwischendurch eine Illustrierte heraus, tat so als ob sie diese lese, blickte aber immer wieder zu ihm herüber, bis sie schließlich die Zeitschrift entnervt hinter sich warf und nach hinten verschwand. Sein böser Blick begleitete sie, bis sie nach fünf Minuten wiederkam.

„Nu' kommen Sie mal her. Ich hab mir mit meinem Chef da was einfallen lassen. Aber nicht, dass Sie morgen mit ihren ganzen Freunden und Bekannten wieder kommen."

„Sie retten mir das Leben!"

„Ja, irgendwas von ‚lebenswichtig' sagten Sie schon. Also: Wir machen jetzt eine vorläufige Einschreibung. Eine Garantie des Studienplatzes, wenn Sie uns die erforderliche Exmatrikulation der Universität Marburg innerhalb einer von uns gesetzten Frist nachreichen. Ist das in Ordnung?"

„Das ist – perfekt!"

„Gut, dann geben Sie mir jetzt nur Ihren Personalausweis und ihr Abiturzeugnis."

„Ich habe kein Abiturzeugnis dabei."

„Heißt das, Sie haben nur ihren Personalausweis mit sich?"

„Na ja, ich dachte ich könnte das Zeugnis vielleicht auch noch nachreichen?"

„Sie haben mir heute Morgen gerade noch gefehlt."

Mit dem handschriftlich als ‚vorläufige Einschreibung' bezeichneten Blatt in der Hosentasche lief er zum Alexanderplatz und suchte eine Drogerie, in der er sich ein Wella-Haargel und ein Deospray irgendeiner nach VEB-Kombinat aussehenden Marke kaufte.

„Die West-Deodorangs jibbt ett erst nächste Woche wieda. Die ham' momentan Lieferschwierigkeiten, wegen die Währungsunion", entschuldigte sich die Verkäuferin. Draußen stellte er sich vor ein parkendes Auto, sodass sich sein Kopf im Fahrerfenster spiegelte, legte die immer noch wild aussehenden Haare notdürftig an seine Kopfform an und sprühte sein T-Shirt an den am schlimmsten riechenden Stellen mit dem Ost-Deodorant ein, was mit dem künstlich-süßen Duft einen noch merkwürdigeren Geruch abgab. Beide Artikel warf er sofort in einen Mülleimer und begab sich in die nächste U-Bahn-Station.

An der Station Alexanderplatz kreuzten sich mehrere U- und S-Bahnlinien. In seinem Zustand war das Umsteigen eine echte Herausforderung. Er suchte sich die Linie heraus, die Richtung Pankow/Prenzlauer Berg ging, trottete die Steintreppe herunter, da die Rolltreppe außer Betrieb war, sah auf halber Höhe die U-Bahn einrollen und sprintete die Treppe herunter in den Waggon, kurz bevor sich die Tür hinter ihm schloss und sich der Zug in Bewegung setzte.

Ausatmen, nach Alkohol riechender Schweiß, pochende Schmerzen im Kopf, dringendes Bedürfnis nach einem Sitzplatz. Er verschnaufte, setzte sich, schloss seine Augen für einen Moment. Er war entsetzlich müde. Der Wagen hielt an, Leute stiegen ein.

„Jannowitzbrücke", sagte die Ansagerin. Er öffnete die Augen, suchte den Stationsplan der U-Bahn, der über der Tür klebte. Hinter dem Alexanderplatz musste die Station

Weinmeisterstraße kommen. Die Station Jannowitzbrücke lag südlich, Richtung Kreuzberg. Mit dem pfeifenden Geräusch der Hydraulik glitten die Türen zu. Die Bahn ruckte an, das in der Station angebrachte Schild ‚Jannowitzbrücke' flackerte noch kurz an ihm vorüber, bevor der Zug in den U-Bahnschacht eintauchte. Er fluchte laut durch den Zug, sodass ihn die wenigen Passagiere anblickten, und stieg an der nächsten Station wieder aus.

Nachdem er an dem gegenüberliegenden Bahnsteig in die nächste U-Bahn gestiegen war, gelangte er Richtung Prenzlauer Berg. Für den Rest der Fahrt gestattete er sich nicht mehr, seine Augen zu schließen.

Weder Marie noch einer ihrer Mitbewohner antworteten auf sein Klingeln. Wahllos betätigte er das gesamte Klingelbrett, bis ein Nachbar den Öffner betätigte. Er drückte die Haustür auf, hörte von hinten, wie sich jemand mit knirschenden, schnellen Schritte näherte. In der Erwartung, Marie, Friedrich oder Natalia zu sehen, wandte er den Kopf nach hinten, während die Geräusche der Schritte einen Übergang in die Laufgeschwindigkeit signalisierten.

Ein großer bulliger Kerl war nur noch wenige Meter von ihm entfernt. Er hatte in etwa sein Alter und trug einen auffälligen Kurzhaarschnitt.

„Wo ist sie?", rief René über die kurze Strecke, die sie noch trennte.

Micha lief in den Flur und schlug die Haustür hinter sich zu. Direkt danach vibrierte die Tür vom Pochen der Fäuste und Renés Brüllen hallte trotz der Tür, die die beiden trennte, durch das Treppenhaus. Er rief ihm zu, er solle herauskommen, sodass sie alles wie Männer regeln könnten. Dann schickte er einige Beschimpfungen hinterher.

„Was ist los mit dir?", rief Micha durch die geschlossene Tür in Renés Gebrüll hinein. „Warum kannst du sie nicht einfach in Ruhe lassen und die Dinge akzeptieren, wie sie sind!"

„Weil ich sie liebe und sie mich!"

„Du liebst sie gar nicht, du liebst nur die Erinnerung an sie und die Vorstellung, die du von einem Leben mit ihr hast."

„Woher willst du wissen, was ich denke? Ihr Wessis nehmt euch erst unsere Frauen, dann kauft ihr unser Land und dann willst du mir noch erzählen, was ich zu denken habe."

„Wenn es dich tatsächlich interessiert, obwohl ich das kaum glaube: Ich bin nicht mehr mit ihr zusammen. Und zwar weil ich einen dämlichen, riesigen Fehler gemacht habe. Sie ist für mich nie irgendeine Beute gewesen und ich habe jetzt im Moment nicht mehr Geld in den Taschen als du. Ich weiß nur, dass ich ohne sie ein anderer Mensch sein werde. Aber *ich* versuche, sie mit etwas zurückzugewinnen, dass *du* weder ihr noch irgendeinem anderen Menschen gegeben hast: Respekt. Achtung. Wertschätzung! Marie ist so eine wunderbare Frau. Wie kommst du nur dazu, dich so aufzuführen, dich ihr gegenüber so abwertend zu verhalten? Warum?"

„Das geht dich gar nichts an. Ich bin immer noch..."

Sein Gebrüll brach abrupt ab. Micha stemmte sich immer noch verkrampft gegen die Haustür, obwohl die von Renés Tritten und Pochen verursachten Vibrationen gleichfalls aufgehört hatten.

„Was machst du denn schon wieder hier?". Die durch die Tür gedämpfte Stimme klang hell. Dann steckte jemand einen Schlüssel ins Schloss.

„Marie?", rief Micha, der sich immer noch von innen gegen die Tür stemmte.

„Wer sonst!"

Micha gab die Tür frei. Sie öffnete und machte einen Schritt in das Treppenhaus.

„Wieso werde ich heute Vormittag von zwei Ex-Freunden belagert? Habt ihr euch verabredet?"

„Ich will mit dir reden!" brüllte René einmal zur Abwechslung sie und nicht Micha an. Sie fuhr herum.

„Ich aber nicht mit dir. Seit Monaten nicht! Seit Jahren nicht! Ich hab' endgültig genug von dir. Hau ab!"

„Ich gehe nur, wenn gleichzeitig dein Werther mitkommt."

„Micha geht, wann er will oder wann ich will. Du entscheidest darüber nicht."

René holte aus und schubste sie ein Stück zurück, sodass sie einige Rückwärtsschritte in den Hausflur machte. „Wie redest du überhaupt mit mir?"

„Fass sie nicht an!"

Micha schlug mit den Händen in Richtung seiner Arme. René staunte einen Moment über Micha, den er zuvor völlig vergessen hatte, dann kniff er das Gesicht wuterfüllt zusammen und setzte den massigen Oberkörper in Bewegung. Sein linker Fuß überschritt die Türschwelle, aber Micha war schneller an der Haustür, schlug sie mit dem rechten Arm wuchtvoll zu, dass sie seinen Fuß wieder nach außen schlug und ein dumpfes Geräusch machte, als sie vor Renés Kopf krachte. Micha öffnete die noch nicht vollständig geschlossene Tür noch einmal, stellte sich in die Türschwelle und sagte mit einem ruhigen, zugleich aber eiskalten Ton: „Wage es nie wieder, sie zu belästigen!"

Als René wieder hereinstürmen wollte, knallte er ihm die Haustür nochmals mit voller Wucht vor den Kopf, drückte die Tür zu, während er durch die schwindende Öffnung noch sah, wie René auf den Pflastersteinen saß und sich die Stirn hielt.

„Schließ ab!"

Marie kam der Aufforderung nach. Vom zweiten Obergeschoss konnten sie vom Treppenhausfenster beobachten, wie René noch einige Minuten vor der Tür saß, sich immer noch den Kopf hielt, bis er schließlich aufstand und langsam davontrottete.

Das erste Mal an diesem Morgen fand Marie Zeit, Micha eingehender zu mustern.

„Mein Gott, wie siehst du denn aus?"

„Das habe ich heute schon mal gehört."

„Du siehst aus, als hättest du in einer Hecke geschlafen."

„Das kommt der Wirklichkeit ziemlich nahe."

Ihr anfängliches Mitleid war der alten Wut gewichen. Micha trat vorsichtig an sie heran, wobei er ihr ungewollt die prekäre Geruchsmischung aus durchzechter Nacht, ausdünstendem Alkohol und Ost-Deodorant zufächelte. Sie wich um eine Fußlänge zurück.

„Es tut mir alles ganz furchtbar leid."

„Das ist ja wohl auch das Mindeste, nach alldem, was du veranstaltet hast. Aber wenn du dich entschuldigen wolltest, dann hast du das ja jetzt getan."

Sie zog die Wohnungstür von innen auf und deutete ihm mit einem Kopfnicken an, zu gehen. Er stellte seinen Fuß vor die Tür, sodass sie sich nur einen Spalt öffnen ließ, griff nach dem zusammengefalteten Blatt in seiner Jackentasche und reichte es ihr.

„Ich wollte dir noch etwas zeigen."

Sie nahm das Blatt an sich und entfaltete es raschelnd.

„Eine ‚vorläufige Einschreibung' für die Humboldt-Uni auf deinen Namen? *Das* wolltest du mir zeigen? Deshalb hast du hier morgens wie ein Obdachloser in meinem Hausflur gelungert und dich mit meinem Ex-Freund – meinem *anderen* Ex-Freund – gestritten?"

„Marie, hör mir zu. Es tut mir alles furchtbar leid..."

„Das sagtest du schon."

„...und ich habe mich heute Morgen eingeschrieben, genau wie du dir gewünscht hast, und ich komme im Oktober nach Berlin, ganz wie du immer wolltest."

„Micha, verdammt!" Sie riss die Tür auf und sah ihm direkt ins Gesicht. „Das, was du nicht kapiert hast, noch nie, und wohl nie kapieren wirst, ist, dass du dich nicht einschreiben sollst, weil *ich* es mir wünsche, sondern weil *du*, nur du *selbst*, es willst. Du und kein anderer. Kein Phil, kein Henning, kein Jimi und erst recht keine Christiane. Aber das verstehst du nie."

Ganz still liefen ihr die Tränen über die Wangenknochen zum Kinn und tropften vereinzelt auf die Dielen. Er betrachtete ihre Tränen auf dem Weg über ihre Wangen. Sie drehte seine vorläufige Immatrikulation noch einmal in den Händen.

„Wieso ist das denn so ein komisches Formular", sagte sie leise, mehr aus Verlegenheit. „Die haben doch sonst andere. Irgendwelche Vordrucke."

Er blickte wieder an ihr hoch, in ihre dunklen Augen, die jetzt an den Rändern rötlich gefärbt waren. Durch die Tränen verlief ihr Kajalstift.

„Willst du das wirklich hören?"

Sie nickte.

Im Fernsehen lagen sich Helmut Kohl und Lothar de Maiziere in den Armen. Neben ihnen standen Bundespräsident Richard von Weizsäcker und Außenminister Hans-Dietrich Genscher. Die Tribüne auf dem Pariser Platz sowie alle anliegenden Straßen waren mit dem Volk gefüllt, das, ganz souverän, nicht immer den Klängen der Berliner Philharmoniker den nötigen Respekt erwies, sondern in seiner bunten Mischung sich selbst feierte.

Mit der linken Hand ordnete er die letzten CDs noch in das Wandregal über dem Sofa ein, mit der rechten Hand griff er nach dem leer geräumten Umzugskarton und warf ihn zu den übrigen in der Wohnzimmerecke. Dann ließ er sich auf das Sofa fallen und schaute dem Treiben im Fernsehen mit ungeteilter Aufmerksamkeit zu.

Die ARD hatte eine Uhr in der Bildschirmecke eingeblendet. Ungeachtet dessen verkündete der Sprecher aus dem Off, dass es jetzt nur noch wenige Sekunden seien. Die Honoratioren auf der Tribüne begannen, unterstützt vom hunderttausendfachen Chor des umstehenden Souveräns, in das Mikrofon die Sekunden hinein zu zählen. Insbesondere Helmut Kohl war mit seiner Bassstimme, die am Ende einer Zahl immer ein bis zwei Töne nach unten sackte, deutlich herauszuhören. „Null!" brüllte die Menge. Das Deutschlandlied wurde gespielt, „Einigkeit und Recht und Freiheit" sangen die meisten, „Deutschland, Deutschland über alles" einige andere, Raketen stiegen auf, platzten über dem trüben Berliner Abendhimmel, malten Figuren und Farben in die Nacht.

Er ging zum Fenster und zog den Rollladen hoch, öffnete das Fenster und lehnte sich ein Stück hinaus nach Süden, wo in einem Kilometer Luftlinie das Feuerwerk tobte, auch wenn ihm nur einzelne, besonders hoch fliegende Raketen einen direkten Eindruck vom Feuerwerk gaben und der Rest des Schauspiels nur durch die aufflackernden Farben der Explosionen wahrnehmbar war. Das große Feuerwerk ebbte ab, nur noch vereinzelt erschallte der Knall privat gezündeter Feuerwerkskörper durch die Straßen.

Er setzte sich wieder auf das Sofa. Im Fernsehen spielten die Berliner Philharmoniker die Neunte von Beethoven. Im Hintergrund hörte er, wie die Badezimmertür geöffnet wurde. Ein Handtuch um ihre nassen Haare gebunden steckte Marie ihren Kopf herein.

„Sind sie schon mit allem durch?"

„Zumindest mit dem Wichtigsten. Wir sind jetzt wiedervereint. Aber du hast nichts verpasst. Nicht mal das Feuerwerk konnte man vom Fenster aus richtig sehen."

„Ich habe vorhin noch das Bett aufgebaut. Komplett, mit allem Drum und Dran. Willst du noch weiter schauen oder willst du es ausprobieren?" fragte sie, lächelte verschmitzt und ging, ohne seine Antwort, abzuwarten ins Schlafzimmer.

Er stand auf, ließ den Rollladen wieder herunter und schaltete das Fernsehen aus. In Sekundenbruchteilen, als hätte man ihm selbst und nicht dem Fernseher den Strom entzogen, verblasste auf dem Bildschirm das Gesicht von Willy Brandt. Jetzt wächst zusammen, was zusammen gehört, hatte er vor Kurzem gesagt.